퇴계가
도산으로 간 까닭

도산서원

퇴계가 도산으로 간 까닭

저　　　자 · 이동식
펴 낸 이 · 성상건
편집디자인 · 자연DPS

펴 낸 날 · 2023년 1월 30일
펴 낸 곳 · 도서출판 나눔사
주　　　소 · (우) 10270 경기도 고양시 덕양구 푸른마을로 15
　　　　　　301동 1505호
전　　　화 · 02)359-3429　팩스 02)355-3429
등록번호 · 2-489호(1988년 2월 16일)
이 메 일 · nanumsa@hanmail.net

ⓒ 이동식, 2023

ISBN　978-89-7027-938-1-03810

값 15,000원
잘못된 책은 바꾸어 드립니다.

퇴계가
도산으로 간 까닭

이동식 지음

나눔사

차 례

또 퇴계인가? 왜?

우리나라 사람으로서 퇴계 이황을 모르는 사람은 없을 것이다. 그런데 퇴계 이황을 아는 사람도 많지 않은 것 같다. 이렇게 이야기하면 다들 펄쩍 뛸 것이다.

"아니 무슨 말을 그렇게 해요? 퇴계는 주리론을 말했고 율곡은 주기론을 말했고, 그렇게 그 두 분이 조선시대 성리학을 반석에 올려놓고 사실상 완성시킨 분이잖아요!"

이렇게 말하면 다음 질문이 이어진다.

"아 그래요? 그럼 퇴계가 말한 주리론은 무엇이고? 율곡이 말하는 주기론은 무엇이고, 성리학은 뭐고 그것을 알면 퇴계나 율곡을 아는 것인가요?"

"당연하지요. 주리론은 이 세상 혹은 우주는 이치, 법칙, 원리를 뜻하는 이(理)라는 것이 주된 구성요소라고 보는 사상이고요, 주기론은 물론 법칙이나 원리가 있긴 하지만 그게 먼저는 아니고 현상이라고 하는 것, 우리가 기(氣)라고 부르는 그것이 이(理)와 같이 존재하거나 그게 이 세상의 중요한 구성요소라고 보는 사상이지요. 퇴계와 율곡은 그런 주리론, 주기론을 알려 준 분이지요. 그렇지 않습니까?"

아마도 이런 정도의 대답을 한다면 그것은 사실 퇴계나 율곡에 대해서 어느 정도 공부를 하신 분이라고 하지 않을 수 없다. 그런데 그게 답일까? 퇴계의 주리론은 퇴계가 생각한 우주와 인간의 근본 원리를 말하는 것이지, 그것이 퇴계가 누구인지를 말해주는 것은 아니다. 율곡도 주기론을 말한다는 것이 율곡이 누구인지를 알려주는 것은 아니다. 어떤 이론의 제창자라는 것이 그 사람을 의미하는 것은 아니다. 과연 우리는 퇴계, 혹은 율곡을 어떤 사람으로, 어떤 생각을 하고 어떤 생활로 우리에게 무엇을 보여주었는지를 알고 있는 것일까? 그 사람들은 우리에게 어떤 의미일까?

　사실 우리는 퇴계나 율곡을 성리학자라고 배웠다. 중등학교 도덕 시간, 요즈음에는 바른생활 시간, 아니면 한국사 시간에 그렇게 배운 것인데, 성리학자가 우리에게 무슨 의미가 있기에 우리들이 그토록 그 두 분을 비롯한 유학자들을 높이 보는 것일까? 이런 질문을 스스로에게 던져본다면 어쩌면 우리가 퇴계나 율곡을 겉껍데기만으로 보고 있는 것이 아니냐는 생각에 이르게 된다.

　필자는 진성 이씨다. 퇴계도 진성 이씨다. 곧 한 집안이라는 말이다. 진성 이씨라고 하면, 상대방이 또 묻는다. "진성 이씨요? 그런 성씨도 있나요?"

　그러면 필자는 어쩔 수 없이 대답한다. "네, 퇴계가 진성 이씨입니다" 그러면 이윽고 나오는 한 마디; "아 그러시군요. 퇴계 후손이시군요. 훌륭한 집안 출신이시네요"

　그런데 여기까지이다. 퇴계라는 고명한 성리학자 집안이니 훌륭한 집안이라고 한다. 그런데 퇴계는 왜 훌륭한 사람이고 왜 그는 존경을 받는 것일까? 후손인 나는 아무 것도 모르고 있다. 나도 퇴계가 성리학자라는 것, 주기론을 설파하신 분이라는 것 외에는 아는 것이 없다.

더구나 필자는 엄밀하게 말하면 퇴계의 직계 후손도 아니다. 퇴계의 집안이기는 하지만 퇴계 시대까지 거슬러 올라가보면 필자는 퇴계의 피를 직접 받은 후손이 아니라 퇴계의 형님 되시는, 호를 온계라고 하는, 이해(李瀣)의 후손이다. 퇴계도 모르는데 그 형님인 우리 직계 할아버지는 더욱 모르고 있었다. 이게 그 유명한 집안의 후손이라는, 밖으로 얼굴을 들고 다닌 사람의 실체다. 그래도 퇴계는 필자의 할아버지이시다.

어느 날, 자식이 생기고 또 손자가 생기고 나서 문득 부끄러웠다. 나는 누구이고 나의 할아버지는 누구인가? 퇴계가 한 집안 어르신이자 할아버지이신데, 그 분은 누구이고, 그 형님 되신다는 온계라는 분은 누구인가? 나중에 알게 되었지만 퇴계와 온계는 일찍 부친을 여의고 숙부에게서 공부를 했다. 그 사람은 누구였기에 그 밑에서 두 형제가 나왔을까? 우리 자식들, 손자 손녀들에게 너희 할아버지는 어떤 사람인가를 설명해줄 수 있어야 한다는 생각이 들었다. 그래서 먼저 직계 할아버지인 온계 이해에 대한 평전을 써서 선조의 면모를 세상에 조금은 알렸다. 이제는 뒤늦게라도 퇴계를 만나보는 공부를 시작하기로 했다. 원래 엄벙덤벙하는 성격이라서 이 공부가 주마간산(走馬看山)식이 될 것은 뻔하지만 그래도 나름대로 내가 이해할 수 있는 언어와 개념 수준에서 공부를 하기로 하였다. 지금 이 책에 담긴 것은 그러한 필자의 탐구여행기이다. 퇴계가 누구인지를 알아보는 인간탐색여행이다. 퇴계의 생각이 우리에게는 어떤 의미가 있을지도 생각해 보았다.

사실 퇴계에 관해서는 수많은 책이 나와 있다. 퇴계에 관해서는 권오봉 선생이 쓰신 퇴계선생 일대기를 보시면 삶의 구석구석에서의 퇴계의 생각과 행동을 자세히 알 수 있다. 그런데도 왜 다시 퇴계에 관한 책을 당신이 쓰는가? 이렇게 물으시면 답은 간단하다.

퇴계는 21세기를 사는 우리에게 이렇게 말씀하시는 것이다.... 어떤 말씀을 하고 싶으실까?

후손의 입장에서 퇴계를 보고 싶다는 것이다. 퇴계는 21세기를 사는 우리에게 이렇게 말씀을 하시는 것이다. 인간 퇴계, 퇴계 할아버지를 알려주는 책은 수 없이 많다. 그런데 퇴계가 가장 소중히 생각한 도산서당에 대해서도 깊이 들어가 설명한 책을 발견하기가 쉽지 않다. 도산에 서당을 왜 어떤 생각에서 지었으며, 거기에 무슨 생각을 담으셨을까? 거기서 살며 무엇을 보고 어떤 생각을 하셨고 어떤 말을 우리에게 들려주고 싶어하셨을까? 그런 궁금증에 대해 퇴계 전문가도 아니고 단지 인문학을 좋아하는 후손의 입장에서 도전해 보았다,

퇴계의 생각을 한마디로 정의할 수 있을까? 나는 감히 이렇게 정의하고 싶다;

우리가 모두 착한 인간이 되어야 좋은 세상이 온다!

이런 전제를 해 놓으면 책이 재미가 없다. 뭔가 인간적인, 뭔가 가끔은 문제를 일으키기도 한 퇴계의 모습을 사람들은 원할지도 모르겠다. 그런 점을 조금은 찾아보았다. 3부에 그런 이야기가 있다. 물론 아주 재미있는 이야기는 아니다. 그래도 인간으로서의 퇴계 할아버지를 이해할 수 있는 단서라 생각되었다.

어찌 보면 이 여행은 재미가 없을 것이다. 그런데 우리가 가장 많이 쓰던 1천 원짜리 지폐에 퇴계가 왜 그렇게 올라갈 수 있었는지 혹 조금이라도 궁금하신 분은 이 여행을 같이 할 자격이 있다. 뻔뻔하지만 그 여행에 동참해주실 분을 찾고 있다. 그분과 함께 나는 여행을 시작한다.

1부

도산으로
가다

서당을 열자!

    우리가 보고 듣고 만난 퇴계는 교과서 안에 있거나 시중에 나와 있는 퇴계에 관한 책을 통해서이다. 책은 많은 종류가 나와 있다. 그렇지만 어려운 성리학 이야기가 많다. 이가 어떻고 기가 어떻고 하는 이야기다. 정작 퇴계가 어떤 생각을 하고 사셨는가를 알려주는 책은 많지 않다. 그런 책을 떠나서 퇴계라고 하면 떠오르는 것이 도산서원이다. 아마도 초등학교 상급과정 때부터 배우지 않을까 싶다. 도산서원에 가면 퇴계에 관한 여러 좋은 설명, 문헌자료, 서원, 서당 등이 남아있다고 한다. 어쩌면 그의 체취와 숨소리도 남아있을 수 있다. 나는, 퇴계를 그냥 입으로만 외우고 마는 겉치레로 살아왔기에 그걸 후회하며 왜 퇴계가 그렇게 존경받는 위치로 올라서 있는가를 알려면 어쩔 수없이 도산서원을 찾아야 하고 거기서 서원만이 아니라 도산서당이라는 출발점을 보아야한다는 생각이 들었다. 그건 사실 조금 서원에 대해서 공부를 한 결과이다.

　지난 2019년 7월에 우리나라의 서원 9곳이 유네스코 세계유산에 등재됨으로서 한국의 서원들은 일본에도 중국에도 없는 교육기관으로서의 가치를 세계적으로 인정받았다. 프랑스와 미국 이탈리아, 영국 등이 중세의 대학을 세워 세계역사를 바꾸었듯이, 조선의 서원도 어진 이를 높이고 선비를 길러왔는데, 현대에 와서 그러한 역사성과 탁월한 보편적 가치가 세계적으로 인정받은 것이다. 이 역사에 퇴계 이황(李滉, 1501년 ~ 1570년)이 중요한 역할을 한 것을 우리는 어렴풋하게만 알고 있을 것이다.

　우리나라의 서원은 1543년(중종 38) 풍기군수 주세붕(周世鵬)이 고려 말 학자 안향(安珦)을 배향하고 유생을 가르치기 위하여 경상도 순흥에 백운동서원(白雲洞書院)을 창건한 것이 그 효시다. 5년 후 풍기군수가 된 퇴계 이황은 이 백운동 서원의 역할에 주목하게 된다. 퇴계 당시에 조선에는 향교와 국학이 있지만 제도와 규정에 얽매이고 과거 공부에 주력하고 있어 올바른 학문을 하는 참다운 선비를 기르는 데는 미흡하다고 판단하였다. 서울에는 국학이, 지방에는 향교가 있지만 단순히 출세하기 위한 방편으로 전락했다고 생각한 것이다. 나라를 열면 학교를 세우는 것은 옛날부터 그러했던 것이고, 조선도 나라 제도를 만들 때, 서울에는 성균관, 지방 고을에는 향교 두고 선비를 기르는 데 힘을 쏟았지만, 유생들이 공부하기 싫어하는 것을 퇴계는 직접 눈으로 보았다. 교육은 위기지학(爲己之學)[1]을 통해 참된 선비를 길러내야 하는데, 당시의 공교육 환경에서는 위인지학(爲人之學), 곧 어떻게 하든 출세를 위한 고시공부만이 판을 치고 있었음을 절감했다. 그래서 이를 고치자면 스스로 공부하는 서원이 있어야 한다고 생각했다. 서원만이 새로운 인간유형을 창출할 수 있다고 판단하였다.

서원은 '우리가 왜, 무엇을 위해 배우는가?'에 대한 성찰을 할 수 있는 곳이다. 주희는 백록동서원을 만들면서 과거 시험 준비를 위한 공부가 아니라 도(道)를 깨달아 실천하기 위한 공부를 가르치기 위해 서원을 만들었다. 백록동서원은 주희가 남강군(南康軍)의 지사(知事)가 되었을 때 여산에 염계서당을 지어 주렴계와 주렴계 문하에서 수학한 이정 형제를 배향하고 스스로 원장이 되어 학생들에게 유학을 가르치면서 유교의 이상을 실현하기 위해 노력하였다. 이곳이 후에 백록동서원이 되었는데, 주희가 이곳에 서원을 일으킨 이유는 과거를 준비하는 기관으로 전락해 버린 관학(官學)과 달리 도학과 의리를 가르치는 교육기관이 필요했기 때문이다.[2]

---

1) 위기지학은 자기 자신을 위해 학문을 하는 것으로, 이는 학문을 통해 자신을 성찰하고 인격을 수양하여 자신의 도덕적 완성을 추구하는 것을 목적으로 한다. 위기지학과 대비되는 개념이 위인지학이다. 위인지학은 자신을 과시하고 다른 사람에게 인정을 받기 위해 학문을 하는 것을 가리킨다. 즉, 공부가 수단으로 사용되는 것이다. 이때 학문의 목적은 사회적 입신양명과 부귀영화를 얻기 위한 것 등이 된다.

2) 한국문화원연합회 지역N문화.

주세붕도 안향이 태어난 곳에 지방관으로 내려오게 되자 백록동서원에 주렴계를 모신 것처럼, 조선에 유학을 들여온 안향을 배향하는 사묘를 짓고 강학을 위한 서원을 세웠다. 당시 흉년으로 인해 기근이 심한데다 풍기향교에서 안향을 이미 배향하고 있다는 이유로 서원 건립을 반대하는 이들이 많았다. 하지만 향교가 교육 기능을 제대로 하고 있지 못했기 때문에 주세붕은 백록동서원과 같이 사람다운 사람을 만드는 교육기관을 세우고자 했다.

주세붕이 만든 백운동 서원(소수서원)

주세붕의 교육철학은 '사람다운 사람을 만들기 위함'이었지만 운영 방향은 주희와 달랐다. 주세붕은 당시 쇠퇴한 관학의 기능을 서원에서 대신하고자 했기 때문에 서원의 입원 자격을 과거 입격자 위주로 규정하였고 서원의 교육도 과거 준비와 인재 등용에 맞춰 있었다. 백운동서원이 설립되고 3년이 지나자 "이 서원에서 공부하면 5년도 되지 않아 모두 과거에 급제한다."라는 말이 회자될 정도로 주세붕이 세운 서원은 관학을 대신해 관리 양성을 위한 과거 공부의 과학(科學) 명소로 이름이 났다.

1549년 풍기군수로 있으면서 퇴계는 서원과 향교가 학문을 오직 과거에 합격하고 녹봉을 취하는 수단으로만 여기는 폐해를 없애야 한다고 생각하고 진정한 서원으로의 육성을 조정에 건의하게 된다.

퇴계는 풍기군수로 있으면서 경상도 관찰사 심통원을 통해 왕에게 백운동서원을 살려야 한다는 건의서를 올린다; [3]

"왕궁과 도성에서부터 지방의 여러 고을에 이르기까지 학교가 없는 곳이 없는데, 서원에서 무엇을 취하며, 중국에서 저처럼 서원을 숭상하는 이유는 무엇이겠습니까? 은거하며 자신의 뜻을 구하는 선비들과 도(道)를 강론하며 학업을 익히는 무리들은 대체로 세상의 떠들썩함을 싫어하여 전적(典籍)을 싸 들고서, 넓고 고요한 평야와 적막한 물가에 숨어 선왕의 도를 노래하며 고요히 천하의 의리를 살펴봄으로써 덕(德)을 쌓고 인(仁)을 성숙하게 하는 것을 즐거움으로 여기기 때문에 즐거이 서원에 나아간 것입니다.
합하(관찰사)께서 하찮은 사람(이황)과 정사를 논의하는 일을 가당치 않다고 여기시지 않고 그 말을 취하여 고치고 바로잡아서 주상께 아뢰어 주신다면, 저는 송나라의 고사를 따라 서적을 내리고 편액(扁額)을 하사하시며 토지와 노비를 지급함으로써 그 형편을 넉넉하게 하시고, 감사와 군수에게는 인재를 육성하는 방법과 구호하는 물품만을 감독하게 하고 가혹한 법령과 번거로운 조령으로 구속하지 못하게 하기를 청하고자 합니다."

이황(李滉)

---

3)   방백 심통원께 올리는 편지(與沈方伯通源書), 근재집(謹齋集) 4권 부록

16

퇴계는 그래서 백운동서원을 최초로 사액(賜額)서원으로 지정해 줄 것을 나라에 간청하였고 이에 당시 왕이던 명종이 소수서원이란 이름을 지어 내려주고 필요한 물자 등을 지원함으로써 서원은 국가가 인정하는 사설 교육기관으로 격상된다.[4] 이를 계기로 퇴계는 서원 건립에 적극적으로 나서서, 명종 재위 22년 동안 건립된 21개 서원가운데 10개소의 창설에 직간접적으로 참여하였다. 서원의 취지문과 규칙의 작성에도 그의 간절한 염원이 담겼고 그것이 이후 거의 모든 서원의 표준으로 자리잡았다.[5]

이처럼 조선의 서원문화를 일으킨 퇴계 이황이기에 그의 학덕을 기리는 도산서원은 우리나라를 대표하는 서원이 되는 것이다. 그런데 도산서원은 퇴계가 서세(逝世)한 지 4년 후인 선조 7년에 그의 문인과 유림이 세운 것이다. 원래 퇴계는 서당이라고 부르는 작은 집을 지어 유생을 가르치며 학덕을 쌓았을 뿐이었다. 여기에 서원으로서의 기능과 역할을 할 동서재(東西齋), 전교당(典教堂:보물 210호), 상덕사(尙德祠 보물 211호) 등의 건물들이 사후에 지어짐으로서 서원으로 확장된 것이다. 그러므로 도산서원에서 퇴계를 만나려면 도산서당이라는 곳을 먼저, 아니 꼭 보아야 한다.

---

4) 사액(賜額)이란 국가에서 서원을 인정한다는 의미에서 서원의 이름을 하사하는 것이다. 이렇게 국가의 공인을 받은 서원을 사액서원이라고 한다. 나라에서 서원에 사액을 내릴 때에는 다수의 서적과 함께 서원을 유지할 수 있도록 토지와 노비도 함께 하사하였다. 서원이 유생들의 교육기관 내지는 향촌에서의 정치 사회적인 활동의 중심 역할을 할 수 있었던 것은 토지, 노비 등 서원의 경제적 기반 덕분이었다. 『서원, 어진 이를 높이고 선비를 기르다』 62쪽, 국립전주박물관 2020년

5) 퇴계는 59세이던 1559년에 이산서원(伊山書院)의 원규를 제정했다. 이러한 원규는 이후 그가 창건에 직접 관여한 안동의 역동서원은 물론 함양의 남계서원, 경주의 옥산서원, 그리고 현풍의 도동서원에 영향을 끼쳤다.

도산서원

　우리들이 봄 가을이건 좋은 때를 만나면 도산서원을 많이들 방문하는데 대개 퇴계에 관한 말, 그 분이 한 말씀들은 어렵고 지겹다며 건성으로 듣고 보고 나오는 경우가 많다. 필자도 사실은 그랬다. 선조를 별로 존경하지 않은 후손이었다고 하겠다. 그러다 보니 퇴계를 기리는 건물, 역사가 담긴 집들이 많이 있기는 한데 퇴계가 애초에 여기서 무엇을 어떻게 해보려 했는가 하는 점은 잘 모르고 넘어갔다. 그냥 서원이니까 아, 젊은이들을 가르쳐주는 곳이구나, 저기는 강의장, 저기는 제사를 올리는 곳, 저기는 서적을 모아놓은 곳 등등의 설명을 듣는 정도였을 것이다. 그래서 나를 포함한 관람객들은 얼른 서원 높은 곳에 위치한 전교당에 가서 한석봉이 쓴 도산서원이란 글씨를 보고 이어 제사를 올리는 상덕사 건물을 확인만 하고는 "드디어 도산서원을 보고 퇴계를 공부했구나"라고 자신에게 섣부른 암시와 거짓 확신을 부여하고는 서둘러 서원을 나온다.

2021년 초 도산서원 안에 있는 서당건물에 축하받을 일이 생겼다. 도산서당 건물이 국가가 지정 관리하는 보물로 지정되었다는 소식이다. 도산서당이 보물 2105호로, 도산서당 앞의 농운정사가 보물 2106호로 지정되었다. 도산서원을 대표하는 건물인 전교당은 보물 210호인데 도산서당이 보물 2105호이니 그 사이 2천 여 개의 보물이 지정된 다음에 이제서야 서당이 보물로 지정된 것이다. 그처럼 그동안은 서당의 가치를 잘 모르고 있었다는 뜻이 된다. 보물로 지정되고 나서야 사람들도 도산서당 건물을 다시 보게 되었다.

도산서당의 싸릿문

도산서당은 서원의 정면에 나있는 출입문을 들어서면 앞 쪽 오른편에 있다. 싸릿문이 있는데 그 안으로 들어가면 28.9㎡(약 9평) 크기의 아담한 건물이 보인다. 그 앞에는 유생들의 숙소로서 함께 보물로 지정된 농운정사가 있다. 퇴계 스스로가 설계하고 지은 배움의 공간으로 1561년 완성한 이후 원 건물이 거의 달라지지 않고 유지돼 왔기에 사실상 가장 오랜 건물인데 이제야 그 가치를 인정받게 된 것이다.

앞에서 알아보았지만 퇴계는 일찍부터 서원의 중요성을 인식하고 정치에서 한 걸음 물러나서 생애 마지막까지 서원을 건립하고 그 서원에서 제자들을 양성하는 데 주력했다. 1550년에 한서암(寒棲庵)을 짓고 제자들을 받아들인 이후 이듬해 계상서당(溪上書堂)을 건립하였고, 1558년에는 영주의 이산서원(伊山書院 건립에 깊이 관여하였다. 이어 1559년에 이산서원 원규(院規)를 지었는데 이것은 영남지역은 물론 다른 지역 서원 원규의 기본이 되었다.

이런 일을 하면서 퇴계는 1557년부터 1561년에 걸쳐 예안(禮安) 도산(陶山)에 도산서당을 건립하게 된다. 도산서당의 건립은 이제까지 퇴계가 진행해왔던 서원 건립의 연장선에서 추진해온 사업이며, 제대로 된 교육을 서원을 통해 가르침으로서 성인(聖人),곧 제대로 된 인간을 양성하겠다는 의지의 표명이었다.

도산서당 건물

퇴계는 도산서당을 세우기까지의 전 과정과 거기에 담은 생각들을 <도산기(陶山記)>라는 글과 <도산잡영陶山雜咏>이라는 시 모음집을 통해 세세히 밝혀놓았다. 퇴계가 평생의 은거지로 택한 도산은 작은 골짜기가 있고, 앞으로는 강과 들이 내려다보인다. 그 모습이 그윽하고 아득하며 멀리 트이었으며 바위 기슭은 초목이 빽빽하고도 또렷한데다가 돌우물은 달고 차서 은둔할 곳으로 적합하였다고 적어놓았다.

처음에 내가 계상(溪上)에다 몸을 붙이고 살 만한 터를 가려 찾을 적에는 퇴계[6]를 가까이 마주하고 몇 칸의 집을 세워 서책(書冊)이나 들여 놓고 졸박(拙朴)하나마 타고난 덕성(德性)을 다치잖게 잘 지니어 기르는 곳으로 삼았던 것인데, 이미 세 차례나 그 터를 옮기고도 문득 비바람에 무너지는 바가 되었고, 더욱이 계상은 쓸쓸한 데에 치우쳐 있어서 마음을 탁 트이게 하는 데는 마땅하지 않았다. 그래서 다시 옮길 것을 꾀하여, 도산의 남쪽에서 터를 얻으니, 거기에 작은 마을이 있어서 앞으로 강과 들을 굽어보는 눈길이 그윽이 멀고 넓으며, 바위가 들어찬 산기슭은 풀과 나무가 우거져 있으며, 돌 틈으로 흐르는 샘물은 달고도 차가워, 참으로 세속(世俗)을 벗어나 포근히 들어가 지낼 만한 곳으로는 마땅하였다.[7]

퇴계가 땅을 구한 것은 57세가 되던 1557년. 이듬해 터를 닦고 집을 짓기 시작했다. 집을 짓는 일은 동네 스님이 맡아주었다. 5년 만에 두 채의 집을 마련했다. 그 과정을 잠시 보자.

서당 터를 확정한 이후 건축을 시작하게 되나, 당장 착수하지는 못하고 이듬해 1558년(戊午)으로 넘기게 된다. 1558년 3월에 창랑대

---

6)   여기서 퇴계는 작은 강 이름, 원래는 토끼들이 사는 개울이란 뜻의 토계(兎溪)였는데, 퇴계가 50세 되던 1550년 초에 이곳에 정착하기로 하고 물러가는 개울이란 뜻의 퇴계(退溪)로 이름을 바꾸고 이 이름을 자신의 호로 삼았다.

7)   이황 지음 김태환 역 <도산기(陶山記)>

(滄浪臺: 뒤에 천연대라고 개칭함)을 쌓고 4월에 역동서원(易東書院)의
터를 잡는 등 고향의 선비들과 바쁜 나날을 보냈다. 그동안 왕의 부름
을 받고 사직서를 올려 응하지 않았으나 끝내 왕의 윤허를 얻지 못하
고 7월에 가서 할 수 없이 상경하였다. 10월에 성균관 대사성을 임명
받았다가 12월에는 공조참판으로 승진 전임되었다. 이때 서울에 머
물며 벼슬에 임했는데 이런 가운데서도 아들과 서재 건축에 관한 일
을 계속 논의하였다.

손수 서당의 설계도 두 종류를 그려 보내고 용수사의 승려 법련
(法蓮)과 상의하여 정하라고 지시하기도 했다. 법련은 처음에 기와를
먼저 굽자고 했다가 집을 서둘러 짓기로 계획을 바꾸었다. 퇴계는 법
련의 뜻에 동의하고 공사만은 늦추지 말라고 독려하였다. 그리해서
1559년(己未) 봄에 건축공사가 시작되었다. 그러나 일을 맡은 스님
법련이 갑자기 입적하는 바람에 목수가 없어서 낭패를 겪다가 용수사
의 다른 스님 정일(淨一)에게 의뢰해 공사를 계속하였다.[8] 1561년(辛
酉)에 서당 건축이 다 되었다.

이 서당 짓는 일이 순탄하지만은 않았다. 공사를 하던 1560년에
퇴계는 제자 황준량에게 이런 편지를 보내 어려움을 토로한다;

> 도산서당을 짓는 것은 정말 어쩔 수 없이 지금 막 세 칸을 지었지만 자금을 계속
> 댈 수가 없어 중간에 중지해야할 형편입니다. 그러나 지어놓은 건물에는 가을이
> 면 들어가 지낼 수 있을 것입니다.[9]

---

8)   권오봉,『퇴계의 燕居와 사상형성』100쪽, 1989. 포항공과대학

9)   『퇴계 편지 백 편』이황 지음 이정로 엮음 박상수 번역. 40쪽. 2020. 수류화개

서당을 다 짓다

서당 건물은 동편의 마루 1칸과 중앙의 방 1칸, 서편에는 부엌이
딸린 아주 작은 골방. 이렇게 조촐했다. 가운데 방에 거주하면서 동쪽
방에서 공부를 하고 서쪽 방에서 식사를 해결하도록 했다. 이렇게 작
은 집을 짓고 각각의 방에 이름을 붙인다;

5년 만에 당사(堂舍) 두 채가 되어 겨우 거처할 만하였다. 당사는 3칸인데, 중간 한 칸은 완락재(玩樂齋)라 하였으니, 이는 주선생(朱先生)의 〈명당실기(名堂室記)〉에, "즐기며 완상하니, 족히 여기서 평생토록 지내도 싫지 않겠다."라고 하는 말에서 따온 것이다. 동쪽 한 칸은 암서헌(岩棲軒)이라 하였으니 그것은 주자 운곡(雲谷)의, "학문에 대한 자신을 오래도록 가지지 못했으니 바위에 깃들여 [巖棲] 작은 효험이라도 바란다."는 시의 내용을 따온 것이다. 그리고 합해서 도산서당(陶山書堂)이라고 현판을 달았다.[10]

완락재라는 이름에 대해서 도산서원을 설명하는 대부분의 책이나 글에서는 주희가 쓴 〈명당실기〉라는 글에서 퇴계가 당 이름을 따서 썼다는 말만을 인용하고 더 이상의 설명이 없다.

〈명당실기〉라는 글은 무엇일까? 좋은 집이라는 뜻의 명당에 관한 리포트인가? 우리 같이 한문을 모르고, 영어가 더 쉬운 사람들에게는 그런 식으로 명당실기라는 말이 그런 뜻으로 들어온다. 그래서 원문을 찾아보고 그 의미를 분석해 보니 명당실기는 명당(明堂)을 설명한 기록이 아니라 당실(堂室), 곧 집과 방에 이름을 붙인(名), 즉 명(名) 당실(堂室)한 사연을 적은 글이다. 우리가 생각하던 것과는 다르다. 이런 작은 이름 하나, 단어 하나도 제대로 알아보지 않으면 그 뜻을 확실하게 알 수 없다.

퇴계는 자신이 거주할 가운데 방에 완락재라는 이름을 붙였다고 자신이 설명한다. 즐겁다는 락(樂), 즐긴다는 완(玩) 이 두 개념을 취한 것이겠지. 그리고는 주희가 말한 "즐기며 완상하니, 족히 여기서 평생토록 지내도 싫지 않겠다(樂而玩之, 固足以終吾身而不厭)"라는 문장을 인용한다. 곧 여기서 보고 즐기며 살아가는데, 평생을 여기서 보내도 질리지 않을 것이란 뜻으로 풀이할 수 있겠다.

---

10)   이황 지음 김태환 역 〈도산기(陶山記)〉

그런데 보고 즐긴다면 무엇을 보고 즐길 것인가 하는 의문이 생긴다. 퇴계의 설명만으로는 퇴계의 정신적 스승인 주희(주자)가 무슨 뜻에서 이 말을 했기에 퇴계도 이를 평생 즐길 만 하다고 했는지가 충분치가 않은 것 같다. 그 뜻을 명확하게 알려면 어떻게 해야 하나? <명당실기(名堂室記)>라는 주희의 글이 무슨 이야기를 하는지를 알아보면 거기에 답이 있지 않을까? 주희는 어떤 뜻에서 완락이란 개념을 썼을까? 그런 생각 끝에 부족한 한문 실력을 무릅쓰고 <명당실기(名堂室記)>의 원문을 찾아보았다. <명당실기> 원문을 구해서 읽어보니 주희가 어떻게 자신의 서당에 집과 방(堂室)의 이름을 새로 붙이고 그것으로 자신의 학문을 어떻게 추구해왔는지를 알 수 있었다.

주희의 선조는 대대로 중국 송나라 때 안휘성(安徽省)의 휘주 무원(徽州 婺源)의 호족으로, 아버지 주송(朱松)은 관직에 있다가 당시의 재상(宰相) 진회(秦檜)[11]와의 의견충돌로 퇴직하고 복건성 우계(尤溪)에 옮겨 살았다. 주희는 1130년에 이곳에서 태어나 14세 때 아버지를 여의였다.

아버지가 돌아가시자 주희는 아버지의 뜻에 따라 유자우(劉子羽)라는 부친의 친구에게 맡겨졌는데, 유자우는 주희를 위해 자양루(紫陽樓)라는 집을 새로 만들고 주희와 모친이 거기서 살도록 했다. 자양(紫陽)이란 이름에는 고향에 돌아가고 싶어 한 아버지의 마음이 담겨 있다. 주희는 아버지가 물려주신 자양이란 글귀를 자신의 사무실에 걸어놓고 아버지의 뜻을 생각했다고 한다. 또 자신을 키워준 선생님

---

11)   진회는 북송(北宋)나라 말기에 여진족 금나라가 대거 침입할 때에 유명한 장군 악비(岳飛)가 결사항전을 외쳤지만 금나라군과 1142년에 화의를 맺고, 이에 반대하는 악비를 몰아 죽게 만든 것으로 해서 천하의 간신으로 유명해진 인물이다. 이때는 송나라가 남쪽으로 밀려와 남송으로 새로 출발하던 때였다.

들의 가르침을 생각했다. 주희는 이곳에서 서당을 열어 학문을 제자
들과 함께 연마하면서 공부를 해서 큰 학자가 되었다.

주희는 자양서당을 만들고 거기에
만든 두 개의 곁방에 이름을 붙인다.

나는 그 가르침을 실천하고 닦으며 그대로 따라서 행동하지를 못해서 엎어지고
쓰러졌다. 이에 이제서야 그것을 서당의 이름으로 삼아 여러 선생들의 가르침을
잊지 않을 것임을 보여주겠다. 또한 내가 회(晦)하는 것에 뜻을 세우고 이후부
터는 이렇게 일을 해 나가려고 한다. 서당의 양쪽에 곁방이 있는데 한가한 날엔
잠자코 앉아 책을 읽는다. 왼쪽은 경재(敬齋)라 하고 오른쪽은 의재(義齋)라 한
다.[12]
熹惟不能踐修服行, 是以顚沛。今乃以是名堂, 以示不敢忘諸先生之教,
且志吾晦, 而自今以始, 請得復從事於斯焉。堂旁兩夾室, 暇日默坐, 讀
書其間。名其左曰「敬齋」 右曰「義齋」

그리고 이어서 서당의 양 옆 방을 경재(敬齋)와 의재(義齋)라는 이
름으로 부르기로 한 이유를 이렇게 설명한다;

---

12)　　중종 때 주세붕이 지은 《죽계지》의 권2 〈존현록〉이 주희의 명당실기를 싣고 있는
　　　 것을 고전번역원이 번역해 놓은 것이 있다. 한문이 약한 필자는 이 번역을 인용했다.

대체로 나 주희는 일찍이 주역(周易)을 읽고 두 마디 말을 얻었으니 "경(敬)으로써 안으로 마음을 바르게 하고 의(義)로써 밖으로 몸을 바르게 한다"는 것이다. 이를 학문하는 요점으로 삼은 것은 이것을 대체할 수 있는 게 없다는 생각에서였다. 蓋熹嘗讀易而得其兩言曰敬以直內義以方外以爲爲學之要無以易此

『주역(周易)』곤괘(坤卦)에 보면 "군자는 경(敬)으로 안을 바르게 하고 의(義)로써 밖을 똑바로 한다(君子 敬以直內, 義以方外)"라는 말이 있다. 주희는 이 문장을 읽고 크게 깨달았다고 한다. 이에 중용과 대학을 읽으며 경(敬)과 의(義)라는 두 글자를 생활의 근본지침으로 삼고 세상과 사람의 이치에 대한 공부를 더욱 천착을 한 뒤에 마침내 모든 이치가 하나로 관통하는 것을 알게 되었다고 말한다.

다만 그 마음이나 힘이 어떻게 쓰이는지는 알지 못했다.《중용》을 읽게 되었을 때 그 말하는 바가 도를 닦으라는 가르침이란 것을 알게 되어 모든 일에 반드시 경계하여 삼가고, 놀라고 두려워함으로 시작하였다. 그런 다음에 경(敬)을 지켜나가는 근본을 얻게 되었다.
또《대학(大學)》에서 명덕(明德)의 순서를 논하는 것을 보고나서 격물(格物)과 치지(致知)의 실마리를 알게 되었다. 그런 다음에 이른바 의(義)를 밝히는 실마리를 알게 되었다. 이 두 가지 격물과 치지의 작용으로 한번 움직이고 한 번 멈추며 그 둘이 서로 작용하는 것으로 주돈이(周敦頤)가 말한 태극(太極)의 이론과 하나라는 것을 알게 되었고, 그것으로서 천하의 이치(理致)인 어둠과 밝음, 가늘고 큰 것, 멀고 가까움, 깊음과 얕은 것(幽明鉅細、遠近淺深)이 모두 하나로 통함을 알게 되었다.[13] (명당실기)

---

13) 而未知其所以用力之方也 及讀中庸見其所論脩道之敎 而必以戒愼恐懼爲始然後
     得夫所以持敬之本 又讀大學見其所論明德之序而必以格物致知爲先 然後得夫
     所以明義之端 旣而觀夫二者之功一動一靜交相爲用又有合乎周子太極之論 然後
     又知天下之理幽明鉅細遠近淺深無不貫乎一者

주희는 《중용》과 《대학》 공부를 통해 천하의 이치가 모두 하나로 통한다는 것을 알았다. 그리고 주돈이가 처음 말한 태극도설을 통해 유학철학의 세계관이 크게 정리되었다고 보았다.[14] 주희는 주돈이가 말한 '무극(無極)이면서 태극(太極)이다'란 말을 풀이하기를, '하늘이 가지고 있는 것은 소리도 없고 냄새도 없지만, 실은 그것은 조화(造化)의 근본이요, 만물의 뿌리이다.'라고 하였다. 대체로 이(理)는 비록 형상은 없지만, 그 지극히 빈 가운데 지극히 참된 본체(本體)가 있다는 것이다. 주희는 이렇게 천하 또는 우주의 근본 이치가 하나로 통한다는 것을 안 연후에 비로소 그것을 즐기고 즐거워하게 되었다고 말한다. 그리고 그렇게 얻은 즐거움은 평생 싫어하거나 지겨워 할 이유가 없다는 것이고 자연히 세상의 것들에 대해 부러워할 여가가 없다는 것이다.

> 그것을 즐기고 즐거워하는 것을 내 몸이 다하더라도 싫어하지 않을 것이다.
> 그러니 어느 겨를에 세상의 것들을 부러워하겠는가? (명당실기)
> 樂而玩之固足以終吾身而不厭又何暇夫外慕哉(哉)

이처럼 주희가 말한 완락이라는 개념은 주역과 중용과 대학을 다 읽고 나서, 즉 세상의 이치에 대해 깊이 공부를 다 한 다음에 이 세상의 이치가 하나로 통함을 깨달은 후에, 그것이 얼마나 큰 즐거움인지, 그 즐거움은 평생 가도 없어지지 않을 즐거움이란 것을 밝힌 것이다.

---

14) 주돈이(周敦頤, 1017~1073)는 북송(北宋)의 대유학자이자 송나라 유학의 비조(鼻祖)다. 그는 유교의 토대를 마련하고 체계화하였는데 성리학(性理學)의 기본이 되는 태극(太極)과, 음양(陰陽) 오행(五行)이 만물 속에서 생성 발전되는 과정을 도해한 '태극도설(太極圖說)'을 저술했다. 이 학설은 '이기이원론(理氣二元論)'을 제창한 정명도(程明道)·정이천(程伊川) 형제와, 주희(朱熹·1130~1200)에게 이어져 마침내 성리학이 완성되는 것이다.

주희는 이런 즐거움을 알게 되었기에 그것을 가르쳐 준 경(敬)과 의(義) 두 글자를 취해 집 이름으로 한 것이고 그 과정을 밝혀서 후세에 전한 것이 곧 명당실기이다.

그러므로 <명당실기>는 단순히 집 이름을 어떻게 지었는가를 말해주는데 머무르지 않고 이학(理學)의 방법까지를 알려주는 아주 중요한 글이다. 퇴계가 주희의 경재 의재라는 두 곁방의 이름을 붙인 것을 이 글을 통해서 읽었을 것이고 그러기에 도산에 터를 잡고 자신의 공부를 하면서 두 곁방을 만들고 그 이름의 하나하나를 주희의 글에서 따온 것이라고 하겠다. 퇴계가 한 줄로 이 완락(玩樂)이란 개념이 <명당실기>에서 왔다고만 했지만, 실은 그 속에는 이렇게 성리학을 연마하는 근본 첩경(捷徑)이 들어있다고 하지 않을 수 없다. 우리는 퇴계가 도산에 자리를 잡으면서 여기가 경치가 좋아서 완락을 한다고 생각하기 쉽지만 실은 이곳이 평생 세상의 이치를 탐구하며 사는, 그리해서 깊은 깨달음을 얻는 과정이 너무나 즐겁다는 뜻이 들어가 있음을 이로써 알게 된다.

퇴계 자신이 친필로 쓴 완락재

퇴계는 <도산기> 후반에 그러한 기쁨을 설명해놓았다.

「완락재」- 주자(朱子)의 「명당실기」에 '경(敬)을 가지고 의(義)를 밝히며 동정(動靜)을 되풀이하는 공효(功效)를 주자(周子 주돈이)의 태극론(太極論)에 부합시키고 이로써 좋아하고 즐거워하여, 그 밖의 것을 그리는 일을 잊을 만하다.'고 하였다. 이제 이로써 재의 이름을 붙이고 날로 경계(警戒)하는 마음을 더한다.
- 玩樂齋 - 朱子名堂室記, 以持敬明義, 動靜循環之功, 爲合乎周子太極之論, 足以玩樂而忘外慕. 今以名齋而日加警焉.

여기에서 경(敬)은 지켜나가는 것이요, 의(義)는 밝히는 것이란 설명이 나온다. 경(敬)은 마음을 한 곳에 집중하여 그러한 상태를 오래 유지하는 것을 말한다. 주염계의 태극의 묘한 이치를 깨닫고 나니 천년토록 이 즐거움이 같음을 알게 되었다고 하였다. 퇴계는 이 경(敬)을 평생 동안 지키고 추구해 나갔다.[15] 나중에 설명이 나오지만 형인 온계(溫溪) 이해(李瀣 1496~1550)는 이 의(義)를 밝히는데 자신의 목숨을 던졌다.

퇴계는 나아가서 주희가 말한 것으로서 경과 의라는 두 글자만을 취한 것이 아니라 완락과 함께 지켜나갈 생활자세를 다른 키워드로 제시했으니 그것이 바로 巖棲(암서)이다. 완락재 옆의 마루방, 제자들

---

15)   퇴계와 동시대의 인물인 남명 조식도 이 주희가 명당실기에서 밝힌 경(敬)과 의(義)라는 두 글자의 뜻을 높이 받들어, 그의 대명사처럼 된 '칼 찬 선비'의 칼 이름을 '경의검(敬義劍)'이라고 하였다. 사람들은 유학자가 웬 칼을 차고 다니느냐고 하였지만 그 칼 이름 속에 남명은 주희가 내세운 학문의 근본 키워드를 담아서 스스로 마음을 다져나갔던 것이다. 그는 자신의 칼에다 '내명자경(內明者敬) 외단자의(外斷者義)'라는 글을 새겨두었다. 안으로 나를 밝히는 것이 경(敬)이고, 밖으로 일을 판단하는 것이 의(義)라는 뜻으로 안으로는 자신의 내면을 바로 보고 밖으로는 사물의 시비선악에 따라 행동을 단호히 결단해 나가겠다는 뜻으로 풀 수 있겠다.

과 토론을 하는 방 이름을 암서헌이라고 한 것이다. 그런데 이 부분의
해석이 어렵고 이에 대한 번역문도 알기가 쉽지 않고 또 개념도 사실
어렵다. 그래서 여기서 퇴계가 설명한 한문 원문을 먼저 놓고 그에 대
한 일반적인 해석을 보기로 하자:

"東一間曰巖棲軒, 取雲谷詩, 自信久未能, 巖棲冀微效之語也"

이 부분을 고전번역원에서 펴낸《해동잡록》속의〈도산기〉[16] 에서는

동쪽 한 칸은 암서헌(岩棲軒)이라 하였으니 그것은 주자 운곡(雲谷)의, '학문에
대한 자신을 오래도록 가지지 못했으니 바위에 깃들여(巖棲) 작은 효험이라도
바란다.'는 시의 내용을 따온 것이다.

라고 번역을 해 놓았다.

---

16)   〈도산기〉는 고전번역원에서 펴낸 《퇴계집》에 번역문이 실려있지않다. 따로《대동
      야승》속에《해동잡록》이란 이름으로 이황의 이〈도산기〉가 실려 있다. 이 번역문
      이 고전번역원에 실려 있어 그것을 인용한 것이다.

이 해석문을 보면 '암서'의 설명이 곧바로 들어오지 않는다. '바위에 깃들여 효험을 바란다'니? 정말로 무슨 뜻일까? 이런 저런 생각을 하다가 주희가 호로 쓰이는 회(晦)라는 글자의 뜻을 들여다볼 필요가 있다는 생각이 들어 이번에는 주희가 쓴 원문을 찾아보기로 했다.

주희는 회(晦)라는 글자로 자신의 호를 삼고 있다. 주희가 처음 받은 자(字)는 원회(元晦)였다. 14세에 부친을 잃은 후 아버지처럼 보살펴준 병산(屛山) 유자휘(劉子翬)로부터 받은 것이다. 晦(회)라는 글자는 숨어들다 감추다, 잠기다의 뜻인데 유병산은 주희가 겉으로 드러나지 않고 속으로 도덕을 쌓은 사람이 되라는 뜻으로 이 자(字)를 제자이자 양아들인 주희에게 주었다. 유병산은 晦라는 글자를 높이 평가하면서 이를 풀어서

나무가 뿌리 속으로 숨어 잠겨 있으면 봄에 무성하게 꽃이 피고
사람도 자신의 몸 안에 숨어 잠기어야 정신이 맑고 넉넉해진다
木晦於根 春容曄敷
人晦於身 神明內腴

라고 설명하고 이 회(晦)라는 글자의 뜻을 평생 지키고 살아갈 것을 당부한다.

이것이 조금 커서는 중회(仲晦)라는 자로 바뀐다. 나중에 자신의 호도 회암(晦庵), 회옹(晦翁)이었다. 그러므로 이 회라는 글자가 갖고 있는 속 뜻, 혹은 그 글자가 내포하는 바는 곧 주희가 지향하는 가치였고 그가 추구하는 삶의 자세이자 방편이었다고 하겠다.

퇴계는 이 어휘를 '주자 운곡'의 시라고 한마디만 했지만 실은 주희가 쓴 <운곡26영(雲谷二十六咏)>이라는 5언 연시집에 나오는 표현이다. 운곡(雲谷)은 복건성 건녕부 건양현(福建 建寧府 建陽縣) 현성

서북쪽에 있는 여산(廬山)[17]의 정상부근을 말한다.[18] 여기에 주희는 초당(草堂)을 짓고 여기서 학문을 연마하고 강의도 했는데 이 초당이 곧 자신의 호가 들어간 회암(晦庵)이다.[19] 시는 운곡의 경치를 보며 26개의 시를 지었는데 14번째로 이 회암에 대해 짧은 4줄짜리 5언시로 감회를 표현하고 있다;

憶昔屏山翁, 示我一言教。
自信久未能, 岩棲冀微效

앞의 두 줄은 "옛날 병산 옹을 생각해보니 나에게 한마디 가르쳐 보여주신 게 있는데" 라는 뜻이다. 다만 뒤의 것이 문제의 구절이다. 기존 번역을 보면 '학문에 대한 자신을 오래도록 가지지 못했더니 바위에 깃들여(巖棲) 조그만 효험이라도 바란다'라는 고전번역원의 번역이 가장 잘 알려져 있지만 국립중앙도서관 소장 도산기의 해제를 쓴 김태환은 '스스로 미덥기가 세간(世間)에 오래 머무를 만큼은 아니매, 산속에 파묻혀 살아 작은 보람이나마 얻고자 바란다'라고 다소 길

---

17)   雲谷, 在建陽縣西北七十里, 廬山之巔(전), 處地最高....주희 운곡기

18)   일반적으로 여산(廬山)은 강서성(江西省) 구강현(九江縣) 남쪽에 있는 유명한 산을 지칭한다. 경치가 아름답고 그 남쪽에 아홉 줄기의 폭포가 있다 한다. 송나라 때 주희(朱熹)가 남강군(南康軍)의 수(守)가 되어서 직접 학규(學規)를 만들어 이곳에서 강학(講學)하였다(『독사방여기요(讀史方輿紀要)』). 백록동서원이 이곳에 있었다. 가장 유명한 폭포가 삼첩천(三疊泉)이란 폭포로서 송나라 광종 소희 2년(1191년)에 나무꾼에 의해 발견되었는데, 당시 주희는 오로봉(五老峰)밑 백록동서원에 있으면서 이 폭포의 멋진 경치를 전해 듣고는 꿈에도 잊지 못했지만 노년에 병이 많아 가보지 못했다고 한다. 그래서 사람을 시켜 이 폭포의 그림을 그려달라고 해 늘 감상하기를 즐겼다고 한다(Baidu百科). 주희가 운곡이 있는 곳이라고 한 여산은 이곳이 아니고 복건성 건양현에 있는 산이다.

19)   雲谷書院是宋代遺迹, 也称雲谷 "晦庵草堂", 位于建陽市莒口鎮東山村雲谷山庐峰之巔。由理学家朱熹亲手修建, 用于授道讲学之所。Baidu百科,

게 풀이하고 있다. 또 권오봉 교수는 '스스로 믿으려도 오랫동안 못했기에 깃들여서 약간의 효과 바라노라'라고 풀이한다.[20] 요는 自信久未能을 어떻게 풀 것인가의 문제인데 그 해석 모두 약간의 의역이 아닐 수 없다. 자신의 학문에 대한 자신감의 결여, 혹은 스스로 공부하고 이룬 것에 대한 미흡함, 이런 것들이 아니냐고 푼 것이다.

그런데 이 시의 제목을 생각하면 뜻이 좀 달라진다. 즉 이 시의 제목은 '회암(晦庵)'이다. 그리고 바로 그 앞에 자신의 스승인 유병산을 언급하고 있다. 시를 쓴 상황을 유추하면 주희가 자신이 만든 초당인 회암이 있는 운곡을 이리저리 다니면서 그 경치를 술회한 것이고, 그러다가 회암에 대해서는 스승인 유병산을 생각하게 되었고, 스승이 가르쳐준 것을 제대로 실천하지 못한 것에 대한 아쉬움과 결의를 담고 있는 것으로 볼 수 있다. 스승이 가르쳐준 것은 회(晦)라는 글자를 통해 제시한 대로 겉으로 자신을 드러내지 않고 속으로 깊게 침잠해서 도덕과 학문이 안으로 완성되어 빛나는 그런 상태를 의미한다고 하겠다. 결국 이 구절은 스승이 가르쳐주신 가르침, 그것을 오랫동안 믿어왔지만 아직 능히 성취가 없으니 차라리 이 높은 산꼭대기 바위에 깃들여 있으면 조금이라도 효험이 있을 수 있지 않을까 하는, 자신에 대한 일종의 겸손한 반성 겸 새로운 다짐이라고 풀어보는 것이 자연스러울 것이라는 생각이다.

그렇게 본다면 퇴계가 주희의 이 귀절을 빌려 온 것은 주희가 "오랫동안 세상에 나와 있으면서도 스승이 가르쳐주신 대로 학문의 성취를 이루지 못했으니 이제 더 험한 자연환경에 기대어서라도 회(晦)의 가르침을 조금이라도 더 터득하고 싶다"는 뜻을 살려 퇴계도 이곳에서 주희처럼 세상의 어지러움을 떠나서 조용한 환경 속에서 학문의

---

20)   권오봉,『퇴계의 燕居와 사상형성』102쪽, 1989. 포항공과대학

본질에 더 가까이 가고 싶다는 뜻을 담은 것으로 볼 수 있겠다. 다시 말하면 퇴계는 이 도산서당이 자리 잡는 자연환경을 단순히 보고 즐기는 선에 머물지 않고 이곳에서 진정으로 도를 연마하고 학문을 성취할 수 있다는 염원을 담아 두 방의 이름을 지은 것이라 볼 수 있다. 그동안 막연히 생각되던 자신(自信)이라는 글자가 더 뜻이 명확해지는 것이다. 두 사람의 차이라면 주희는 직접 가르침을 받은 유병산이라는 스승이 있지만 퇴계는 직접 공부한 스승이 없기에 정신적인, 학문적인 스승인 주희를 생각한 것이 차이라면 차이라고 하겠다.

암서헌

또 암서헌(岩棲軒)이란 이름은 '바위 위에 깃든 집'이란 뜻에서 보듯 이곳에서 주희처럼 세상의 어지러움을 떠나서 조용한 환경 속에서 학문의 본질에 더 가까이 가고 싶다는 뜻을 담은 것으로 볼 수 있겠다. 다시 말하면 퇴계는 이 도산서당이 자리 잡는 자연환경을 단순히 보고 즐기는 선에 머물지 않고 이곳에서 진정으로 도를 연마하고 학문을 성취할 수 있다는 염원을 담아 두 방의 이름을 지은 것이라 할 수 있다.

이렇게 퇴계가 두 방의 이름을 완락과 암서로 지은 후에 비로소
이 둘을 합해서 이 건물에 도산서당이란 현판을 자신이 직접 써서 걸
었다.[21] 이로써 서당의 최소기준이 마련되었다. 곧 교무실(연구실)과
교실이 마련된 것이다.

이제는 학생들이 기숙할 공간이 필요하다. 그래서 지은 것이 8칸
으로 된 농운정사(隴雲精舍)이다. '농운(隴雲)'은 고개 위에 걸려있는
구름이고 '정사(精舍)'는 정신을 수양하고 학문을 연구하며 가르치는
집을 뜻한다.

제자들이 공부하는 마루는 시습재(時習齋)라 하고 쉬는 마루는 관

---

21)   도산서당이란 현판은 퇴계가 도산서당의 건물을 완성하고 직접 써서 만들었다. 현판
      글씨는 단정하게 내려 쓴 아담한 크기로, 글자 형태가 다소 독특하다. 글씨는 모두
      정자체인 해서(楷書)를 기본으로 하면서도, 여러 서체의 형태와 필획을 부분적으로
      혼용하였다. 山은 옛 상형자로 쓰고 書堂은 가로획에 예서(隸書)필법을 넣었으며, 書
      의 日은 새(鳥)의 형태인 옛 글자로 썼다. 퇴계는 이렇게 글씨로서 옛 성현의 정신을
      전경과 실천의 마음으로 현판에 남기고자 했다... 박성원「도산서당 현판」『서원, 어
      진 이를 높이고 선비를 기르다』216쪽, 국립전주박물관 2020년

란헌(觀瀾軒)이라 하였다. 시습재(時習齋)의 시습이란 말은 《논어》의 첫 머리 학이(學而)편에 나오는 <학이시습지 불역열호(學而時習之 不亦悅乎)>에서 따온 것이다. '배우고 때대로 그것을 익히면 그 얼마나 즐거울 것인가'라는 뜻의 유명한 문장이다. 공부하다가 쉬는 마루의 이름 관란헌(觀瀾軒)은《맹자》에 나오는 글귀로서, '물을 보는데도 법이 있으니 반드시 물결치는 이치를 살펴봐야 한다'는 말이다.

서당 건물 동쪽 구석에는 정사각형으로 조그만 못을 파고, 거기에 연(蓮)을 심어 정우당(淨友塘)이라 하였다. 깨끗한 친구인 연꽃이 있는 못이란 뜻이다. 깨끗한 친구라는 뜻의 정우(淨友)는 연꽃을 형용하는 말로서, 앞에서 태극의 이론으로 학문의 큰 뜻을 밝힌 주돈이(周敦頤·1017~1073)가 <애련설(愛蓮說)>에서 연꽃을 군자로 묘사한 이후 연꽃의 대명사가 되었다. 이어서 그 땅에 크고 작은 자연의 소품들을 다 갖추었다, 새로 조성한 것도 있지만 있는 자연을 최대한 활용하고 거기에 이름을 붙여 의미를 정리했다. 그것으로서 산과 물, 바위와 구름이 어우러지는, 선비가 희망하고 그려낼 수 있는 가장 작은 우주를 이곳에 열었다.

퇴계는 이 과정도 자세하게 기록해놓았다;

당의 동편에 작게 네모난 못을 파고 그 속에 연꽃을 심어 정우당(淨友塘)이라 일렀다. 또 그 동쪽은 샘을 얹혀 놓고, 샘 위의 산기슭을 헌과 마주하여 높이가 서로 나란하도록 깎아 내어 단(壇)을 쌓고, 그 위에 매화·대나무·소나무·국화를 심어 절우사(節友社)라 일렀다. 당의 앞으로 나고 드는 곳은 싸릿으로 가리고 유정문(幽貞門)이라 일렀다. 유정문 밖으로 나 있는 작은 오솔길은 시내를 따라 내려가 마을 어귀에까지 이른다. 두 산기슭이 서로 마주하고 있는 데서, 그 동쪽 기슭의 곁으로 바위를 열어젖히고 터를 닦으매, 작은 정자를 지을 만했으나, 재력(財力)이 모자라 다만 그 자리만을 남겨 두었는데, 마치 산문(山門)처럼 생겨서 곡구암(谷口巖)이라 일렀다.

이곳으로부터 동쪽으로 몇 걸음을 돌아들면 산기슭이 갑자기 끊기면서 탁영담 (濯纓潭)[22]을 한가운데로부터 짓누르매, 탁영담 위로 커다란 돌들이 깎아지른 듯이 버티고 섰으니, 겹겹이 쌓인 높이가 열 발이나 남짓한데, 그 위에 터를 다져 대(臺)를 만들었다. 시렁처럼 펼쳐진 소나무 가지가 햇볕을 가려주고, 위로는 하늘과 아래로는 물뿐인 속에 날짐승과 물고기가 뛰고 날며, 좌우로 서 있는 취병(翠屛)의 그림자를 띄워 흔들고 푸른빛을 적시매, 강산(江山)의 뛰어남을 한눈에 모두 다 얻을 수 있으니, 천연대(天淵臺)라 일렀다. 서쪽 기슭도 또한 천연대에 견주어 대를 쌓고 이름을 붙여 천광운영(天光雲影)이라 했다. 천광운영대의 뛰어남은 천연대보다 못하지 않다.[23]

반타석(盤陀石)은 탁영담 속에 있는데, 그 생김새가 마치 반타(盤陀)[24]처럼 생겨서 배를 매어 두고 술자리를 마련할 만하다. 언제나 큰 비를 만나 물이 넘치면 소용돌이와 함께 물속으로 빨려 들어갔다가 물이 줄고 물결이 맑아진 뒤에야 비로소 모습을 드러낸다.

---

22) 탁영은 '갓끈을 씻는다'라는 뜻. 초(楚)나라 굴원(屈原)이 조정에서 쫓겨나 강호에 있을 적에 어부를 만나 대화를 나눴는데, 어부가 세상과 갈등을 빚지 말고 어울려 살라고 충고를 했는데도 굴원이 받아들이지 않자, 어부가 빙긋이 웃고는 뱃전을 두드리며 노래하기를 "창랑의 물이 맑으면 나의 갓끈을 씻고, 창랑의 물이 흐리면 나의 발을 씻으리라. 〔滄浪之水淸兮 可以濯吾纓 滄浪之水濁兮 可以濯吾足〕"라고 했다는 내용이 《초사(楚辭)》 〈어부사(漁父辭)〉에 나온다. 그렇게 맑은 물을 의미한다.

23) 천연대와 천광운영대는 서당 앞 낙동강의 좌우에 위치해 있는데 퇴계가 학문에 전념하면서 천지자연의 이치를 탐구하던 곳이다. '천연(天淵)'은 자연현상에서 미묘한 이치를 관조하는 것이며, '천광운영(天光雲影)'은 깨끗한 본성을 경건하게 지켜나가는 것을 의미한다. 이 두 곳은 경관을 감상하는 공간이 아니라 도체(道體)를 깨우치는 수양의 장소였다. 『서원, 어진 이를 높이고 선비를 기르다』214쪽, 국립전주박물관 2020년

24) 반타는 말, 나귀 따위의 등에 얹어서 사람이 타기에 편리하도록 만든 도구이다. 도산잡영에 나오는 위의 설명처럼 정치가 혼탁할 때는 반타석처럼 물밑으로 몸을 숨겼다가 물결의 흐름으로 수없이 떠밀리고 부딪힘을 허용해도 그 자리를 잘 지키고 있는 반타석처럼 살아가겠다는 의지를 드러내고 있다. 반타석은 퇴계가 이상으로 여겼던 군자(君子)의 모습이며, 선비의 모습이라 할 수 있다.

☞천광운영(天光雲影)

천광운영은 주희의 시「관서유감(觀書有感)」에서 왔다.

半畝方塘一鑑開   반 이랑 네모진 못에 거울 하나 열리니
天光雲影共徘徊   하늘빛과 구름 그림자 함께 배회하는구나
問渠那得淸如許   묻노니 그것은 어찌 그렇게 맑을 수 있는가
謂有源頭活水來   근원에 활발한 물 솟아나고 있기 때문이네

(朱熹, 『朱子大全』 卷1, 「觀書有感」)

　　하늘 빛과 구름 그림자가 물 위에 거울처럼 비춰지는 것은 물이
맑기 때문이다. 사람이 부여받은 본성은 본래 맑지만 이 맑은 본성을
지키려는 치열한 노력 없이는 인욕(人欲)에 오염되어 현상을 왜곡하
고 자기를 사사롭게 여겨 사욕을 채우는 꾀를 쓰게 된다. 그래서 우리
는 연못이 맑은 거울이 될 수 있는 까닭은 무엇인가를 질문하고, 그
물이 물의 근원(源頭)에서부터 오염되지 않은 활수(活水)로 내려오기

때문임을 깨닫는다. 활수는 오염되어 흐리지 않은 물로, 본성이 가리어짐이 없는 정신 경지를 상징한다. 활수가 유지되기 위해서는 오염을 차단하는 노력(持敬)이 있어야 한다. 활수로 채워진 네모진 못(方塘)은 마음의 본체가 텅 비워지고 밝은 것을 비유한 것이다.[25]

퇴계가 추구한 학문과 수양의 본체를 여기서 다시 더듬어볼 수 있다.

25)   김덕현 「퇴계의 거주와 왕래풍류」『퇴계 서원을 이야기하다』118쪽. 퇴계학연구원 2020

자연에서 배우리라

서당이 완공되었지만 당초에는 이것도 크다고 생각해 작게 만들려고 했는데 뜻과 달리 조금 커졌다고 퇴계는 미안해했다. 제자들에 의해 언행록 속에 전해온다;

완락재(玩樂齋)를 새로 짓고는, 선생이 이덕홍을 보고 이르기를, "내가 생각한 것은 본래 나지막한 집이었는데, 내가 분암(墳庵)²⁶⁾에 들어가 재 올리는 동안에 목수가 제 마음대로 이렇게 높고 크게 지어서, 마음이 몹시 부끄럽고 한(恨)스럽다." 하였다. 서재는 높이가 8척, 넓이도 8척이었다. -이덕홍-

퇴계 자신이 완락재가 본인의 뜻보다도 더 크고 높게 지어져서 부

---

26) '분암'의 '墳'은 무덤, '庵'은 암자를 말하니 '무덤가에 있는 암자'를 말한다. 다시 풀어보자면 '선영의 묘역 주위에 건립되어 묘소를 지키고 선조의 명복을 빌며 정기적으로 제를 올려주는 불교적인 시설'이다

끄러웠다고 하였지만, 가서 본 분들은 알겠지만 참으로 작은 방이다. 그 옆의 암서헌은 더욱 좁다. 퇴계의 제자 인 한강 정구가 도산서당 암서헌에서 퇴계를 배알한 적이 있었는데 너무 좁다고 조금 더 넓힐 것을 청하였는데, 퇴계는 "마음만 있을 뿐 뜻을 이루지 못했네"라고 말하였다. 1570년에 퇴계가 세상을 떠난 뒤에 안동부사로 온 정구는 직접 다시 찾아와서 길고 짧은 것과 넓고 좁은 것을 측량한 다음 건물을 더 넓혔다고 한다.[27)]

퇴계는 완락재를 공부방으로 삼아 성리학적 이치를 담은 책들을 읽고 생각하면서 생활하였다. 천 여 권의 책을 좌우 서가에 나누어 꽂았으며, 화분 한 개, 책상 한 개, 연갑 하나, 안석 하나, 지팡이 하나, 침구, 돗자리, 향로 혼천의를 두었다. 남쪽 벽 윗면에는 가로로 시렁을 걸어 옷상자와 서류 넣는 상자를 두고 이외에 다른 물건은 없었다. 돌아가시기 10년 동안 이 방에 기거하면서 수많은 제자들을 길렀고 정치에 관한, 학문에 관한 그의 철학을 밝혔다.

그의 철학은 도산서당을 세운 전말을 기록한 <도산기>라는 글에서 분명하게 알 수 있다. 조선시대 유가 미학사상의 정수라고 할 만한 자연에 대한 생각, 자연의 아름다움을 보는 관점들이 들어있다;

산림에서 사는 것으로써 즐거움을 삼았던 사람들을 보건대 또한 두 갈래가 있다. 현허(玄虛)를 그리워하고 고상(高尙)을 일삼는 가운데에 즐긴 사람들도 있고, 도의(道義)를 기뻐하고 심성(心性)을 기르는 가운데에 즐긴 사람들도 있다. 전자를 따르는 것으로 말하면, 제 한 몸을 깨끗하게 한답시고 인륜(人倫)을 어지럽게 하면서 심하게는 짐승과 함께 한 무리를 지어도 그르다고 여기지 않음이

---

27) 정구의 후손인 정내석이 도산서원을 뵈알하고 나서 쓴 시에 이러한 사정을 기록하였다. 정내석『顧軒集』권1「謁陶山書院」퇴계아카데미 2021년 가을 강연《퇴계사상의 확장성 재조명》175쪽에서 재인용

두렵고, 후자를 따르는 것으로 말하면, 좋아하는 바는 성인의 조박(糟粕)일 뿐으로서 그 전할 수 없는 묘도(妙道)에 이르러서는 찾으려 하면 할수록 얻을 수 없으니, 무슨 즐거움이 있으랴? 비록 그러하나, 차라리 이것을 하자고 스스로 힘쓸지언정, 저것을 하자고 스스로 속이지는 아니할 것이다. <도산기>

이것은 단순히 유가의 입장에서 도가적 자연관을 배격한 데에 그치는 발언이 아니다. 우리가 주목할 바는 이른바 요산요수(樂山樂水)로써 '도의(道義)를 기뻐하고 심성(心性)을 기른다.'는 말이다. 요컨대 자연미는 도의를 감득하고 심성을 기르는 데에 있어서 하나의 중요한 매개가 될 수 있다는 것이니, 퇴계는 이것을 다시 아래와 같이 부연했다.

어떤 이가 또 말하기를 "옛사람은 즐거움을 마음에서 얻었지 마음 밖의 사물(外物)에 기대어 얻지 않았다. 안연(顏淵)의 '너저분하고 더러운 거리'(陋巷)[28]와 원헌(原憲)의 '깨어진 항아리의 아가리로 만든 바라지'(甕牖)로 말하면 어디에 산수(山水)가 있는가?[29] 그러므로 무릇 마음 밖의 사물에 기대고 나서야 얻는 즐거움은 모두 참다운 즐거움이 아니다."라고 했다. 나는 말하기를 "그렇지 않다. 안연과 원헌이 몸을 붙이고 산 곳이라고 하는 것"은 다만 제 몸에 알맞아 좋이 지낼 수 있음을 높이 여긴 것일 뿐이다. 만약에 이 사람들이 (도산의) 이 경(境)을 만나면 그 즐거움을 삼음이 어찌 우리보다 깊지 않겠는가? <도산기>

---

28) 공자의 첫손을 꼽는 제자 안연은 평생 지게미조차 배불리 먹어본 적이 없을 정도로 찢어지게 빈한하여 끼니 거르기를 밥 먹듯 했지만 가난을 부끄럽게 여기지 않고 학문에 힘썼다. 공자는 어질다고 칭찬을 아끼지 않았다. 누추한 골목에서 가난하게 살았다는 뜻

29) 甕은 항아리, 牖는 들창이다. 원헌(原憲)은 오막살이집에 깨어진 독으로 들창을 삼았다. 안연이나 원헌 같은 뛰어난 제자들이 어디 산수가에 살아서 유명해졌느냐는 뜻

산수와 인간의 즐거움은 본디 아무 관계가 없다. 그러므로 참다운 즐거움은 외물(外物)을 통해서 얻을 수 있는 것이 아니다. 그러나 퇴계는 혹자의 이러한 견해를 단호히 부정했다. 퇴계의 주장은 외물이 인간의 즐거움을 매개할 수 있다는 것이며, 외물의 매개는 즐거움의 주체로 더불어 필연적인 관련을 맺고 있다는 것이다. 퇴계의 주장은 두 가지로 요약할 수 있다. 첫째, 자연미는 일정한 도체(道體)를 지닌 객관적 존재이다. 둘째, 자연미는 인간의 심성에 작용하여 도의를 감득하고 심성을 기르는 데 중요한 역량을 발휘한다는 것이다.[30]

퇴계는 올바른 정치를 하겠다고 다짐하는 선비들이 조정에 진출하고 있으면서도 계속되는 권력 싸움과 정치의 혼란으로 수많은 지식인들이 목숨을 잃거나 유배를 가고, 정치는 땅에 떨어지는 것을 안타까워하고 그 근본적인 해법을 학문에 대한 근본 개념, 우주의 본성을 제대로 파악해서 먼저 인간이 되어 정치에 나서야 한다는 생각에서 찾으려했던 것이다. 당시 끊임없이 연속되는 정치적 참화의 근본 원인이 나아가는 길만 있고 물러나는 길이 없는 데 있다고 보고 이 구조를 해소하고 퇴로를 뚫는 데 자신의 정치적인 역할을 찾아 이를 실천으로 옮겼다.

주희 이후 퇴계로 이어지는 도학자들이 생각하고 실천해 온 학자들의 길이 바로 이것이라면 그것은 현실에서 맞설 용기가 없어 물러서는 것이 아니라 현실에 도가 돌아오기를 촉구하는 수양과 학문의 길을 가는 것이고 그렇게 함으로서 사회 전체를 밝고 바르게 이끌 수 있다는 것이다. 그런 의미에서 진정한 도학자, 유학자의 길이 바로 그가 터를 정하고 제자를 기른 이 도산서당 속에 압축되어 있다는 것을

---

30) 김태환 〈도산기〉 해제 『와유록(臥遊錄 解題)』2007. 한국정신문화연구원

우리가 알 수 있다. 당시 상황이 정치적인 재난이었다면 그것을 해결하는 방도를 여기에서 찾고 모범을 퇴계가 보였다. 도산서원의 핵심은 한석봉이 쓴 큰 글씨에 있는 것이 아니라 도산서당이라는, 퇴계가 쓴 세로로 된 작은 팻말과 그 건물에 담겨있는 것이다.

퇴계가 양진암과 한서암 등 터를 구할 때부터 품고 있던 생각이 있었다. 일찍이 한서암으로 이사한 뒤에 쓴 시 속에 그 뜻이 들어있다;

내 할 일은 저 높은 벼슬이 아니니	高蹈非吾事
조용히 시골마을에서 살아가리라	居然在鄉里
소원은 착한 사람 많이 만들어	所願善人多
천지의 기강을 바로 잡는 일	是乃天地紀

그렇게 자신의 할 일을 성취해나갈 터전을 비로소 도산서당에서 마련한 것이다.

이황의 문인으로 덕망이 높았던 권호문(權好文 1532~1587)은 스승이 쓴 <도산기>을 읽고 스승의 뜻을 다 알게 된 감동을 시로 남겼다.

옛날 중국 송나라 진종(眞宗) 때 위야(魏野)라는 은사(隱士)는 세상에 알려지는 것을 싫어해 섬주(陝州)의 동쪽 교외에 초당(草堂)을 짓고 살면서 초당거사(草堂居士)로 자칭하였는데 황제가 벼슬에 나오라고 몇 번을 불러도 응하지 않고 초야에서 살아가게 해 주기를 바라니, 황제는 사신을 보내 그가 거처하는 곳을 그림으로 그려 오게 하기도 하고 내시를 보내 안부를 묻기도 하였다는 고사를 상기시키면서 퇴계가 머물었던 도산이 바로 그처럼 위야가 살던 깊은 산수와 같고, 조선의 임금이 퇴계를 몇 번 씩 올라오도록 불렀으나 올라가지 않음에, 그 도산의 경치를 병풍으로 그려 받아 집무실에 두고 보았다는 고사도 같은 것이라고 표현을 하면서

송 황제가 은거지 그림 그려 보았다는데	聞說幽居帝畫看
도산의 경치는 그보다 더 천태만상이네	陶山形勝更千般
구름에 누우니 절로 통명의 언덕[31]과 견줄 만하고	臥雲自比通明壠
달빛 아래 낚시질하니 강태공의 반계[32]와 같네	釣月頗同呂望磻
어찌 임금께서만 운치를 완상하랴	絶致豈徒明主玩
은자의 너그러운 풍모 모두 다투어 사모하네	高風爭慕碩人寬
한 편의 기문에 마음속 즐거움을 다 적었으니	一篇記了心中樂
이 멋진 경관은 붓끝으로 희롱할 수 없다네	非爲奇觀弄筆端[33]

---

31) 통명은 양(梁)나라 사람 도홍경(陶弘景)의 자이다. 젊었을 때 갈홍(葛洪)의 신선전(神仙傳)을 읽고 양생(養生)의 뜻을 품어 뒤에 구곡산(句曲山)에 은거하며 시선처럼 살았다. 그가 살던 언덕이란 말이므로 도산이 곧 그처럼 신선과 같은 분이 살던 곳이란 뜻이 된다.

32) '여망(呂望)'은 강태공으로 여상(呂尙)이라고도 한다. 주(周)나라 문왕(文王)의 스승이 되어, 무왕(武王)을 도와 은(殷)나라 주왕(紂王)을 치고 주(周)나라를 세웠다. '반계'는 중국 섬서성(陝西省) 동남쪽으로 흐르는 강인데, 강태공(姜太公)이 이곳에서 낚시질을 하다가 주 문왕(周文王)을 만났다.

33) 《송암집》제3권 / 시(詩) 題先生陶山記後

라고 도산의 산수의 아름다움과 그 속에서의 퇴계의 마음의 즐거움을 대신해서 표현해 주었다.

퇴계가 세상을 뜬 후 4년 뒤 도산서당 뒤쪽에 서원을 건립했다. 서원으로의 건립과정에는 조목, 이덕홍, 금응협, 금난수, 김부필 등이 주도적인 역할을 했다. 그러나 퇴계의 학문이 결실을 본 것은 도산서원이 아니라 바로 도산 서당이었다. 다만 서원 부지의 선정은 결과적으로 퇴계가 도산서당을 만들 때 이미 결정된 것이다.

한말의 유학자인 곽종석은 "이황은 동방 도학의 근본이요, 도산서원은 우리나라 서원의 으뜸이다"라고 하였는데, 퇴계의 학덕과 도산서원의 위상을 단적으로 드러낸 언표이다. 퇴계의 인품에 대해서는 제자들이 엮은 <언행록>같은 글에 충실히 기록되어 있다. 정유일은 "선생께서는 성현의 도가 끊어진 뒤에 나서서, 스승 없이 초연히 도학을 이루었다. 그 순수한 자질, 정직한 견해, 넓고도 굳센 마음, 고명한 학문은 성현의 도를 독자적으로 계승했고, 그 언설은 백대의 후에까지 영향을 끼칠 것이다.(중략) 이러한 분은 우리 동방에서는 오직 한 분뿐이다."라고 평가했다. 월천(月川) 조목(趙穆)은 "퇴계 선생에게는 성현이라고 할 만한 풍모가 있다"고 하였고 이에 대해 이덕홍은 "풍모만이 훌륭한 것이 아니다"라고 답하기도 했다.

퇴계의 학풍을 따른 학자는 당대에 이미 유성룡, 정구, 김성일, 조목, 이덕홍, 기대승, 이산해, 정탁, 정유일, 구봉령, 조호익, 황준량 등 300여명에 이르고, 이후에는 이준, 정경세, 정홍효, 이현일, 이익, 이상정, 정약용, 류치명, 김홍락, 이진상, 곽종석, 이만도, 김도화 등이 영남학파 및 근기지역의 남인 학바로서 이황의 주리적 사상을 발전시켰다. 특히 이익은 《이자수어(李子粹語)》를 찬술해 그에게 '이자(李子)'라는 성현의 칭호를 붙였고, 정약용은 《도산사숙록(陶山私塾錄)》을 써서 퇴계에 대한 깊은 흠모의 정을 술회했다. 이같은 몇가지 사실만 가지고도 우리는 퇴계가 당대의 문인과 후학자들에게서 성현의 예우를 받는, 한국 유학사에 찬연히 빛나는 제일인자임을 이해할 수 있다.[34]

도산서원을 가면 그의 서원교육의 출발점인 도산서당을 맨 먼저 둘러보고 이 작은 건물에 담긴 퇴계의 사상과 뜻을 조금이라도 생각해보는 시간을 가지는 것이 좋겠다는 권유를 드리고 싶다. 그래야 진정한 퇴계를 만날 수 있지 않겠는가? 전교당에 올라 밑을 내려다보며 도산서원을 다 보았다고 생각하는 착각 혹은 아쉬움을 조금이라도 줄일 수 있지 않을까 생각이 드는 것이다.

---

34) 『서원, 어진 이를 높이고 선비를 기르다』 214~215쪽, 국립전주박물관 2020년

깨닫는 샘

　　2020년 11월에 필자가 참여하고 있는 동아시아고대학회 학회회원들과 함께 안동의 도산서원을 찾은 일이 있었다. 당시 필자는 도산서원의 출발점이 된 도산서당을 퇴계가 어떤 생각으로 어떻게 만들었는가, 완락재와 암서헌 등 각 방의 위치와 구조 등을 확인하며 나름 뜻 깊은 시간을 보낼 수 있었다. 그런데 그렇게 서당의 건물에 얽힌 사상과 일화 등에 주안점을 두다 보니 상대적으로 놓친 점이 있었음을 나중에 발견했다. 그것은 작으나마 서당이라는 주거 공간, 연구 공간을 마련하고 거기서 삶을 시작하려면 사는 데에 가장 중요한 식수를 어디서 구할 것인가... 하는 점을 간과한 것이다. 그래서 도산서당 주위를 다시 살펴보니 서당 바로 앞에 샘이 하나 있었다. 그 샘의 이름은 몽천(蒙泉)이었다.

　　퇴계가 도산서당을 다 만들고 나중에 그 과정을 기록한 <도산기(陶山記)>라는 글을 보니 여기에 대해 서당을 완공하고 그 앞에 샘을

만든 기록이 있다:

정사년(1557)에서 신유년(1561)까지 5년 만에 당사(堂舍) 두 채가 되어 겨우 거처할 만하였다. 당사(한 채)는 3칸인데, 중간 한 칸은 완락재(玩樂齋)라 하였으니, 이는 주선생(朱先生: 주희)의 〈명당실기(名堂室記)〉에, "완상하여 즐기니, 족히 여기서 평생토록 지내도 싫지 않겠다."라고 하는 말에서 따온 것이다....(중략) 당사의 동쪽 구석에 조그만 못을 파고, 거기에 연(蓮)을 심어 정우당(淨友塘)이라 하고, 또 그 동쪽에 몽천(蒙泉)이란 샘을 만들고, 샘 위의 산기슭을 따서 추녀와 맞대고 평평하게 쌓아 단(壇)을 만들고는, 그 위에 매화·대나무·소나무·국화를 심어 절우사(節友社)라 불렀다.

지금의 도산서당의 배치도를 보면 그림에서처럼 서당 건물 바로 앞에 연꽃을 심고 보는 정우당(淨友塘)이 있고 그 옆 언덕받이에 매화와 대나무, 소나무를 심어놓는 단(壇)을 쌓아 이를 절우사(節友社)라고 명명했는데 이 단의 높이가 서당의 추녀와 같도록 했다는 것이다. 그리고 그 바로 밑에 몽천이라는 샘이 있다.

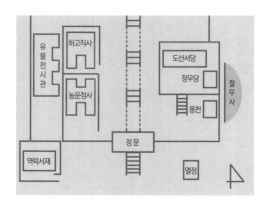

지금 남아있는 몽천을 가 보니 네모난 긴 돌로 사방을 두른 그 안에 샘물이 가득 차 있다. 그런데 퇴계가 쓴 글을 보면 몽천은 정우당의 동쪽에 있었다고 했는데 평면도를 보거나 지금 위치를 보면 남쪽에 있는 것이 되어 방향이 틀린다. 그리고 현재 몽천이 있는 곳은 지형상으로 샘이 있을 곳이 아니라 우물이 있을 곳으로 보는 것이 맞지 않을까 할 정도로 평지 개념이다.

　이렇게 차이가 하는 것이 어떤 연유인지는 잘 모르겠으나 아마도 예전 1960년대에 도산서원 일대를 성역화 한다고 손을 볼 때에 위치가 바뀐 것이 아닌가 생각되지만, 그것은 확인하지 못했다. 다만 도산서당 바로 앞 정우당 근처에 샘물이 흐르던 것을 퇴계가 샘물을 퍼서 먹을 정도로 잘 다듬고 그 이름을 몽천이라고 했음은 알겠다.

　그런 상황에서 본다면 몽천은 퇴계의 생활에서 필수불가결한 요소인 식수를 제공하는 가장 중요한 환경이 아닐 수 없다. 물론 이 서당구역을 외부와 구별해 주는 사립문(幽貞門)이 있고 거기를 열고 내려가면 다시 우물인 열정(洌井)이 있기는 하지만 일상에서 가장 중요한 식수원은 바로 이 몽천이었을 것이다. 그런데 퇴계가 애초에 이곳에 서당을 지으려고 찾아다닐 때에 이 곳에 샘물이 있었기에 여기에 터를 잡은 것으로 나온다. 샘물이 없었다면 아무리 좋은 땅이라도 감히 살 생각을 하지 못했을 것이다. 퇴계는 그 기쁨을 이렇게 시로 표현했다;

서당을 고쳐지을 터를 찾아다니다가 도산 남쪽에서 얻고는 그 느낌을 쓰다
尋改卜書堂地。得於陶山之南。有感而作。

계산서당에 비바람 부니 침상조차 가려주지 못하네
거처 옮기려고 빼어난 곳 찾아 숲과 언덕을 누볐네
어찌 알았으랴 백년토록 마음 두고 학문 닦을 땅이
바로 평소에 나무하고 고기 잡던 곳 곁에 있을 줄이야
風雨溪堂不庇牀。
卜遷求勝徧林岡。
那知百歲藏修地。
只在平生採釣傍。

꽃은 사람 보고 웃는데 情이 얕지 않고
새는 벗 구하면서 지저귀는데 뜻 오로지 심장하다네
세 갈래 오솔길[35] 옮겨와 거처하고자 다짐하였더니
즐거운 곳 누구와 함께 향기 맡으랴
花笑向人情不淺。
鳥鳴求友意偏長。
誓移三徑來棲息。
樂處何人共襲芳。

---

35) 세 갈래 오솔길은 삼경(三徑)이다. 한(漢)나라 때 은사(隱士) 장후(蔣詡)가 일찍이 자기 뜰(門庭)에 세 갈래 오솔길을 내놓고 구중(求仲), 양중(羊仲) 두 사람하고만 종유했던 데서 온 말로, 전하여 은자(隱者)의 처소를 가리킨다.《三輔決錄》도잠(陶潛)의 귀거래사(歸去來辭)에도 "세 갈래 오솔길은 묵었으나, 소나무와 국화는 아직 남아 있도다.〔三徑就荒 松菊猶存〕"라고 하였다.

도산의 언덕 구비 남쪽 경계에 흰 구름 깊은데
한줄기 몽천 동북쪽 언덕에서 나네
해질 녘에 고운 새는 물가에 떠다니고
봄 바람에 아름다운 풀은 봉우리와 숲에 가득하네
陶丘南畔白雲深。
一道蒙泉出艮岑。
晩日彩禽浮水渚。
春風瑤草滿巖林。

저절로 감개가 생겨나네 그윽히 깃들어 사는 곳에
정말 뜻이 맞네 저무는 해 서성이는 마음이.
만 가지 변화 내 어찌 감히 끝까지 탐색하리오?
그저 책 찾아 들고서 성현이 말씀 외우고자 할 뿐
自生感慨幽棲處。眞愜盤桓暮境心。
萬化窮探吾豈敢。願將編簡誦遺音。

이 시를 통해서도 몽천이란 샘이 언덕받이에 있었음을 알 수 있겠다. 하여간에 그 위치는 나중에 규명될 때가 있을 것으로 보이지만 필자로서는 퇴계가 이곳에 매일 음료로 쓸 샘을 발견하고 하밀 몽(蒙)이란 이름을 붙였을까... 하는 궁금증이 생겼다.

'蒙(몽)'이란 글자는 '입다, 덮다, 받다, 숨기다, 어리석다, 어둡다, 어린 사람' 등과 같은 여러 가지 의미가 있다고 한다. '蒙'에 어떻게 이렇게 다양한 뜻이 생긴 것인가? '蒙'은 풀(艹)로 덮인(冖) 구멍(-)인데 돼지(豕)가 있는 곳이란 뜻이라고 한다. 이는 돼지우리를 풀로 덮어준 모습이다. 돼지우리는 거적을 덮어쓰고 있으므로 이로부터 '입다, 덮다'라는 의미가 나오고, 돼지를 가리기 위하여 거적을 씌웠으므로 '숨기다'라는 의미가 나온다. 돼지 새끼는 아무것도 모르므로 '어리석다'라는 의미가 나오며, 거적으로 덮여 있는 돼지우리의 내부는 어두울 것이므로 '어둡다'라는 뜻이 나온다. 또한 돼지 새끼가 은유되어 '어린 사람'이라는 뜻이 나온다.

우리가 알고 흔히 쓰는 말 중에 蒙(몽)이 들어간 것은 무지몽매하다는 말이 있는데 '무지(無知)'는 '아는 것이 없다'는 뜻이고, '몽(蒙)'은 '어리석다', '매(昧)'는 '어둡다'는 뜻이므로 '무지몽매'는 '아는 것이 없어 어리석다'는 말이 된다. 예전에 어린이들이 공부하던 <童蒙先習(동몽선습)>'이라는 책이 있다. '童'은 '어린이', '蒙'도 '아직 완전히 깨이지 않은 어린이', '先'은 '먼저', '習'은 '익히다'라는 뜻이므로, 이 책은 '어린이가 먼저 익혀야 하는 책'이라는 의미를 갖는다. 율곡 이이(李珥)는 일반인들의 성리학의 입문을 깨우쳐주기 위해 1577년에 <격몽요결(擊蒙要訣)>이란 책을 펴냈는데 이 책 제목도 몽을 깨는 요령과 비결이란 뜻이니 이 때도 몽은 어리석다는 뜻이 들어가 있다. 이처럼 蒙(몽)은 어린이들이 잘 모르고 어수룩한 상태를 일반적으로 의미하는 것으로 볼 수 있겠다.

그런데 그렇다면 퇴계는 왜 샘에다 하필이면 어리석다는 뜻의 '몽'을 갖다 붙였을까? 그것을 당신이 <도산기>에서 직접 설명한 것은 없다. 그런데 도산기를 쓴 이후에 도산 일대의 경치와 지형지물, 건물, 설치물 등에 대해 시를 쓴 것이 <도산잡영(陶山雜詠)>으로 전해져 오는데 이 몽천에 대해서 따로 4언과 5언으로 두 편의 시를 쓴 것이 있어 거기에서 그 뜻을 더듬어볼 수 있겠다.

우선 5언시를 보면 몽천(蒙泉)이란 소제목으로 해서

산에서 샘물이 나는 괘가 몽이 되니	山泉卦爲蒙
그 상을 나는 늘 생각하는 바이다	厥義吾所服
어찌 감히 시중을 잊으랴.	豈敢忘時中
더욱 마땅히 과육할 것을 생각하려네	尤當思果育[36]

라고 했다. 산에서 샘물이 나는 것을 뜻하는 괘가 몽(蒙)이라면서 그 뜻을 늘 생각한다는 뜻이리라. 그런데 시중이니 과육이니 하는 우리가 잘 모르는 말이 있어 그 뜻이 잘 들어오지 않는다. 그래서 이장우, 정세후 두 교수가 새로 번역해 낸 『도산잡영』에 실린 이 시에 대한 해석을 보니 이 5언시는

산 아래 샘이 있는 괘상이 몽이니
그 괘상 내 따른다네
어찌 감히 잊으리오 시의에 알맞음
더욱이 과단성 있는 행동으로 덕을 기름 생각해야 하리[37]

이라고 조금 다르게, 길게 풀이를 한다. 이 두 번역을 비교 종합해보면 퇴계가 이 샘의 이름으로 찾아낸 몽이란 글자는 주역의 몽괘(蒙卦)에서 생각해내었고, 이 이름으로 쓴 것은 몽괘가 말하는 대로 시중(時中), 곧 시의에 알맞음을 늘 잊지 않고 추구하면서 과단성 있는 행

---

36) 위 시는 〈해동잡록〉이란 책에도 인용, 수록돼 있다. 위 번역은 고전번역원 번역을 인용한 것이다.

37) 이황지음 이장우 장세후 옮김 『도산잡영』97쪽. 을유문화사 2005

동(果育)으로 덕을 기르는 계기로 삼는다는 뜻으로 볼 수 있겠다.

그리고 그 다음 4언시는

서당의 동쪽에	書堂之東
샘이 있으니 몽천이라 한다	有泉曰蒙
어떻게 본받으랴	何以體之
바르게 기르는 공부로다	養正之功

라고 고전번역원에서는 풀이했는데, 이장우 장세후 두 분은

사당의 동쪽에,
샘 있으니 몽천이라네
무엇으로 체득하리오?
올바름 기르는 공을.

이라고 풀이했다. 두 번역을 비교를 해 보면 서당의 동쪽에 있는
샘을 몽천이라고 이름을 붙였는데, 그 이름에서 보여지는 양정지공
(養正之功)을 어떻게 몸으로 본받고 체득할 것인가 하는 뜻이다. 양정
지공은 무엇인가? 올바름 기르는 공이라고 풀이했는데 그게 무슨 말
인가? 두 시의 다른 번역을 놓고 궁리를 해도 그 뜻이 확연히 들어오
지 않는다. 아무래도 이 시에는 퇴계가 생각한 주역 몽괘의 함의(含意)
가 비유로 들어가 있는 게 아닌가 생각되어, 이번엔 주역에 나오는 몽
괘를 들여다 보았다.

'蒙(몽)'이란 글자는 앞에서 '입다, 덮다, 받다, 숨기다, 어리석다, 어둡다, 어린 사람' 등과 같은 여러 가지 의미가 있음을 알았고 일반적으로는 어리석다, 어둡다의 뜻으로 많이 쓰고 있는데 주역 64괘 중의 몽괘는 또 다른 세상이었다.

주역의 기본은 8괘임을 우리는 안다. 건(乾:☰)·태(兌:☱)·이(離:☲)·진(震:☳)·손(巽:☴)·감(坎:☵)·간(艮:☶)·곤(坤:☷)이라고 하는 팔괘를 가로 세로로 8개씩 늘어놓고 서로 2개씩 마주 본 대로 순서대로 맞춰보면 64개가 나온다.

1. 건괘	2. 곤괘	3. 둔괘	4. 몽괘	5. 수괘	6. 송괘	7. 사괘	8. 비괘
9. 소축괘	10. 리괘	11. 태괘	12. 비괘	13. 동인괘	14. 대유괘	15. 겸괘	16. 예괘

주역을 보면 각각의 괘에 대해 문왕이 말한 단(彖)과 주공이 말한 상(象), 그리고 공자가 덧붙인 계사 등의 해석 겸 해설이 있다. 공자가 배치하고 설명을 정리한 것을 보면 몽괘는 64괘 가운데에 네 번째로 나온다. 첫 번째가 건(乾)괘, 두 번째가 곤(坤)괘, 세 번째가 둔(屯)괘, 네 번째가 몽(蒙)괘이다. 첫 번째 건괘는 아버지, 두 번째 곤괘는 어머니를 상징한다. 세 번째 둔괘는 공자의 설명에 따르면 "둔은 가득 참이니 곧 물건이 처음 나오는 것"이다. 그 다음에 몽이 받는데. "물건이 나오면 반드시 어리므로 그 다음을 기른다는 몽(蒙)이다. 몽은 무지몽매란 뜻이 있다." 둔(屯)은 아직 어리석고 무지몽매한 상태이므로 교육해서 잘 길러야 한다. 이것이 몽괘가 된다. 즉 몽괘는 이제 갓 태어나서 세상물정 어두운 둔을 교육한다는 의미가 담겨져 있다.

몽괘(蒙卦) [卦象: 산수몽]

　몽괘는 괘 두 개를 수직으로 쌓는데, 위에는 산을 상징하는 간(艮:☶)이고 밑에는 물을 상징하는 감(坎:☵)이다. 따라서 이 괘를 '산수몽(山水蒙)'이라고 부른다. 물은 험하다는 뜻을 갖고 있다. 산 아래 험한 물이 있으니 나아갈 바를 모르는 무지몽매한 상태이다. 산 아래에 샘물이 나오는데, 험함을 만나 갈 바가 없는 상황이란다. 마치 사람이 아직 어리고 몽매해서 갈 바를 모르는 사람이라고 비유할 수 있다는 것이다.

　그렇게 본다면 퇴계가 <몽천>이란 이름을 붙이고 이 샘을 설명하는 5언시(詩)에서 "山泉卦爲蒙 厥義吾所服"이라고 한 것은 이 귀절을 '산에서 샘물이 나는 괘가 몽이 되니 그 상을 나는 늘 생각하는 바이다' 라던가 혹은 '그 괘상 내 따른다네' 등 어느 쪽으로 번역을 하더라도 그 뜻은 몽괘가 함축하는 대로 자신의 처지를 몽매하고 어려서 갈 바를 모르는 사람과 같다고 생각하면서 몽괘가 상징하고 있는 자연의 원리와 인간 행위의 방향을 따라 해야 할 일을 실천하겠다는 뜻을 담은 것으로 이해할 수 있을 것 같다.

　또 바로 그 다음 구절 "豈敢忘時中"은 "어찌 감히 시중을 잊을 것인가?"라는 뜻으로 보통 해설하는데, 여기서 시(時)는 군주의 호응을 얻는 것을 말하고 중(中)은 판단하고 행동하는 것이 중(中)을 얻음을 일컫는다고 한다. 다시 말하면 몽괘가 시사하는 가르침인 "때를 얻고 처함의 중(中)을 얻어야 일을 행할 수 있다"는 것을 이 샘의 이름을 통해 늘 생각하며 이를 잊지 않고 실행하겠다는 의지를 표출한 것으로 볼 수 있다.

실제로 몇 년 뒤 조선의 14대 왕 선조가 즉위했을 때 퇴계는 왕에게 《대학》을 강의하면서 이런 말을 한 적이 있다.

> "이 세상은 처음 개벽한 이래 거칠고 소박할 뿐이었는데 복희(伏羲)에 이르러 팔괘(八卦)를 그리고 신농(神農)이 온갖 풀을 맛보아 의약을 제조하였으며 황제(黃帝) 때에 비로소 제도를 만들고 요순(堯舜) 때에 인문(人文)이 크게 갖추어졌습니다. 요임금이 순임금에게 위(位)를 물려주면서 '중정(中正)한 것을 진실로 잡아야 한다.'고 하였고, 순임금이 우(禹)임금에게 위를 물려주면서 '인심(人心)은 위태롭기만 하고 도심(道心)은 은미하기만 하니 오직 정밀하고 전일하여야 진실로 그 중정을 잡을 수 있다.,[38]라 하여 그 당시에는 제왕이 서로 전하던 법을 중(中)자로써 말하였습니다."[39]

이처럼 중(中)이란 개념은 정치의 핵심일 뿐 아니라 사람으로서 행동거지를 정하고 행하는 기준이라고 할 수 있을 것이다.

또 다음 4언시에 나오는 "何以體之 養正之功"이라는 문장은 "어떻게 하면 양정지공을 몸으로 받아 키우고 실천할 것인가"라는 뜻이라고 본다면 앞에서 설명한 대로 몽괘의 상전(象傳)에 나오는 "山下出泉이 蒙이니 君子 以하여 果行하며 德育하나니라(산 아래에서 샘물이 나옴이 몽이니 군자가 보고서 행실을 과단성 있게 하여 덕을 기른다)"라는 구절을 앞으로 생활에서 계속 추구하겠다는 결심을 담은 것으로 풀

---

38) 제왕이 본심(本心)의 바름을 끝까지 지키기 위한 방도로 순임금이 우(禹)임금에게 전수(傳授)한 유명한 말이다. "인심은 위태롭기만 하고 도심은 은미하기만 하니 오직 정밀하고 전일하여야 진실로 그 중(中)을 잡으리라.[人心惟危 道心惟微 惟精惟一 允執厥中]" 《서경(書經)》 대우모(大禹謨)에 나오는 말인데 여기에 유학에서 중요시하는 중(中)의 개념이 처음 나온다.

39) 선조 즉위년 정묘(1567) 11월 17일(무진)

수 있다.

실제로 이 몽괘에 대해서는 몽은 어리다 어둡다는 뜻을 가지고 있지만 지금 비록 어리고 몽매할지라도 앞으로 얼마든지 발전할 여지가 있으므로 군자는 이 괘상을 본받아 장래를 바라보고 산처럼 무겁게 덕을 길러 세상에 시원한 샘물을 나눠주라는 뜻이 담겨 있다고 종합적으로 말할 수 있겠다.

그렇다면 결국 퇴계는 도산서당을 지을 땅 언덕받이에서 발견한 이 샘물이 너무 반가운 나머지 이 샘물을 받아 덕성을 함양하고 또 당시 시국에서 필요로 하는 철학과 생활을 구현해 본래 퇴계가 의도했던 자연에서의 심성함양과 공부, 교육을 통해 바른 세상을 구현하겠다는 염원을 이 이름에 담았고, 그 뜻을 시로 나타낸 것이라 하겠다.

퇴계가 몽괘를 완상하고 그 상을 따르겠다고 한 데서 보듯. 몽괘를 완상한 일은 "군자는 거(居)할 때는 그 상을 보고 그 말을 살펴보며, 동(動)할 때는 그 변화함을 보고 그 점을 살펴본다."고 한 내용과 같은 맥락이다. 그리고 <몽천>에서 표현한 핵심적인 학문적 지향은 몽괘의 내용 가운데 나오는 시중과 과행육덕이며, 퇴계는 그것을 학문과 생활에서 실천하였던 것이다.[40]

퇴계는 이렇게 도산서당을 갖추어 놓고는 그 속에서의 즐거움을 <도산기>에서 이렇게 표현하고 있다.

"나는 항상 오랜 병에 시달려 왔기 때문에, 비록 산에서 살더라도 마음을 다해 책을 읽지 못한다. 깊은 시름에 잠겼다가 조식(調息)한 뒤 때로 몸이 가뿐하고 마음이 상쾌하여, 우주(宇宙)를 굽어보고 우러러보아 감개한 마음이 생기면 책을 덮고 지팡이를 짚고 뜰 마루에 나가 연못을 구경하기도 하고 단에 올라 사(社

40)   김병권, 「퇴계의 몽괘 완상과 몽천 창작의 의미」, 퇴계학논총 제12집,

절우사)를 찾기도 하며 밭을 돌면서 약초를 심기도 하고 숲을 헤치며 꽃을 따기도 한다. 또 혹은 바위에 앉아 샘물을 구경도 하고 대에 올라 구름을 바라보며, 여울에서 고기를 구경하고 배에서 갈매기와 친하면서 마음대로 시름없이 노닐다가, 좋은 경치 만나면 흥취가 절로 일어, 한껏 즐기다가 집으로 돌아오면 고요한 방 안에 쌓인 책이 가득하다. 책상을 마주하여 잠자코 앉아 삼가 마음을 잡고 이치를 궁구할 때, 간혹 마음에 얻는 것이 있으면 흐뭇하여 밥 먹기도 잊어버린다."

어쩌면 사람들이 지나치기 쉬운 작은 샘인 몽천, 이 이름에 이런 깊은 뜻이 담겨 있었던 것이다. 지금 도산의 아래에 샘이 있는 것이 산수몽, 몽괘의 그것과 부합하기에 퇴계는 이렇게 후진들의 교육과 관련 있는 괘상을 따라서 이곳에 서당터를 잡고 서당을 연 것이다.

지금 몽천이 퇴계가 애초 찾아낸 원래 그 자리인지에 대해서는, 뒤의 정비작업 등을 거친 관계로 다소 의문이 있다고 생각하고 있고, 지금 그 샘에 나오는 물도 식수로는 사용할 수 없지만, 퇴계가 서당 옆에서 찾은 이 샘물이야말로 3칸짜리 작은 서당 건물과 함께 퇴계가 이곳에 서당을 지은 참 뜻을 담고 460년 동안 전해온 숨은 생명수였다는 생각이다.

필자는 도산서원을 훑어보다가 이 몽천이란 샘을 발견하고 그 연원과 여기에 담긴 퇴계의 염원을 공부하게 되었다. 그래서 주역에 대해서도 잘 모르고 퇴계의 시가 뜻하는 바도 정확히는 모르지만 대체적인 뜻을 공부하고 알아보아 그 의미를 이렇게 글로 담아본다. 퇴계가 산 속으로 들어오게 된 뜻이 이 샘물의 이름에도 드러나 있는 것이다.

산 속에 있으니

　　일반적으로 퇴계는 시인보다도 성리학자로 인식되고 있다. 퇴계의 철학은 성(誠)과 경(敬)으로 정의되고 있고, 그의 「성학십도」나 성리학의 이론 등을 통해 보면 퇴계에게서는 학문에 대한 엄격한 자세가 느껴진다. 그러나 퇴계는 생전에 2000수가 넘는 많은 한시를 남겼고 이 시들에는 철학을 말하기보다는 전원을 묘사하거나 산수의 아름다움을 묘사한 시들이 많아 그 시를 보면 엄격한 도학자라기보다도 소박하면서도 넘치는 정감을 가진 시인으로 보는 것이 더 맞다는 생각이 들 정도이다. 이러한 시인으로서의 퇴계의 면모는 맨 앞 머리글에서 언급한 바처럼 이(理)가 어떠니 기(氣)가 어떠니 하는 유학에서의 논쟁에 가려서 잘 보이지 못했다고 할 수 있다.

　　시인으로서의 퇴계의 자세는 중국의 도연명, 주돈이, 두보, 소동파, 주희 등에게서 영향을 많이 받았으며, 국내에서는 농암(聾巖) 이현보(李賢輔 1467~1555)나 면앙정(俛仰亭) 송순(宋純 1493 ~ 1583)과 교류 및 영향을 받은 것으로 분석되고 있다. 퇴계는 젊어서부터 산수를 동경하여 마음에 품어온 지는 오래 되었으나, 공부하고 벼슬에 나가서 일을 하는 과정에서 많은 시련을 겪다가 만년에 와서야 도산의 산수 전원으로 돌아올 수 있었다.[41]

퇴계의 친형인 온계(溫溪) 이해(李瀣, 1496~1550)가 권신들의 모함으로 1550년에 목숨을 잃자 퇴계는 더욱 벼슬을 마다하고 학문에 전념하겠다는 뜻을 굳혔다. 형님이 세상을 떠난 그 해에 고향인 도산의 퇴계 서쪽에 한서암을 지었고 이듬해에는 그 북쪽에 계상서당을 지어 학문을 연구하고 제자들도 가르쳤다. 그러나 두 집 모두 불편하고 마음에 들지 않아 도산 남쪽의 땅을 물색한 것이 1557년, 이어 서당을 짓기 시작하여 5년 만인 1561년에 서당 건물을 완성했다. 앞에서도 자세히 알아본 대로 10평도 안 되는 작은 규모이지만 서당은 동편의 마루 1칸과 중앙의 방 1칸, 서편의 부엌이 딸려 있는 소박한 집으로

---

41)   신두환「退溪의 漢詩에 나타난 '拙樸'의 美」『漢字漢文敎育』第二十輯 421쪽

퇴계는 가운데 방에서 거주하면서 동쪽 방에서 공부를 하고 서쪽 방에서 식사를 해결하였다. 그 앞에는 제자들이 와서 묵을 수 있는 집도 마련했다. 서당 주변에는 집 옆의 샘을 살리고 연못부터 울타리, 화단까지 직접 구상했고, 집 앞 오솔길의 입구와 낙동강 변의 천연대와 천광운영대까지를 찾아 다듬어놓음으로써 서당 일대를 그야말로 자연의 아름다움을 느끼고 즐길 수 있는 공간으로 정리해놓고 그 속에서 학문과 수양과 제자 기르기를 병행했다.

1561년 도산 서당이 완공되고 퇴계가 이 서당에서 기거하게 됨으로써 퇴계의 생활반경과 태도는 확연히 바뀌었다. 도산서당에서의 생활은 매일 매일이 즐거움의 연속이었다.

> 나는 늘 여러 가지 병(積病)에 휘감겨 괴로움을 겪는 까닭에, 비록 산에서 지내기는 해도 뜻을 다하여 글을 읽을 수는 없었다. 깊숙이 지닌 근심을 다스리는 겨를에 때로 몸이 가뿐히 좋으며 마음이 시원스레 깨이면, 위아래로 온 누리를 굽어보고 쳐다보매, 북받치는 느낌이 거기에 이어지면, 책을 덮고 지팡이를 짚고 나가 헌(軒)에 기대어 정우당(淨友塘)을 바라보거나 단(壇)에 올라 절우사(節友社)를 거닐고, 채마밭을 돌면서 약초를 심거나 수풀을 뒤져 꽃나무를 뽑아 옮겼다. 때로는 돌에 앉아 샘물소리로 놀이를 삼거나 천연대에 올라 구름을 바라보고, 때로는 물가에서 물고기를 구경하거나 뱃속에서 갈매기를 가까이 두고 놀았다. 발길이 닿는 대로 뜻을 좇아 이리저리 노닐며, 눈길이 닿는 대로 흥(興)을 일으키고, 경(景)을 만나는 대로 취(趣)를 이루어, 흥이 지극한 데에 이르고 나서야 돌아왔다.[42]

이러한 자연 속에서의 즐거움은 시로 분출되었다. 도산서당의 완공에 따른 생활의 변화는 나중에 작성한 <도산기>와 도산 일대의 자

---

42) 《해동록》에 인용된 〈도산기〉에 대한 고전번역원의 번역을 따랐다.

연과 환경을 묘사한 <도산잡영(陶山雜詠)>에 잘 드러나 있다.

<도산잡영>은 7언 절구 18수와 5언 절구 26수 그리고 별도의 5언 절구 4수 등 모두 48수로 구성되어 있는데, 5언 절구 26수에는 각 시마다 4언시 한 수 씩 부기(附記)되어 있어 이것 까지 합하면 총 74수가 된다. <도산잡영>에서는 자연에서 도(道)를 찾는 즐거움을 잘 보여주고 있다. 그리고 <도산잡영>에는 학문하는 자세나 마음

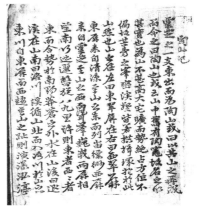

퇴계가 쓴 도산기(사본, 국립중앙도서관)

가짐에 대해 노래한 시들이 있는데, 이러한 경향의 시들은 심성 수양과 관련이 깊은 시라고 할 수 있다. 성리학에서는 수양의 궁극적인 목표가 군자가 되는 것에 두었다. 퇴계는 공의(公義)와 사리(私利)를 선과 악의 판단 준거로 삼고 주자와 같이 '거경궁리(居敬窮理)'[43]를 수양의 요체로 삼았다. 퇴계는 거경(居敬)과 궁리(窮理)의 수양을 쌓아야 하늘의 이치를 체득하여 도덕적 가치를 실천할 수 있다고 보았다.[44] 퇴계는 학문의 시작과 끝을 경으로 생각하고, 일상생활도 경으로 실천하였다.

---

43)   《논어》에 "조용히 있을 때에는 공손해야 하고, 일을 할 때는 경건한 마음으로 해야 한다." 또 "내 몸은 경으로써 닦아야 한다(修己以敬)."고 하였다. 몸과 마음이 참된 길에서 어긋날까 조심하는 마음을 한결같이 유지하면서, 최선을 다하여 끝까지 이치를 탐구하는 것을 말한다

44)   변종현「<도산잡영>과 <도산십이곡>의 관련 양상 연구」『배달말』60집 98쪽 배달 말학회(2017. 6.)

<도산기>에는 퇴계의 도산생활이 잘 그려져 있는데, 이 글에서 그가 도산에서 어떻게 학문과 수양에 힘을 기울였는지 잘 나타나있다.

> 책상을 마주하여 잠자코 앉아 삼가 마음을 잡고 이치를 궁구할 때, 간간이 마음에 얻는 것이 있으면 흐뭇하여 밥 먹는 것도 잊어버린다. 생각하다가 통하지 못한 것이 있을 때는 좋은 벗을 찾아 물어보며, 그래도 알지 못할 때는 혼자서 분발해 보지만 억지로 통하려고는 하지 않는다. 우선 한쪽에 밀쳐 두었다가, 가끔 다시 그 문제를 끄집어내어 마음에 어떤 사념도 없애고 곰곰이 생각하면서 스스로 깨달아지기를 기다리며 오늘도 그렇게 하고 내일도 그렇게 할 것이다. 또 산새가 울고 초목이 무성하며 바람과 서리가 차갑고 눈과 달빛이 어리는 등 사철의 경치가 다 다르니 흥취 또한 끝이 없다. 그래서 너무 춥거나 덥거나 큰바람이 불거나 큰비가 올 때가 아니면, 어느 날이나 어느 때나 나가지 않는 날이 없고 나갈 때나 돌아올 때나 이와 같이 하였다.[45]

퇴계는 도산서원에서 책 읽는 데에만 집중한 것이 아니라 주변에 있는 연못을 돌아보기도 하고 채마밭을 돌기도 하고 숲을 산책하기도 하였다. 때로는 물가에서 물고기가 노는 광경을 바라보기도 하고 배에서 갈매기를 가까이 하기도 하 였다. 이렇게 자연 속에서 마음껏 흥취를 누리고 서재로 돌아오면 사방에 가 득한 책을 마주하게 되고 깨달음을 얻게 되면 밥 먹는 것도 잊었다. 그리고 잘 모르는 내용들이 있으면 친구들의 도움을 받기도 하고 억지로 통하려 하지 않았다고 하였다. 이처럼 퇴계는 도산주변의 경관을 늘 가까이 하였고, 책을 통하여는 성현들의 가르침을 체득하기 위해 노력했던 모습들을 남겨놓았다.

그의 시세계는 기교를 배제하는 졸박(拙樸朴)의 미를 보여주고 있

---

45)　　퇴계선생문집 제3권 / 시(詩) /도산잡영(陶山雜詠) 병기(幷記)

다고 할 수 있다. 이런 세계는 퇴계 이전의 문인학자들이 추구하던 삶의 방식이기도 하다. 주희가 무이구곡에 은거하여 자연을 벗하며 심성수양에 몰두하였듯이 퇴계도 틈만 나면 벼슬을 내어 놓고 고향 도산으로 내려와 산수를 즐기며 심성수양을 하고자 하였다. 도연명이 「전원에 돌아가다(歸園田去) 다섯 수(五首)」에서 '졸(拙)'을 지키러 전원으로 돌아간다.(守拙歸田園)라고 말을 했다. 졸(拙)이라는 것을 벼슬에 나아가지 않고 산수전원에 묻히는 귀거래의 본뜻이라고 정의할 수 있다. 이것은 주돈이에게로도 이어진다. 주돈이는 졸박의 미학을 대표하는 「졸부(拙賦)」를 지었다.

누가 나에게 이르기를 '남들이 그대를 보고 졸(拙)하다'고 한다. 나는 '교(巧)는 생각하면 부끄러운 것이 있고 세상의 근심거리는 대부분 교(巧)이다.'라고 말하고 기뻐하면서 이에 대한 부(賦)를 지어서 말한다.

잘난 척 하는 사람은 말을 잘하나 못난 척하는 사람은 말을 아니 하며,
잘난 척하는 사람은 늘 수고로우나 못난 척하는 사람은 한가로우며,
잘난 척하는 사람은 남을 해치지만 못난 척하는 사람은 덕이 있으며,
잘난 척하는 사람은 흉하고 못난 척하는 사람은 길하도다.
아! 천하가 졸하면 정치가 두루 철저해져서 상하가 편안하고 순조로워서
풍속은 맑아지고 폐단은 없어지느니라.[46]

---

46)   周敦頤,《拙賦》或谓予曰: "人谓子拙。" 予曰: "巧, 窃所耻也, 且患世多巧也。" 喜
       而赋之曰: 巧者言, 拙者默; 巧者劳, 拙者逸; 巧者贼, 拙者德; 巧者凶, 拙者吉。呜
       呼! 天下拙, 刑政彻。上安下顺, 风清弊绝。

도산서원 정문

‘졸박(拙樸)’은 질박하고 순수한 것을 추구하는 것이어서 애써 기교를 부려 화려하게 꾸미지는 않는 미의식이다. 퇴계는 ‘졸박은 무위로서 천하를 다스리려는 것이다’라는 노자의 말을 인용하면서 ‘주렴계의 부(賦)에서 운운한 것, 주희가 언급한 것이 이와 같다.’[47]고 하였다. 이러한 졸박의 미학은 조선의 유가적 사대부들의 심금을 울리는 미의식으로 자리 잡았다. 졸박은 벼슬하는 관료 사대부보다는 은거를 추구 하는 처사의 미학이며, 진실한 학자의 미학이었다. 조선사대부들의 벼슬을 버리고 귀거래하는 풍조의 철학적인 기초가 될 만한 글이다. ‘졸’ 에는 교묘함이 없는 꾸밈의 기교가 함의되어 있으며 ‘드러내는 것은 못 남이요 감추는 것은 재주’라는 달관의 처세가 들어 있다. 이런 의미에서 졸박은 도학가의 미학이다.[48]

퇴계는 서당을 완공하고 적은 <도산기>에서 “비로소 내가 시내가에 거처할 곳을 골라 시냇가에 집 두어 간을 얽어매고 서책을 저장

---

47)   李滉,『退溪先生文集 卷33書』「答許美叔簹」 “欲以拙朴 無爲率天下 黃老之道爲
       然 而濂溪賦云云 故朱子之言 如此”

48)   신두환 「退溪의 漢詩에 나타난 ‘拙樸’의 美 」『漢字漢文敎育　第二十輯』428쪽

하고 졸박을 기르는 장소로 삼았다"⁴⁹⁾ 라고 했다. 퇴계는 도산에 머물면서 졸박의 정취를 기른다고 말 한 것이다. 도산에 은거한 이후 퇴계가 지은 시가의 미학이념이 '졸박'이었다는 말과도 뜻이 통한다.

퇴계는 약 3000여수의 시를 남겼다. 그의 시 대부분이 산수 자연을 노래한 전원시 경향을 드러내고 있으며 관료생활과 산수자연 사이에서 긴 장과 갈등을 해소시키는 카타르시스였다. 시의 소재도 노송, 매화, 달, 못, 연꽃, 대나무, 바위, 시내, 누정 등 산수자연의 소박한 정감을 드러내는 시들이 많았다.

퇴계는

> "나의 시가 고담(枯淡:욕심이 없고 담백하다)해서 그리 좋아하지 않는 사람이 많다. 그러나 내가 시에 대해 용력한 바가 자못 깊기 때문에 처음 읽어보면 비록 냉담한 것 같지만 오래 두고 읽어보면 의미가 없지 않을 것이다."

라고 하였다.⁵⁰⁾

퇴계의 산수시에 드러나는 소재들의 소품성이나 그 성격에서 졸박의 미의식이 드러나고 있다. 우리나라의 산수를 읊고 우리의 지명을 사용하거나 우리의 경물을 읊고 있는 점에서 퇴계의 한 시는 진경산수시이다. 전원생활의 경험과 미적체험을 중시하여 직접 피부로 느낀 정감의 표현이라는 점도 퇴계시의 한 특징이라고 판단할 수 있다. 퇴계는 〈도산잡영〉의 병기에서 이러한 경지를 자세하게 설명한다;

---

49)   始余卜居溪上 臨溪縛屋數間 以爲 藏書養拙之所〈도산잡영 병기〉

50)   李滉『退溪全書』,『言行錄 권5』吾詩枯淡。人多不喜。然於詩用力頗深。故初看雖似冷淡。久看則不無意味。

도산잡영 병기

옛날 산림을 즐기는 사람들을 보면 거기에는 두 종류가 있다. 첫째는, 현허(玄虛)를 사모하여 고상(高尙)을 일삼아 즐기는 사람이요, 둘째는 도의(道義)를 즐기어 심성(心性) 기르기를 즐기는 사람이다. 전자의 주장에 의하면, 몸을 더럽힐까 두려워하여 세상과 인연을 끊고, 심한 경우 새나 짐승과 같이 살면서 그것을 그르다고 생각하지 않는다. 후자의 주장에 의하면, 즐기는 것이 조박(糟粕)뿐이어서 전할 수 없는 묘한 이치에 이르러서는 구할수록 더욱 얻지 못하게 되니, 즐거움이 어디에 있겠는가. 그러나 차라리 후자를 위하여 힘쓸지언정 전자를 위하여 스스로 속이지는 말아야 할 것이니, 어느 여가에 이른바 세속의 명리(名利)를 좇는 것이 내 마음에 들어오는지 알겠는가.

도산서원 전경

퇴계는 길가의 풀 한 포기나 산 속에 있는 옹달샘이나 우물에서도 자연의 이치를 발견하였으며, 자신이 지향해야 할 가치를 모색하였다. 그리고 물고기나 솔개를 통해서 자연의 이치를 사색하고 사람이 지녀야 할 본성을 탐구 하였다. 자연 속에서 하루하루, 일 년 사시를 보내면서 자연의 아름다움을 흠뻑 즐기는 가운데 퇴계는 사계절의 변화를 아침저녁으로 보면서 느낀 심회를 시로 남겼다. 그 중에서도 특별히 사계절을 아침, 낮, 저녁, 밤으로 나누어 각각을 묘사한 '산거4시(山居四時)' 각 4영(詠) 16절을 써서 〈도산잡영(陶山雜詠)〉의 맨 마지막에 붙여놓은 것이 사람들에게 큰 사랑을 받고 있다, 그 봄 여름 가을 겨울의 각 4편씩의 시들은, 산에서의 생활이 길지 않으면, 그리고 아침과 낮, 저녁과 밤을 각각 규칙적으로 음미하지 않고서는 참으로 노래하기 어려운 것이다. 어쩌면 하루의 네 시간대를 읊은 시는, 세계적으로 달리 유례가 없는 것이 아닐까 한다. [51]

그런데 아름다운 환경과 계절의 변화만이 아니라 그 속에서 즐기며 새로운 경지를 체험하는 퇴계의 느낌을 묘사하고 있는 것이 때로는 쉽게 이해하기 어려운 부분들이 있다. 퇴계가 자연을 통찰하여 그 이치를 탐구한 즐거움을 이런 시 속에서 표현하면서 선인들이 생각하고 알려준 생각들을 함께 담았기 때문이다. 마음의 이치를 알고 마음의 눈을 열면 자연의 묘리와 활발한 운행을 깨닫게 되어 바른 본성을 다하여 도덕적 자아를 완성하고 이상적 사회를 형성해야 한다는 학문적 지향을 표현한 것들이기에 언뜻 보면 알 것 같지만 제대로 이해하려면 쉽지 않다.

근본적으로 퇴계가 추구하는 학문도 유학에서 추구하는 목표처럼 성인(聖人)이 되는 것이다. 성인이란 개인적으로는 공부와 수양을 통해 유학의 가치를 한 몸으로 하는(體化) 인품과 역량을 갖추고 사회적으로는 모범적인 지도자가 되어 타인들이 그러한 삶을 함께 살아가도록 인도하는 사람이다. 이러한 것을 내성외왕(內聖外王)이라고 표현하거니와 유학자들은 이를 통해 천인합일(天人合一)에 이르고자 하였다. 인간이 자연의 구성원으로서 자연의 이치에 따라 살아가야 한다고 생각하였고, 생명의 조화로운 양육을 지향하는 자연의 도덕적 가

---

51)   小川晴久「이퇴계와 山居」 제14차 퇴계학 국제학술회의 발표문

치와 일치되는 삶을 가장 인간다운 삶이라고 여겼다. 또한 유학자들
은 인간을 자연의 구성원 중에서 가장 뛰어난 구성원이라고 규정함으
로써 도가(道家)와는 달리 인간만이 자연을 도와서 만물로 하여금 그
이치에 따라 살도록 인도할 수 있는 능력과 책임을 가지고 있다고 여
겼다.[52] 그렇기 때문에 퇴계의 시는 단순히 자연 속에서의 즐거운 생
활을 묘사하는 데에 그치지 않고 유학의 여러 선배들의 삶과 생각을
되짚으며 성인이 되는 길을 밝히고 있기에 그냥 술술 읽고 넘어가기
에는 힘든 부분이 있음을 나는 느꼈다. 퇴계의 '산거사시(山居四時)'
시(詩)가 이러한 측면에서 높은 평가를 받고 있기에 그 시들을 읽어본
즉 금방 이해되기 어려운 점들이 많아서, '산거4시(山居四時)' 각 4영
(詠)들을 내가 읽어보고 거기에서 생긴 의문점을 찾아가는 작업을 해
보았다. 이 시들이야 말로 퇴계의 생각을 더듬을 수 있는 훌륭한 작품
들인데, 아쉽게도 알기 쉽고 깊이 있는 연구들이 미진한 것 같아서 필
자가 도전해 보는 것이다.

---

52)   김형찬 「진리탐구와 마음공부로서의 퇴계학」 『퇴계아카데미 2021가을강연』 강연집
       90~91쪽

봄날의 증점

그러한 작업의 시작을 봄날의 시부터 시작하자. 봄에 대해서는 아침, 낮, 저녁, 밤 이렇게 나누어 각각 시를 썼다. 봄의 아침을 보면

안개 걷힌 봄 산이 비단처럼 밝은데	霧捲春山錦繡明
진기한 새들은 서로 화답하며 온갖 소리로 우네	珍禽相和百般鳴
그윽한 곳 요즘은 찾는 손님이 없다보니	幽居更喜無來客
푸른 풀이 뜰 안에 마음껏 났다	碧草中庭滿意生

라고 노래하고 있다. 이 시의 묘사가 차분하고 화사해서 이해가 쉽게 되는 편이다. 그런데 그 다음 낮에 관해 묘사한 시가 조금 어렵다.

뜨락에는 비 갠 뒤에 고운 볕이 더딘데	庭宇新晴麗景遲

꽃향기는 물씬물씬 옷자락에 스미누나	花香拍拍襲人衣
어찌하여 네 제자가 모두 제 뜻 말하는데	如何四子俱言志
시 읊고 돌아옴을 성인이 감탄했나	聖發咨嗟獨詠歸

　이 시만을 놓고 보면 앞부분엔 해가 뜨고 낮이 되면서 서서히 햇볕이 들고 있고 거기서 꽃향기가 풍기는 상황을 묘사했는데 느닷없이 네 제자가 각자 무슨 말을 했다는 귀절이 나오고 그 중에 시 읊고 돌아온 사람을 공자가 칭찬했다는 표현이 이어진다. 이렇게 느닷없이 튀어나온 네 제자의 이야기는 무슨 사연이 있었을 것이지만 시만 보아서는 이해가 금방 안된다.

　무슨 이야기일까 하고 여러 연구자들이 해주신 설명을 찾아보니 《논어》〈선진(先進)〉편에 공자가 네 제자에게 각자 이름을 부르며 주고받은 내용이 실려 있는데 그걸 말하는 것이라고 한다. 여기에 나오는 네 제자는 자로(子路)[53]와 증석(曾晳)[54]과 염유(冉有),[55] 공서화(公西華)[56]이고 《논어》〈선진(先進)〉편에 25번째로 실린 상황은 이렇다;

---

53)　자로(子路): 성은 중(仲), 이름은 유(由), 자(字)는 자로(子路)이며, 계로(季路)라고도 불린다. 지금의 산둥성[山東省] 사수현[泗水縣]인 노국(魯國) 변읍(卞邑) 출신이다. 공자의 제자들 가운데 가장 뛰어난 10인을 뜻하는 '공문십철(孔門十哲)' 가운데 하나

54)　증석의 이름은 증점(曾點)이며 증석은 자다. 노나라 남무성(南武城) 사람으로 공자의 제자이자 증삼(曾參, 곧 증자)의 부친이다. 공자보다 6세 연하이고 공자가 30여세 때에 받아들인 제자였다.

55)　염유는 공문십철 가운데 하나. 본명은 염구(冉求)이다. 자로와 더불어 정치적인 능력으로 이름을 알렸다. 이 편의 다른 글에 제자를 소개하는 글이 다음과 같이 있다; 덕을 행하는 것이 훌륭하기는 안회, 민자건, 염백우, 중궁이 있고, 말 잘하기로는 재아와 자공이 있으며, 정치에는 염유와 자로이고, 문헌에 밝기에는 자유와 자하가 있다. [德行 顏淵 閔子騫 冉伯牛仲弓, 言語 宰我 子貢, 政事 冉有 季路, 文學 子游 子夏] (논어, 선진)

56)　원 이름은 공서적(公西赤)이고 자가 화(華)이다. 공자보다 42세가 어렸던 제자인데 예의가 바르고 우수한 외교적 수완을 지니고 있었다고 한다.

자로(子路)와 증석(曾晳)과 염유(冉有), 공서화(公西華) 네 사람이 배석하고 있었다. 선생님께서 말씀하셨다. 네가 너희들보다 나이가 조금 많다고 해서 꺼리지 말고 자유롭게 말했으면 한다. 너희들은 평소에 나를 알아주는 사람이 없다고 말하는데 만약 누군가가 너희들을 알아준다면 어떻게 하겠느냐.

자로(子路)가 기다렸다는 듯이 나서서 입을 열었다. 전차 천 대의 군비를 갖춘 제후의 나라가 강국 사이에 끼어 군대의 침략으로 인한 전쟁으로 피폐하여 기근이 덮쳐 곤궁에 쳐했다면 제가 그 정치를 맡아 3년 만에 다시 활기를 되찾게 하고, 도의를 존중하는 나라로 키워보고 싶습니다. 선생님께서 자로의 말을 듣고 빙그레 웃으셨다.

구(求)야 너는 어떠냐. 염유(冉有)가 대답했다. 사방 6, 7십리 또는 5, 6십리 쯤 되는 지역의 정치를 제가 맡아 3년 만에 백성의 생활을 풍족하게 만들어 보이고 싶습니다. 그렇지만 문화수준의 향상에 대해서는 자신이 없으므로 보다 훌륭한 인물을 기다리고자 합니다.

적(赤)아 너는 어떠냐. 공소화(公西華)가 대답했다. 저는 꼭 자신이 있는 것은 아닙니다만 희망을 말씀드리면 종묘의 조상 제사와 빈객이 모이는 회동(會同)의 제사 때에 단(端)의 예복을 입고 장보(章甫)의 관을 쓰고 의례를 보좌하는 소상(小相)의 역할을 맡고 싶습니다

점(點)아, 너는 어떠냐. 그러자 증점(曾點)은 그때까지 슬(瑟)을 무릎 위에 올려놓고 가볍게 튕기고 있다가 퉁하고 내려놓더니 자세를 고쳐 대답했다. 제 생각은 세 사람이 잘 말한 것과 너무 달라서 말씀 드리기 주저됩니다. 선생님께서 말씀하셨다. 상관없지 않느냐. 각자 자신의 포부를 말해보는 것일 뿐이다.

(이에 증점이 말했다) 춘삼월이 되면 봄옷으로 갈아입고 젊은이 대여섯 명과 동자 예닐곱 명을 데리고 나가서 기수(沂水)에서 목욕하고 무우(舞雩)의 광장에서 바람을 쐬고 시를 읊으며 돌아올까 합니다.

그 말을 듣고 선생님께서는 깊이 탄식하며 말씀하셨다. 나는 증점을 따르련다.[57]

---

57) 子路 曾晳 冉有 公西華 侍坐 子曰 以吾一日長乎爾 毋吾以也 居則曰 不吾知也 如或知爾 則何以哉
子路 率爾而對曰 千乘之國 攝乎大國之間 加之以師旅 因之以饑饉 由也爲之 比及三年 可使有勇且知方也 夫子哂之 求爾何如 對曰 方六七十 如五六十 求也爲之 比及三年 可使足民 如其禮樂 以俟君子
赤爾何如 對曰 非曰能之 願學焉宗廟之事 如會同 端章甫 願爲小相焉
點爾何如 鼓瑟希 鏗爾舍瑟而作 對曰 異乎三者之撰 子曰 何傷乎 亦各言其志也
曰 莫春者 春服旣成 冠者五六人 童子六七人 浴乎沂 風乎舞雩 詠而歸
夫子喟然歎曰 吾與點也

이상이 <선진>편에 나오는 네 제자 이야기이다. 공자가 네 명의 제자에게 각자 하고 싶은 바를 털어놓으라고 하니까 자로는 강병(强兵)의 나라, 염유는 부민(富民)의 나라, 공서화는 예악(禮樂)의 나라를 만들겠다고 말했지만 증점(曾點)은 기수라는 데서 물놀이하다가 바람 쐬고 놀다가 시를 읊으며 돌아오겠다고 했다, 말하자면 산수자연을 즐기겠다는 뜻이다. 그런데 공자가 다른 제자들 말에는 빙긋이 웃기만 하다가 증점의 말은 그것을 인정하고 허락하겠다고 한 것이다. 평생 예교의 정치를 강조했던 공자가 여기에서는 엉뚱하게 산수자연을 즐기는 증점의 생각을 허용한 것이다.

그런데 엉뚱하기는 퇴계도 마찬가지이다. 퇴계는 따뜻한 봄날 낮이 진행되는 상황을 묘사하다가 느닷없이 "어찌하여 네 제자가 모두 제 뜻 말하는데 如何四子俱言志 시 읊고 돌아옴을 성인이 감탄했나 聖發咨嗟獨詠歸"라며 네 제자의 이야기를 꺼내고 그것의 의미를 되새기고 있을까? 그리고 퇴계는 네 제자의 말보다도 증점의 말에만 공자가 동의한 것을 굳이 언급했을까... 그것이 궁금하다.

우선 공자가 네 제자 중에 증점의 행동과 말만을 인정하고 허용한 것은 무슨 뜻일까를 생각해보자. 《논어》의 <선진>편 중에서도 가장 긴 문단이 되는 이 부분에 대해 당연히 많은 학자들이 연구를 했을 것인데, 뜻밖에도 거기에 주희(朱熹, 곧 朱子)가 나오더라는 것이다. 주희는 필생의 저작 중의 하나인

《논어집주(論語集註)》에서 해당부분을 해설하면서 다른 제자들이 섣불리 정치에 뜻을 두고 있지만 증점만은 참다운 인간으로서의 가치관과 행동에 대해 올바르게 천명을 한 것이라며 이렇게 말한다;

양기성, 〈증점욕기〉, 종이에 연한 색,
37.9×29.4cm,일본 대화문화관.

증점(증석)의 학문은 대체로 사람의 욕심[人慾]이 다한 곳에 천리(天理)가 유행하여, 곳에 따라 충만하여 조금도 모자라거나 빠진 것이 없음을 볼 수 있다. 그러므로 움직이거나 고요히 있을 때에 차분하고 자연스러운 것이 이와 같았으며, 그 뜻을 말한 것은 현재 자기가 처한 위치에서 그 일상생활을 즐기는 것이었을 뿐 처음부터 자신을 버리고서 남을 위하려는 뜻은 없었다. 그리하여 그 가슴속이 한가롭고 자연스러워 곧바로 천지만물과 더불어 위 아래로 함께 흘러 각각 제 위치를 얻은 그 오묘함이 은근히 말 밖에 나타났으니, 저 세 사람이 지엽적인 정치적 과업에 급급한 것에 비하면 그 기상이 같지 않은 것이다. 그러므로 부자께서 감탄하시고 깊이 동의하신 것이며, 문인들도 그 전말을 특히 더욱 자세히 기록하였으니, 역시 거기에 대해서 아는 것이 있었던 것이다.[58]

---

58)　　《論語集註》<先進11> 朱註, "曾點之學, 蓋有以見夫人欲盡處, 天理流行, 隨處充滿, 無少欠闕. 故其動靜之際, 從容如此. 而其言志, 則又不過卽其所居之位, 樂其日用 之常, 初無舍己爲人之意. 而其胸次悠然, 直與天地萬物上下同流, 各得其所之妙, 隱然 自見於言外. 視三子之規規於事爲之末者, 其氣象不侔矣, 故夫子歎息而深許之. 而門人記 其本末獨加詳焉, 蓋亦有以識此矣."

아 그렇구나. 주희가 보기에는 참다운 인간의 자세라는 측면에서 볼 때 증점이 제대로 핵심을 짚었다고 평가하고 있음을 알 수 있다. 그것은 주희만의 생각이 아니라 이미 공자의 제자들도 그것을 알았기에 그런 사건을《논어》에 등재한 것이라고 말하는 것이다.

무엇이 다른 차이인가? 남을 부리고자 하는 것과 자기를 다스리고 싶은 그 마음이 다른 것이다. 증석은 늦은 봄이라 하여 때와 철을 알았고, 봄옷과 갓을 잘 갖추어 입어 예(禮)를 내세웠으며, 어른과 어린이가 동행하도록 하여 사람에 대한 차별과 편견을 버린 것이다. 기수에서 세수함은 몸을 정결히 하여야 한다는 뜻이고, 무우에서 바람을 맞음은 정신적 기도라 할 수 있다. 그리고 이 모두가 하나가 된다면 입에서는 자연 기쁨의 노래가 흘러나올 수 있을 것이다. 증석의 말은 위기지학(爲己之學), 즉 배움은 자신을 밝히기 위한 공부여야 한다는 <논어>의 가르침과 일치하며, 따라서 위정자가 되어 백성을 다스리고 싶어 하는 자로(子路) 등과는 그 뿌리가 완연히 다른 것이다.

주희는 그것만으로는 뜻이 잘 전달되지 않을 것 같았는지 이번에는 정자(程子, 즉 程明道·程伊川)의 세 가지 평가를 위의 주석 다음에 인용하여 자신의 평가를 뒷받침하도록 하였다.[59]

(명도 선생은) 또한 "공자께서 '증점을 허여한다'라고 하신 것은 성인의 뜻과 같기 때문이니, 그것은 바로 요순의 기상이다. 세 사람이 갖고 있는 뜻과는 참으로 다르다. (다만 말대로 실행하지 못하는 점이 있으니, 그것이 바로 이른바 '狂'이라는 것이다) 자로 등 세 사람의 소견은 확실히 작았다. 자로는 다만 나라를 예로써 다스리는 것이 도리임을 깨닫지 못했다. 이 때문에 공자께서 웃으신 것이니, 만약 그것을 깨달았다면 그것도 바로 그러한 (요순의) 기상인 것이다"라고 말씀하셨다. 또 (명도 선생은) "세 사람은 모두 나라를 얻어서 다스리고자 했다. 그러므로 부자께서

59)   임종진 「曾點과 朝鮮時代 儒學者들」『退溪學과 儒敎文化 第49號』49쪽

취하지 않으신 것이다. (증점은 '광자(狂者)'이니,[60] 반드시 성인의 일을 하지는 못하더라도 부자의 뜻을 알 수는 있었다.) 그러므로 '기수에서 목욕하고 무우에서 바람 쐬며 시를 읊으며 돌아오겠습니다'라고 말한 것이니, 즐겁게 자신이 있을 곳을 얻었음을 말한 것이다. 공자의 뜻은 노인을 편안하게 해주고 붕우 간에 미덥게 해주며, 어린이를 감싸주어, 만물이 그 본성을 다 이루지 않음이 없도록 하는 것이었는데, 증점이 그것을 안 것이다. 그러므로 '공자께서 크게 감탄하시며 "나는 증점을 허여 하리라"하고 말씀하신 것이다'라고 말씀하셨다.[61]

증점

　말하자면 주희가 볼 때 증점의 생각은 요순이 생각한 기상이라고 할 수 있다는 것이다. 세 제자가 나라를 다스리는 것에 주안점을 두었다면 증점은 자지 자신이 처한 위치를 알고 그 속에서 자신이 취할 태도를 정해 자기완성의 길로 가겠다는 뜻을 밝힌 것이어서 그것이 곧 요순 임금이 생각한 군자의 길이라고 설명한다. 다만 (괄호를 표시한

---

60)　이 문장의 괄호 안에 집어넣은 부분이 의미가 있다. "다만 말대로 실행하지 못하는 점이 있으니, 그것이 바로 이른바 '狂'이라는 것이다." "증점은 '광자(狂者)'이다" 라는 두 문장을 통해 증점의 생각과 행동에 광(狂)이란 측면이 있다는 것이다.

61)　《論語集註》〈先進11〉 朱註, "又曰, 孔子與點, 蓋與聖人之志同, 便是堯舜氣象也. 誠異三子之撰, 特行有不掩焉耳, 此所謂狂也. 子路等所見者小, 子路只爲不達爲國以禮道理, 是以晒之. 若達, 卻便是這氣象也. 又曰, 三子皆欲得國而治之, 故夫子不取. 曾點, 狂者也, 未必能爲聖人之事, 而能知夫子之志. 故曰浴乎沂, 風乎舞雩, 詠而歸, 言樂而得其所也. 孔子之志, 在於老者安之, 朋友信之, 少者懷之, 使萬物莫不遂其性. 曾點知之, 故孔子喟然歎曰, 吾與點也. 又曰, 曾點漆雕開, 已見大意."

문장에 나타난 대로)주자는 그것이 요순의 기상일 수는 있어도 요순의 경지는 아닌 것이, 증점이라는 인물의 특성이 광(狂)이고 그는 일종의 광자(狂者), 혹은 광사(狂士)이기 때문에 온전히 요순의 생각을 대변한 것은 아니라고 본 것이다. 증점이란 사람이 형식에 얽매이지 않은 자유로운 생각을 가진, 광(狂)의 특성을 가진 사람이라고 본다는 뜻이다.

이렇게 증점의 생각을 요순의 경지로까지 해석하는 주희의 생각은 그 뒤로 많은 유학자들의 논의를 불러 일으켰고, 주희의 생각을 따르고 연구해 온 조선시대 문인 학자들이 여기에 많이 동조한 것으로 나타난다. 증점의 생각은 '욕기영귀(浴沂詠歸)'라는 말로 압축되었다. '기수에서 목욕하고 시를 읊으며 돌아온다'라는 뜻을 간략하게 표현한 것이다. 이것은 증점이 '욕기영귀'하는 것을 '공자가 허여하다(吾與點)'라고 평가한 것은 기본적으로 조선조 유학자들이 지향한 삶을 정의한 것으로 본다는 뜻이다. 조선의 문인, 유학자들은 다양한 시어(詩語)를 통해 '욕기영귀'의 풍취(風趣)와 즐거움을 긍정적으로 여기고, 그와 같은 삶을 '실현하고자 하는 바람(願)'을 보였다. 그 '바람'에는 조선조 유학자들이 추구하고자 한 자연 친화적 삶에 대한 추구와 동경이 담겨 있다.[62]

그러한 생각의 시초를 조선조 초기의 이숭인(李崇仁)에게서 읽을 수 있다. 이숭인이 읊은 추흥정기(秋興亭記)를 보면

천지의 움직임이 무궁한 가운데 사시의 경치가 각기 다르게 전개된다. 나의 즐거움 또한 이와 함께하는 만큼 한두 가지만 거론할 수 있는 것이 아니다. 이 정자(亭子)도 그렇지 않을까 나는 한번 생각해 본다. 봄날이 바야흐로 따뜻해지면서 동풍이 산들 불어오고 임야의 화초가 연분홍과 진녹색으로 물들 적에 호연

---

62)   조민환 「증점(曾點)의 '욕기영귀(浴沂詠歸)'에 대한 조선조 유학자(儒學者)들의 견해(見解)와 수용(收用)」 『동양예술』, 2020년 제47권 초록

히 노래를 부르면서 소요하노라면, "나는 점과 함께 하겠다"라고 한 기상이 뭉클 솟아날 것이다.

天地之運無窮。四時之景不同。吾之樂亦與之不一而足焉。吾想夫玆亭也。春日載陽。東風扇和。林花野草。紅鮮綠縟。於是浩歌倘佯。悠然有吾與點也之氣像矣[63]

라며 증점의 생각을 바탕으로 봄날의 흥취를 논하고 있다. 봄이 와 온 세상이 울긋불긋 봄꽃의 아름다움이 천지에 가득 펼치는 상황에서 야외에 만들어진 정자에서 느끼는 봄의 정취, 봄이 왔을 때의 자연의 변화와 함께 하는 이런 삶이란 것이 주자가 말한 바 '천지의 유행'과 함께 한다는 것을 의미하기 때문에 인욕(人慾)이 한 점 없고 천리(天理)만 가득한 경지라 하겠고 유학자라면 이같은 '소요자재(逍遙自在)'로움을 통한 봄의 흥취를 누구나 누리고자 할 정도의 매력적이라 하겠다.[64]

퇴계도 진정한 욕기영귀를 추구해왔다고 보여진다. 이제 이쯤에서 다시 퇴계의 봄날의 시를 읽어보자

봄날 대낮의 풍경을 그린 이 구절 전체를 다시 읽어보면 '봄비가 온 뒤에 낮이 조금씩 길어지는 가운데 꽃들도 서서히 향기를 내뿜기 시작한 이런 때에 퇴계로서는 증점이 한 말에 대해 공자가 높은 평가를 내린 것이 참으로 의미가 있어서, 이 말의 뜻을 새기기 좋은 때다'라고 말하고 싶은 것으로 생각된다. 다시 말하면 증점의 말이 주는 교훈을 우리가 알아야 한다는 뜻이다.

---

63)   李崇仁, 도은집 제4권 / 문(文)/ 추흥정기〔秋興亭記〕

64)   조민환「曾點의 '浴沂詠歸'에 대한 조선조 儒學者들의 見解와 收用」『동양예술』
       제47호. 2020년

퇴계가 평가한 증점의 생각과 행동은 어떤 것이었을까?

퇴계는 우리가 지금 읽는 시 외에도 사시사철에 대해 쓴 시(四時幽居好吟)가 있는데 여기에서 봄에 다시 '기수에서 목욕하고 시를 읊조리며 돌아오는 것'을 말하고 있다.

> 봄날에 그윽한 곳에 사니 좋구나
> 수레 말발굽 소리는 들리지 않고
> 春日幽居好。輪蹄迥絶門。
> 동산의 꽃들은 제 본성 드러내고
> 뜰의 풀은 자연의 오묘함 드러낸다
> 園花露情性。庭草妙乾坤。
> 노을 빛 막막히 깃든 골짜기
> 멀리 물가에 마을이 있네
> 漠漠栖霞洞。迢迢傍水村。
> '시 읊으며 돌아오는 즐거움' 알아야 하지
> 기수에서 목욕하는 것까진 기대하지 않아도
> 須知詠歸樂。不待浴沂存[65]

서정(抒情)과 철리(哲理)를 동시에 담고 있는 이 시의 앞부분은 도연명 「음주」 5수의 '첫구절[=結廬在人境, 而無車馬喧]'을 연상시키는데, 핵심은 아무리 풍광 좋은 곳에 살고 가더라도 절대로 '돌아옴을 잊어서는 안 된다'는 것에 있다. 이런 점에서 조선조 유학자의 경우 이같은 증점의 '욕기영귀浴沂詠歸'는 늦봄에 야외 공간에서 하루를 단순히 하루를 보내는 유희적 차원에서 즐기는 것을 의미하는 것보다는 주로 '도'에 대한 체득, 수양론 차원에서 접근한 것을 발견할 수 있다.

---

65)   退溪先生文集卷之三 / 詩/四時幽居好吟 四首

이러한 퇴계의 생각은 다른 글에서 확인할 수 있다. 일상생활에서 도를 추구해 드러나게 하는 방법을 설명하는 과정에서

'일삼는 바를 잊지도 말고 조장하지도 말라(물망물조:勿忘勿助)'와 '솔개는 날아 하늘에 이르고, 물고기는 못에서 뛰논다(연비어약: 鳶飛魚躍)'을 논하여 비유를 취하고 있는데 이것에서는, 자연무위(自然無爲)의 기상만을 취하는 것이 좋겠습니다. 옛사람들이 이를 논한 여러 설명을 보면 이것은 비유를 취해서 그 기상을 말한 것이 아니라 이로 인하여 저것을 들어서 도체(道體)가 자연히 발현(發見)하여 유행하는 실상을 보인 것입니다. '물망물조' 같은 것은 도가 나에게 있어서 자연히 발현하여 유행하는 실상을 볼 수 있는 것이요, '연비어약'은 도가 사물에 있어서 자연히 발현하여 유행하는 실상을 볼 수 있는 것입니다. 또 만일 '욕기영귀(浴沂詠歸)'를 인용하여 함께 말한다면, '욕기영귀'는 도가 일상생활 속에서 자연히 발현하여 유행하는 실상을 볼 수 있는 것입니다. 이와 같은 것이니 어떠하신지요?[66]

라고 하고 있다. 퇴계는 단순 봄이 왔다고 하루를 즐기는 차원의 '욕기영귀'로 이해한 것이 아니다. '욕기영귀'가 단순 하루를 물가에서 즐겁게 보낸다는 차원의 유희적 차원에 머물지 않으려면 '언제' '어느 상황'에서 '욕기영귀'하는 것이 좋은가? 하는 질문으로 이어진다.

퇴계가 지은 「욕기교(浴沂橋)」라는 시에서도 이에 대한 대답의 편린을 볼 수 있다.

---

66) 如勿忘勿助。則道之在我。而自然發見流行之實。可見。鳶飛魚躍。則道之在物。而自然發見流行之實。可見。又如引浴沂詠歸而竝言。則浴沂詠歸。道之在日用。而自然發見流行之實。可見。如是而已。如何如何。
퇴계선생문집 제25권 / 서(書) 4/ 정자중에게 답한 별지

아득한 옛날 비파를 내려놓은 분이 그립습니다

기수에서 욕(浴)한단 말에 맞장구친 성인의 찬탄이 새롭습니다.

이제는 물러난 재상께서 남은 흥취를 좇아서

바람 쐬고 시를 읊으면서 한가롭게 늦봄을 즐기시길.

千載遙憐舍瑟人。浴沂言契聖歎新。

只今退相追餘興。風詠從容樂暮春。

우리가 현재 알아보고 있는 봄날의 풍경에 담은 퇴계의 생각 그대로가 아니던가? 퇴계가 「욕기교」를 지은 사연이 병기에 남아있다. 숭정지사(崇政知事)였던 농암(聾巖) 이현보(李賢輔)가 임광사에 우거하면서 노닐던 '세 곳[浴沂橋, 臨羨亭, 如斯灘]'이 있었는데, 농암은 퇴계에게 편지를 부쳐 그곳과 관련된 시를 써 달라고 요청한 적이 있다. 퇴계는 몸이 편치 않아 그 부탁을 들어주지 못하다가 나중에 자신이 봄에 그 세 곳을 방문하여 노닐며 떠오른 시상을 적어 농암에게 선물한 것이 「욕기교」다. 농암의 벼슬은 비록 호조참판에 그쳤으나 품계는 조선 명종 때 숭정대부(崇政大夫)에 이르렀다. 퇴계가 농암에게 은퇴한 상황에서 이제 '욕기영귀'하는 삶을 즐길 것을 말한 것은, 바람직한 삶으로서 진정한 '욕기영귀'란 무엇인가를 말해준다. 즉 유가가 지향하는 '도를 밝히고 세상을 구하다(明道救世)', 또 앞에서 설명한 내성외왕(內聖外王)의 삶을 치열하게 산 다음 나이가 들어 더 이상 관료적 삶을 살지 않고 물러나는, 이른바 '물러섬(身退)'을 행했을 때 의미가 있음을 말한 것이다. [67]

퇴계와 거의 동시대를 산 후배유학자 율곡 이이도 이런 '욕기영귀'의 삶에 대한 성찰을 하지 않을 수 없었다. 율곡은 '욕기영귀'의 뜻

---

67)   조민환 상게서 24쪽

을 철리적(哲理的)인 견지에서 보다 구체적으로 말하고 있다.

> 봄바람 솔솔 불고, 봄날은 길고 길다. 봄옷 이미 마련되었으니, 나의 벗들과 함께 놀러 가리라. 저 기수 바라보라, 맑은 물에 목욕하리라. 나의 옷 떨쳐입고, 나의 갓 털어 쓰고서, 무우에서 바람 쐬리. 만물의 변화 관찰한 다음, 노래하며 돌아오리라. 한 이치의 근본 깨닫고, 만 갈래 다른 만물의 차별상을 통하였다. 하늘을 우러러보고 땅을 굽어보니, 물고기는 뛰놀고 소리개는 나는 구나. 堯舜[=勳華]이 이미 가버렸으니, 누구와 함께 지내야 하나. 저 공자의 유훈[행단]을 즐기니, 이에 나의 스승으로 모시리라.[68]

율곡은 만물의 변화 관찰한다는 것, 한 이치의 근본을 깨닫고 만 갈래로 다른 만물의 차별상을 통했다는 理一分殊적 이해, 물고기가 깊은 연못에서 뛰놀고 소리개가 높은 하늘로 날아가는 현상계와 그 현상계에 담긴 이치를 깨달았다는 것이 그것이다. 율곡은 아울러 수양론 차원에서도 접근한다.

> 옛적에 증석이 기수에서 목욕하겠다고 말을 하자 공자께서 탄식하시며 깊이 허여한 것은 증석도 대개 인욕이 다한 곳에 천리가 유행하는 묘한 경지를 보았기 때문이다. 그렇지 않다면 성의 남쪽에서 목욕하고 제단 위에서 노래하는 일은 노나라 사람이면 똑같이 하는 일로서, 어찌 낱낱이 허여하겠는가? 비록 그렇지만 '천리의 묘함'은 배우는 사람이 쉽게 말할 수 있는 것은 아니다. '천리의 묘함'을 보고자 한다면 마땅히 '신독(愼獨)'으로부터 시작해야 한다. '신독'에 입각하면 내 마음에 틈이 생기지 않고, 내 마음에 틈이 생기지 않으면 천리가 유행한다. '신독'하지 않으면 내 마음에 틈이 생기고, 내 마음에 틈이 생기면 천리가 막

---

68)　李珥, 「栗谷全書」권1 「浴沂辭」, “春風兮習習, 春日兮遲遲. 我服旣成兮 我友同遊. 瞻彼沂水兮浴乎淸漪. 振余衣兮彈余冠, 風一陣兮於舞雩. 觀物化兮詠而歸, 達一本兮通萬殊. 仰天兮俯地, 魚躍兮鳶飛. 勳華已逝兮吾誰與歸, 樂彼杏壇兮爰得我師.”

히고 잠기게 된다.[69]

　'욕기영귀'를 단순 자연 풍광을 즐긴다는 차원이 아닌 수양론 차원
에서 접근하는 것은 '욕기영귀'가 갖고 있는 유희적 의미를 배제하고자
한 것이다. 율곡은 '욕기영귀'가 단순 유희성 차원에서 그치지 않으려면
전제조건으로 '신독' 이후에 할 것을 말한다. 중용(中庸)에선 "군자는 보
지 않는 곳에서 삼가고(戒愼乎 其所不睹), 들리지 않는 곳에서 스스로 두
려워한다(恐懼乎 其所不聞)"고 쓰고 있다. 이런 경지에 오른 상태가 바
로 '신독(愼獨)'이다. 남들이 보이지 않는 곳에서, 즉 혼자 있을 때 스스
로 삼간다는 뜻이다. 율곡은 '신독'을 통한 마음 단속 이후에 천리가 유
행하는 것을 체득할 수 있는 '욕기영귀'이어야 함을 말하고 있다.

　조선조 유학자들이 행한 '욕기영귀(浴沂詠歸)'와 관련된 다양한
'시어(詩語)'나 '부(賦)'를 모으면 하나의 책자가 될 정도로 많다고 한
다. 이런 점은 많은 조선조 유학자들이 겉으로는 경외(敬畏)적 삶을
살았지만 마음속 깊은 곳에서는 '욕기영귀'의 풍취를 추구했다는 것
을 보여준다. 그런데 실제로 그런 삶을 산 인물들은 그리 많지 않았던
것이 현실이다. 왜냐하면 은일적 삶과 일정 정도 관련성을 갖는 '진
정한 욕기영귀'적인 삶을 항상 즐기면서 산다는 것은 때론 관료적 삶
을 포기해야 한다는 제한점이 있고, 아울러 절제되지 않은 욕기영귀
일 경우 질탕(跌宕)함으로 흐를 수 있는 문제점도 있기 때문이다.[70] 퇴

---

69)　李珥, 栗谷先生全書卷之十三 / 記/ 松崖記
　　辛未昔者。曾晳有浴沂之談。夫子嘆息而深許之。以晳也見夫人欲盡處。天理流行
　　之妙故也。不然則城南之浴。壇上之詠。魯人之所同也。烏可一一與之乎。雖然。天
　　理之妙。非學者所可易言也。欲見天理之妙。當自愼獨始。愼乎獨。則吾心無閒。吾
　　心無閒。則天理流行矣。不愼乎獨。則吾心有閒。吾心有閒。則天理阻閼矣。

70)　강영순「산수자연에 대한 유가적 즐거움 연구-증점(曾點)의 "욕기영귀(浴沂詠歸)"를
　　중심으로」『미학, 79권』한국미학회 2014년.

계의 경우에는 그러한 욕기영귀의 삶의 본뜻을 말하는 것이라 하겠다. 겉으로만 물러가는 척 하는 풍토를 아쉬워하며 진정으로 자연으로 돌아와 공자의 참 뜻, 공자가 말한 요순의 세상을 위한 방편을 체현하는 즐거움을 누리자는 것이며, 그 말을 사계절에 관한 시의 두 번째 연(聯)에서 말한 것이다. 또 퇴계가 도산 근처에서 자연을 즐기며 지내는 것이 바로 그러한 뜻이 있음을 확인하는 의미도 있다. 그런 배경을 모르고 이 시를 읽다보면 이 두 줄의 싯귀는 "어? 뭐야? 무슨 말이지?"라고 지나갈 우려가 있다고 하겠다.

경상북도 의성군 점곡면 서변리에 있는 조선 전기의 정자인 영귀정도 이러한 뜻에서 새기고 갈만한 역사의 유적이다. 영귀정(詠歸亭)은 송은(松隱) 김광수(金光粹)[1468~1563]가 세운 정자이다. 김광수는 유성룡(柳成龍)의 외조부로서 1501년(연산군 7) 32세의 나이로 사마시에 합격하여 성균관에서 수학하다가 무오사화(戊午士禍)의 여파로 정치의 혼란이 거듭되자 성균관에서 함께 수학하는 동료들의 만류를 뿌리치고 낙향하였다. 이때 영귀정을 세우고 소영(嘯詠)과 강설(講說)로 나날을 보냈다고 한다. 정자의 이름인 '영귀(詠歸)'는 우리가 앞에서 본 《논어(論語)》〈선진편(先進編)〉에 나오는 "기수에서 목욕하고 무우에서 바람 쐬고 노래하면서 돌아온다[浴乎沂 風乎舞雩 詠而歸]."는 구절을 압축한 표현이다.

송은 김광수는 퇴계의 형님인 온계(溫溪) 이해(李瀣, 1496~1550)와 도 인연이 있다. 온계는 중종 37년인 1542년 경상도에 극심한 가뭄 피해로 많은 아사자들이 생김에 따라 이들을 위한 진휼어사에 임명되어 굶주림의 현장을 쉬지 않고 둘러보며 대책을 강구하고 조치하는 바쁜 일정을 보냈는데, 이 때 경북 의성에 살던 송은(松隱)은 온계가 온몸을 돌보지 않고 구휼하는 모습에 감동을 해서 마을 사람들이 마치 부모로부터 돌봄을 받는 듯 감동하는 광경을 글로 전했다;

암행어사 경명 이해에게 드림
옥당의 학사 그대 보통과 다르거니
학 같은 자태이고 비단 같은 심장이네.
초야의 늙은이는 나라의 은혜 자랑하고
마을의 노파들은 눈물 흘려 옷 적시네.
마음은 대궐 향해 충성심을 바치고

영남 땅 순행하며 마음 씀이 착했네.
죽게 된 만백성은 살아 더욱더 기뻐서
은혜로운 그 사랑 부모 같다 하였네.
贈李繡使瀣景明
玉堂學士異尋常　海鶴形姿錦繡腸
野老傳誇恩洽骨　村婆相對泣霑裳
心懸北闕輸忠懇　行遍南州用意良
垂死萬民穌更喜　皆云惠愛是爺孃

지금까지 아침과 대낮의 풍경을 훑어보았는데 이어서 봄날의 정경을 조금 더 읽어보자. 이어 저녁이다.

저녁
동자가 산을 찾아 고사리를 캤으니   童子尋山採蕨薇
반찬이 넉넉하여 시장기를 푸노라   盤飧自足療人飢
비로소 알겠구나, 당시 전원 돌아온 객   始知當日歸田客
저녁 이슬 옷 적셔도 소원에 어김없음을   夕露衣沾願不違

이 부분 뜻이 또 금방 잘 들어오지 않는다. 앞 두 문장은 일하는 아이가 산에 가서 고사리를 많이 캐 와서 반찬이 넉넉해 좋다는 듯이다. 문제는 그 다음인데 당시 전원에 돌아온 객은 누구이고, '소원에 어김없음을'이란 말은 무슨 뜻인가? 다시 이 구절이 나온 원문을 찾아보니 이런 비슷한 문장을 쓴 사람은 도연명이다, 도연명의 시 '전원에 돌아와 살다(歸園田)'를 보니

콩을 남산의 아래에 심으니
풀은 무성한데 콩의 싹은 드무네.
種豆南山下 草盛豆苗稀
새벽에 일어나 거친 잡초 다듬고
어린 달빛에 김매고 돌아오네.
晨興理荒穢 帶月荷鋤歸
길은 좁으나 초목은 길쭉하고
저녁에 이슬져 나의 옷을 적시네.
道狹草木長 夕露沾我衣
옷 젖는 건 애석할 건 없으나
다만 농사에 어긋남 없길 바라네.
衣沾不足惜 但使願無違

이라는 시가 있어, 퇴계가 이 시를 응용했음을 알겠다. 그렇다면 시에 나오는 '전원에 돌아온 객'은 도연명을 뜻하는 것이고, 그 다음 귀절 '저녁 이슬 옷 적셔도 소원에 어김없음을' 이 부분은 '저녁에 돌아오다 보니 옷이 이슬에 젖었는데, 옷 젖는 것이 문제가 아니라 이슬 내린 것이 농사에 지장을 주지 않았으면 좋겠다'는 뜻으로 풀이할 수 있다. 그렇다면 '夕露衣沾願不違'이란 부분을 고전번역원에서 '저녁 이슬 옷 적셔도 소원에 어김없음을'이란 번역으로 올려놓은 것은 잘못으로 보인다. 제대로 하려면 '저녁 이슬 옷 적셔도 농사 차질 없기를' 정도로 번역하는 것이 좋겠다는 생각이다. 그 다음 밤을 보면

밤
꽃빛이 저녁 맞아 달이 동에 떠오르니 　　　花光迎暮月昇東
꽃과 달 맑은 밤에 의미가 끝이 없네 　　　花月淸宵意不窮
다만 달이 둥글고 꽃이 지지 않으면 　　　但得月圓花未謝
꽃 밑에 술잔 비울 걱정이 없어라 　　　莫憂花下酒杯空

이라고 하였다. 낮에 아름다운 꽃이 밤이 되어 달빛을 받으니 더 맑게 보여 그 뜻이 무척 깊다는 것을 묘사하면서, 우리가 보름달을 놓고 술을 마시다보면 달이 그믐으로 바뀌거나 꽃이 져버리면 술을 더 마시게 되는데, 이 밤의 아름다운 달과 꽃이 더 길게 이어져서, 술잔을 많이 안 들게 되면 더 좋을 것이라는 희망을 묘사한 것이라 하겠다. 꽃빛이 저녁을 환영해 맞이한다는 표현이 무척 교묘하다. 이 좋은 밤이 오래 지속되기를 바라는 마음을 표현해 내었다. 그런데 뒷부분

다만 달이 둥글고 꽃이 지지 않으면　　　　但得月圓花未謝
꽃 밑에 술잔 비울 걱정이 없어라　　　　　　莫憂花下酒杯空

에 대해서 이장우 장세후 교수는 이 부분을

다만 달 둥글고 꽃만 지지 않는다면
근심하지 말라 꽃 아래 술잔 비었다고

라고 번역을 해놓고는 이 부분이 소동파의 시 '달밤 손님과 살구
꽃 아래서 술을 마시다(月夜與客飮酒杏花下)'의 구절과 통하는 점이
있다고 주석해준다.

이상 봄을 읊은 네 절에서 보듯 퇴계가 쓴 사시사철 하루를 네 번
으로 나누어 썼는데, 겉으로 보면 하루가 지나는 과정을 쓴 것 같지만
실상은 그 속에서 자신이 생각하는 공부와 수양의 길을 제시하고 확
인하는 작업이었다. 전체적인 표현요지는 자연에 사는 즐거움과 학
문을 하는 기쁨이다. 퇴계는 학문과 덕행을 힘쓴 옛 성현들의 삶을 시
속에 녹여 그들의 길을 함께 할 것으로 권하는 마음이다. 그것은 여름
시에서도 가을 시에서도 겨울 시에서도 강조되고 있다.

여름의 복희씨

    퇴계는 봄에 그런 고차원적인 화두를 던져놓고는 여름으로 들어간다. 여름도 아침부터 밤까지 4편의 시를 남겼다. 해석이 조금 어려워 먼저 아침의 원문을 본다,

> 晨起虛庭竹露淸
> 開軒遙對衆山靑
> 小童慣捷提甁水
> 澡頹湯盤日戒銘

이 시에 대해 해동잡록에 실린 번역문은 이렇다;

> 새벽에 일어나니 빈 뜰의 대 이슬이 맑은데
> 헌함을 열면 멀리 푸른 여러 산을 대하네

작은 아이 빨리 물병을 가져오나니
탕의 반명처럼 세수하네

아침 일찍 일어나니 뜰에 심은 대나무의 잎에 내린 맑은 이슬이 주인을 맞이한다. 창문을 여니 멀리 푸른 산이 눈에 들어온다.
작은 아이가 세수 하시라고 얼른 물을 병에 담아 갖다 준다.
그 물로 세수를 하면서 옛날 탕 임금의 반명을 생각한다.

이런 뜻이고, 그 정경이 눈에 선명하게 들어온다. 과연 퇴계의 묘사는 섬세하고 정확하구나.
다만 이장우 장세후 교수가 쓴 『도산잡영』이란 책에서의 번역은 조금 다르다. 즉

새벽에 일어나니 빈 뜰의 대나무에 맺힌 이슬이 맑고
헌함 열고 아득히 마주하네, 여러 산의 푸르름을.
작은 아이 익숙하고 민첩하게 병에 물 담아오니
얼굴 깨끗이 씻네. 탕 임금의 세숫대야에 적힌
나날이 새롭게 경계하라는 좌우명같이[71]

라고 해서 좀 더 구체적으로 묘사를 하고 있다. 어쨌든 비슷한 해석이지만 조금 더 쉽게 풀어준 느낌이다.
이 시 뒷 귀절에 나오는 '탕의 반명'이란 것은 흔히 탕명(湯銘) 또는 반명(盤銘)이라고 하는데, 옛날 중국 은나라 탕왕이 쓰던 반(盤)에 새긴 명(銘)을 말한다. 盤이란 글자는 보통 쟁반이란 뜻으로 새기지만

---

71)   이황지음 이장우 장세후 옮김 『도산잡영』 273쪽. 을유문화사 2005

때에 따라서는 목욕을 하는 통으로도 볼 수 있는 개념이다. 퇴계는 아침 아이로부터 물을 받아서 세수를 하면서 이 반명을 생각했기에 우리나라 분들은 흔히 세숫대야로 풀지만 목욕통이란 개념으로 푸는 사람들도 많다 명(銘)은 금속이나 나무에 새긴, 자신을 돌아볼 경구(警句)을 뜻한다. 아무튼 탕 임금의 반(盤)에는

苟日新(구일신)
日日新(일일신)
又日新(우일신)

의 아홉 글자가 새겨져 있다고 한다.

그 뜻은 "참으로 어느 날 새로워졌거든 나날이 새롭게 하고 또 날로 새롭게 하라" 라는 것으로 매일 매일 정신을 맑게 하고, 구태에 빠지지 말고 조금이라도 멈추지 말고 정진을 하자는 뜻이 담겨 있다. 이 구절은 원래는 서경의 상서 편에 나오는 것인데 주희가 《대학》을 정리하면서 다시 인용하고 대학장구 전(傳)편에 설명을 붙여놓았다.

대학장구 전(傳) 이장(二章)
湯之盤銘에 曰 苟日新하며 日日新하고 又日新이라

현대를 대표하는 한문학자이신 성백효님은 그가 펴낸 <대학중용집주>에서 반(盤)을 목욕통으로 보고 있다. 그것은 주희가 대학장구에서 다음과 같이 욕(浴)하는 그릇이란 글자로 풀이했기에 그렇게 보신 것 같다. 즉

반(盤)은 목욕하는 그릇이요, 명(銘)은 그 그릇에 이름을 붙여 스스로 경계하는 말이다. 구(苟)는 진실이로다. 탕왕은 사람이 그 마음을 깨끗이 씻어서 악을 제거하는 것은 마치 그 몸을 목욕하여 때를 버리는 것과 같다고 여겼다. 그러므로 그 그릇에 명을 새긴 것이다. 진실로 능히 하루에 그 옛날에 물든 더러움을 씻어서 스스로 새로워짐이 있으면, 마땅히 그 이미 새로워진 것을 인하여 나날이 새롭게 하고 또 나날이 새롭게 하여, 조금이라도 중간에 끊어짐이 있어서는 안됨을 말씀한 것이다. [72]

라고 한 것을 감안한 것으로 보인다.

아무튼 盤을 세숫대야로 보건 목욕통으로 보건 탕 임금이 얼굴이나 몸을 씻기 위한 도구라는 데는 이견이 있을 수 없으므로 그 해석은 달라질 수 있다. 다만 주희가 〈대학장구〉에서 이 탕지반명을 배치한 위치를 보면 그가 이 개념을 얼마나 중요하게 보고 있는지를 알 수 있다. 《대학》의 첫 머리는 우리가 잘 아는 대로 "대학의 도는 밝은 덕을 밝힘에 있으며 백성을 새롭게 함에 있으며 지극한 선(善)에 이름에 있다 (大學之道 在明明德 在親民 在止於至善)" 고 하는 구절이고 그 다음에 바로 이 탕지반명이 있다. 주희는 대학의 목적이라고 할 명덕을 밝히고 지선에 머무르는 방법으로

옛날에 명덕을 천하에 밝히고자 하는 자는 먼저 그 나라를 다스리고 그 나라를 다스리고자 하는 자는 먼저 그 집안을 가지런히 하고, 그 집안을 가지런히 하고자 하는 자는 먼저 그 몸을 닦고, 그 몸을 닦고자 하는 자는 그 마음을 바루고, 그 마음을 바루고자 하는 자는 먼저 그 뜻을 성실히 하고 그 뜻을 성실히 하고자 하는 자는 먼저 그 지식을 지극히 하였으니, 지식을 지극히 함은 그 사물의 이치를 궁구함에 있다

---

72) 盤은 沐浴之盤也요 銘은 名其器以自警之辭也라 苟는 誠也라 湯이 以人之洗濯其心以去惡이 如沐浴其身以去垢라 故로 銘其盤이라 言 誠能一日에 有以滌其舊染之汚而自新이면 則當因其已新者하여 而日日新之하고 又日新之하여 不可略有間斷也니라

라는 말을 설명한 다음에 그것을 다시 사물의 이치를 궁구함으로써 지식을 갖추고 그 지식으로서 뜻을 세우고 그로써 마음을 바르게 하고 몸을 세워 집안과 국가를 다스려야 한다는 것을 다시 설명한다. 그리고는 곧바로 이 탕지반명을 붙였으니, 이 매일 매일 정신을 가다듬고 새로워져야 한다는 것은 이 모든 행위의 첫 출발임을 강력히 피력한 것이다.

　　새롭게 한다는 것은 무엇일까? 그것은 자신을 되돌아보고 혹 자신이 생각하고 행동한 것이 옳은 가를 반성하고 거기서 잘못이 있으면 그것을 고침으로서 새로운 자신이 되어 매일매일 새로운 인간으로 거듭 태어나 가정과 사회와 나라를 위해 일을 해야 한다는 말일 것이다. 그러므로 대학이란 말은 언뜻 보면 학문을 말하는 것 같지만 실은 수양과 학문을 통해 세상을 바르게 이끄는 큰 정치가가 되는 방법을 설파한 것이 아닐 수 없다. 다만 큰 정치가라는 것이 곧 정부조직에 나가서 일을 하는 것만을 의미하는 것이 아니라 보다 더 큰 의미에서 말하는 것으로 봐야 한다.

퇴계는 탕지반명의 개념을 그의 학문의 출발점으로 삼았음에 틀림이 없다. 퇴계는 일찍이『고경중마방(古鏡重磨方)』이란 경구모음집을 펴냈는데,[73] 그 책의 첫 머리에 바로 이 탕지반명을 싣고 있다.

그리고는 도산서당을 짓고 나서 거기서 사철을 지내는 생활을 한 뒤에 이 봄 여름 가을 겨울의 시를 썼을 것이므로 퇴계 자신으로서는 이 '탕지반명'이 매일 매일 실천해야 할 중요한 공부 자세로 보고 매일 아침 세수를 하면서 생각한다는 뜻을 이 여름 시 아침 편에 써놓은 것이리라. 참으로 퇴계는 경치를 논하는 시를 쓰면서도 속으로는 올바른 생활 자세와 공부하는 길을 끊임없이 제시하고, 알려주고 있는 것이라고 말할 수 있겠다.

그런 각오를 담은 이 여름 아침의 정경을 묘사한 시를 보면 퇴계의 많은 독서력을 알 수 있다. 이장우 교수와 함께 공저자로 등재한 장세후 교수는 어려운 한문, 한시의 표현에서 그 전고(典故)를 가장 많이 공부하신 분으로 유명한데, 장세후 교수는 퇴계의 이 시의 표현도 그 전에 옛 시인들의 표현을 참고로 한 것이라고 말한다.

첫째 줄의 虛庭竹露清(새벽에 일어나니 빈 뜰의 대 이슬이 맑은데) 이 표현은 당의 진자앙(陳子昂)의 시 '가을에 형주부의 최 병사와 잔치에서 만나다(秋日遇荊州府崔兵曹使宴)'라는 시에 "푸른 안개가 고목으로 끊기고(古樹蒼煙斷), 빈 정자에 맑은 이슬 차갑고나(虛亭白露寒)라는 표현이 있어서 이런 한시의 표현을 참고로 할 수 있다고 분석한다. 또 그 다음 줄의 遙對衆山青(멀리 푸른 여러 산을 대하네)라는 표현은 맹호연(孟浩然)의 시(永嘉上浦館逢張八子容)중에 "뭇 산들이 아득히 나와 술잔을 마주하고 있고(衆山遙對酒), 외로운 섬들이 모두 나의 시

---

73) 1559년 7월에 퇴계가 지은 '고경중마방에 제한다(題古鏡重磨方)'이란 시가 전하고 있어, 이 무렵쯤에 책을 편집한 것으로 본다.

제가 되어주네(孤嶼共題詩)"의 앞 부분과 이미지가 통한다고 설명을
한다.

그러나 필자가 보기에는 퇴계의 시는 나를 둘러싸고 있는 산들이
푸르다는 뜻이고 맹호연의 시는 여러 산들이 나와 술을 마주 나누고
있다는 식의 적극적인 상황을 묘사하고 있어 그 이미지가 다를뿐더러
단순히 遙와 對라는 두 글자가 같이 나온다고 해서 굳이 비교를 할 필
요는 없을 것 같다. 자세한 전고를 밝혀주는 것은 좋지만 필요이상으
로 전거를 밝히면 마치 모든 시가 그 이미지를 따라한 것처럼 비칠 우
려가 없지 않기 때문이다. 그렇다 하더라도 그런 이미지를 차용했을
가능성은 얼마든지 있고, 그만큼 옛날 우리 선조들은 중국의 시인묵
객들의 시를 많이 읽었다는 상황증거가 된다고 할 수 있을 것이다.

또 둘째 줄 개헌(開軒)을 '헌함을 열고'라고 풀이했는데 헌(軒)을
헌함(軒檻)의 줄인 말로 생각하신 것 같다. 헌함은 누각(樓閣) 또는 대
청(大廳) 등의 기둥 밖으로 돌아가며 놓은 난간이 있는 좁은 마루나
방을 뜻한다. 당시는 퇴계가 도산서당에 기거하실 때인 만큼 서당에
서 거처하는 방 완락재에서 일어나 아침 창문을 여니 멀리 산들이 푸
르게 보인다는 뜻으로 푸는 것이 자연스럽지 않을까 생각된다. 도산
서당의 완락재와 암서헌을 보면 암서헌 쪽을 헌함으로 보는 것은 자
연스럽다. 다시 말하면 완락재에서 일어나 암서헌에 나와서 멀리 눈
앞을 바라보는 광경이 여기에 묘사돼 있는 것이다.

아무튼 퇴계의 여름날 아침은 이렇게 매일 일찍 일어나서 몸을 씻
으며 지난 날을 반성하고 새로운 하루를 시작하였음을 이 시를 통해
서 알 수 있다. 그것은 주희가 《대학》에서 밝힌 공부하고 수양하는 방
법을 일상에서 실현하는 방안이기도 하다. 여기서 두 고명한 분들의
번역을 감안해서 우리 식으로 이 시를 다시 읽어보자;

새벽에 일어나니 빈 뜰의 대나무에 이슬 맺혀있고
서당 창문 여니 아득히 산들이 눈 앞에 마주한 듯 푸르네
일어났다고 아이가 재빠르게 대야에 물을 갖다 주기에
얼굴을 씻고 탕 임금의 새김 생각하며 새롭게 하루 시작한다

이렇게 읽으면 혹 아침 시에 담긴 퇴계의 뜻이 전해질 수 있을까?

그럼 이어서 낮으로 따라가 보자!

역시 어렵다. 그래서 이번에도 일단 원문을 먼저 보고 그에 대한
번역의 차이를 생각해보는 것으로 한다. 원시는 아래와 같다.

畫靜山堂白日明
葱瓏嘉樹繞簷楹
北窓高臥羲皇上
風送微冷一鳥聲

이 시에 대한 해동잡록의 번역은 이렇다

낮이 고요한 산당에 대낮이 밝은데
우거진 아름다운 나무는 처마에 둘러 있다
희황씨 이전의 사람으로 창문 아래 높이 누워 있으면
시원한 산들바람은 새 소리를 보내오네

이에 대해 이장우 장세후 교수는 이렇게 달리 해석했다;

> 낮에 도산의 서당 고요한데 한낮의 해 밝고
> 우거진 아름다운 나무 처마 기둥을 휘도네
> 북쪽 창 아래 높이 누운 복희 시대의 사람에게
> 바람 잔잔한 시원함과 한 마리 새 소리 보내 오네

두 번역을 비교하면서 한자말의 뜻을 새겨 보자.

첫째 줄은 낮이 되니 산당(혹은 서당)이 환하게 밝다는 뜻인데, 산당이라고 할 수 있지만 결국엔 서당 주위를 표현한다고 보면 서당으로 푸는 게 좋을 것 같고 그렇다면 이 줄은 "낮이 되니 서당 주위가 햇빛 받아 밝아졌고"로 이해할 수 있겠다.

다음 줄은 우거진 아름다운 나무들이 처마(簷)기둥(楹)[74]을 둘러싸고 있는 형상이므로, 서당의 기둥과 처마 위로 아름다운 나무들이 서당을 감싸고 있다는 뜻이다. 이장우 장세후 교수는 해설에서 "아름다운 나무들이 한 여름을 맞아 신록을 뽐내듯이 서당의 나무처마까지 뻗어있는 것이 마치 휘감고 도는 것 같다"고 하면서 '처마기둥을 휘도네'로 번역한 뜻을 설명하고 있어서 조금 이해가 더 되기는 한다. 그렇더라도 처마에 둘러 있다거나 휘돈다는 번역보다는 "우거진 나무들이 아름답게 서당 지붕 위까지를 덮어 감싸고 있구나"라는 식으로 좀 더 우리말스럽게 번역을 했으면 좋겠다. 대부분 우리나라의 한문 번역을 보면 한문의 부사(副詞)를 의식적으로 집어넣어 번역하는 경우가 많은데 사실 우리가 이해하는데는 도움이 되지 않는 사례를 가

---

74) 楹(영)이란 글자는 기둥이다. 이 글자를 우리는 만주에 있는 고구려시대 벽화무덤인 쌍영총(雙楹塚)에서 보게 되는데 이 무덤의 입구에 두 개의 큰 기둥이 있어서 이런 이름을 받았다고 한다.

끔 보게 된다. 그냥 쉽게 우리가 말하는 식으로 번역해주는 것이 더 좋겠다는 생각이다.

그 다음 줄은 '북창고와희황상(北窓高臥羲皇上)'인데 좀 어렵다. 이 구절을 이해하려면 진나라 때의 전원시인 도연명(365~ 427)을 소환해야 한다. 번잡하고 사람을 괴롭히는 관직을 벗어나 전원생활을 한 시인으로 유명한 이 도연명이 자기 아들들에게 써준 시(與子儼等疏)가 있다.[75] 도연명은 이 시에서 자식들에게 자신이 걸어온 길을 설명하고 있는데 우리말로 번역을 함께 읽어보면

天地賦命	천지에 내린 명에 따라
生必有死	생이 있으면 반드시 죽음이 있는 것이다
自古賢聖	성현이라 하더라도
誰能獨免	누가 능히 피할 수가 있을까
子夏有言	자하가 말하기를
死生有命	삶과 죽음엔 명이 있고
富貴在天	부귀는 하늘에 달려있다 했는데
四友之人	공자의 네 제자 중에 하나이며
親受音旨	친히 가르침을 받은 사람이
發斯談者	이런 말을 했다는 것은
將非窮達不可妄求	가난과 영달은 마음대로 구할 수 있는 게 아니며
壽夭永無外請故耶	수명의 장단도 희망과 노력으로는 정할 수가 없음을 말하는 것이 아니겠느냐
吾年過五十	내 나이 어느새 오십이 넘었다
少而窮苦	젊어서부터 곤궁하여
每以家弊	늘 어려움 속에
東西遊走	이리저리 떠돌며 살아야만 했단다
性剛才拙	성품은 강직하고 재주는 적어

75)   도연명집(陶淵明集)』卷7 與子儼等疏

與物多忤 　　세상의 흐름과 같이 할 수가 없었다

自量為己 　　하지만 몸이 가는대로 하다간

必貽俗患 　　속되고 분명 환란을 맞이할 것 같아

僶俛辭世 　　마지못해 사직하고 세상을 피하다 보니

使汝等幼而饑寒 　　어려서부터 너희들은 춥고 배고픔을 겪어야 했구나

余嘗感孺仲賢妻之言 　유중의 어진아내 말에 감동을 받은 것은[76]

敗絮自擁 　　"낡은 솜옷을 몸에 걸친다 해도

何慚兒子 　　자식들에게 어찌 부끄러울까" 라는 말인데

此既一事矣 　　이미 옛일이지만

但恨鄰靡二仲 　　다만 한이 되는 것은 양중과 구중 같은 이들과 이웃하지 못하고[77]

室無萊婦 　　래부만큼 어진 아내도 없었다는 것인데[78]

抱茲苦心 　　헛되이 이런 마음을 품고 있다니

良獨內愧 　　참으로 부끄럽구나

少學琴書 　　어려서부터 거문고를 배우고 글을 읽었기에

偶愛閑靜 　　한가롭고 조용함을 좋아하다 보니

開卷有得 　　책을 펴 깨닫는 바가 있으면

便欣然忘食 　　너무도 기뻐 밥을 먹는 것도 잊었단다

見樹木交蔭 　　무성한 나무그늘을 만나거나

---

76) 유중(孺仲)은 동한(東漢) 사람 왕패(王霸)의 자이다. 왕망이 나라를 찬탈하자 벼슬을 버리고 고향으로 돌아갔는데, 이웃집 아들이 출세하고 자기 아들이 이에 비해 비루한 것을 부끄러워 하자, 그 아내가 "당신이 어려서부터 세상의 부귀영화를 추구하지 않았는데 어찌 옆집이 출세했더라도 당신의 높은 지조에 비교될 수 있느냐? 그런데 옷 때문에 부끄러워하느냐?"고 하자, 이를 옳다고 하고 아내와 함께 평생 은거생활을 했다고 한다. 도연명 지음 이치수 역주《도연명 전집》349쪽 문학과 지성사 2005.

77) 전한(前漢) 때 장후(蔣詡)는 두릉(杜陵)에 은거하면서 집 주위에 가시울타리를 만들어 사람들이 못 오게 하고 그 속에 삼경(三徑) 즉, 세 가닥 길을 만들어 놓고 당시 고사(高士)였던 양중(羊仲)과 구중(求仲), 두 사람하고만 어울렸다 한다.《文選 田南樹園激流植援 李善注》

78) 주(周) 시대 초(楚)의 숨은 선비(隱士)인 노래자(老萊子)의 아내를 말한다. 노래자가 몽산(蒙山) 이래에서 농사를 지으면서 가난하게 살고 있었는데 초왕이 노래자의 집으로 찾아와 조정으로 들어와 달라고 부탁하자, 노래자가 허락하였다. 왕이 떠난 뒤에 노래자의 아내가 말하기를 "첩이 듣건대 술과 고기를 먹일 수 있는 자는 회초리를 가질 수도 있으며, 관직과 녹봉을 줄 수 있는 자는 부월(斧鉞)을 가할 수도 있다고 합니다. 첩은 다름 사람에게 압제를 받을 수가 없습니다."라 하고는 떠나갔다. 이에 노래자 역시 그 아내를 따라서 강남으로 가서 살았다고 한다. <高士傳 上 老萊子>

時鳥變聲	때를 따라 새들이 날아와 노래를 할 때면
亦復歡然有喜	다시 기쁨이 생기고 행복을 느꼈단다
常言五六月中	언제나 오뉴월엔
北窓下臥	북쪽으로 난 창 아래에 누워
遇涼風暫至	서늘한 바람을 맞으며 잠시
自謂是羲皇上人	복희씨 시대의 사람으로 스스로를 생각하곤 했다
意淺識罕	생각이 좁고 지식은 적지만
謂斯言可保	다짐한 말만은 꼭 지키며 살아가려고 했었다
日月遂往	세월은 자꾸만 흘러가는데
機巧好疏	기교 뿐만 아니라 교분마저 부족하니
緬求在昔	먼 옛날을 그리워한다만
眇然如何	어찌 생각대로 될까(하략)

.... 맹주상 번역

라고 그가 왜 전원생활을 택했는지에 대해 상세히 설명하고 있는데 내용이 퇴계가 추구하던 '물러남의 철학'을 미리 밝혀준 것이 아닌가 싶을 정도이다. 이 시에 보면 '한 여름에 북쪽으로 한 창 아래에 누워 서늘한 바람을 맞으며 잠시 자신을 복희씨 시대의 사람으로 생각한다'는 표현이 들어있다.

한편 『고문진보』라는 책에 실린 시 한 편도 소환해 보자. 송나라 때의 시인 사과(謝薖, ?~ 1133년))가 쓴 「陶淵明寫眞圖(도연명사진도)」라는 시인데 진나라 때의 전원시인 도연명(365~ 427)의 용모와 생활을 묘사한 이 시에 보면 이런 귀절이 있다;

한 잔 술에 바로 취하여 북쪽 창 아래에 누워
선선히 스스로를 희황인(羲皇人)이라 하노라.
一尊徑醉北窓臥 蕭然自謂羲皇人

따라서 이런 것들을 보면 문인들이 이 희황인이란 표현을 좋아했으며, 퇴계도 도연명의 이런 경지를 자신의 생각과 많은 부분 일치하는 것을 알고 그 표현의 세계를 공감하고 일부 인용한 것으로 보인다. 희황인(羲皇人)은 위의 시에도 나왔지만 아득한 전설인 복희씨(복희황제) 시대의 사람을 뜻한단다. 옛사람들은 희황(북희황제를 줄인 말) 시대의 사람들이 모두 걱정 없이 편안히 살았다고 여겼기 때문에 속세를 떠나 사는 이들 대부분이 스스로를 이에 빗대어 말하기를 좋아했다고 한다. 따라서 北窓高臥羲皇上 風送微冷一鳥聲이란 구절은 "해가 들지 않는 북쪽 창가에 높이 벼개를 베고 복희씨 시대의 아무 걱정 없는 사람처럼 누우니 서늘한 바람이 새소리와 함께 불어온다"는 뜻 그대로이다. 이 여름 대낮의 시는 비교적 다른 은유를 달지 않고 도연명처럼 편하게 누워서 더위를 피할 수 있어 좋다는 뜻으로 보면 될 것 같다. 다만 도연명이 희황인이란 표현에 밝힌 귀거래의 참뜻을 퇴계가 평소에 공감하고 그것을 본인도 실현하고자 했음을 이 단어 하나를 통해 더 확인할 수 있다는 것이 중요하다고 하겠다.

　　이제 저녁으로 가보자

저녁

해질 무렵의 아름다운 경치 시내와 산을 움직이고	夕陽佳色動溪山
바람 그치고 구름은 한가로우니 새 스스로 돌아오네	風定雲閑鳥自還
홀로 앉은 그윽한 회포를 누구와 더불어 이야기할까	獨坐幽懷誰與語
바위 언덕은 적막하고 물 소리만 졸졸 흐르네	岩阿寂寞水潺潺

이 부분에 대해 이장우 장세후 교수는 이렇게 해설 겸 설명을 한다;

서쪽으로 해질 무렵이 되니 아름다운 경치가 저녁의 긴 그림자를 드리우는 것이 마치 서당 주변의 시냇물과 산을 움직이는 것 같다. 낮에 불던 바람이 잦아들다가 그치니 빠른 속도로 흘러가던 구름도 천천히 흘러 한가로워 보인다. 또 새는 잠자리를 찾아 보금자리를 알고서 스스로 돌아온다,. 마침 나도 한가하여 홀로 앉아있다가 그윽한 정취를 누구에게 말해볼까 돌아보았더니 아무도 없고 다만 쓸쓸해 보이는 바위언덕 사이로 물만 졸졸 소리를 내어 흐르고 있는 것이 보인다.[79]

굳이 다른 사람의 다른 번역을 인용하거나 비교할 필요도 없을 정도로 초저녁 한가하고 조용한 분위기가 물씬 풍겨지도록 잘 설명해주신다. 그의 시를 읽을수록 퇴계가 참으로 자연을 사랑하고 자연의 작은 숨소리, 어느 한 순간이라도 다 느끼고 보고 기록하려 했음을 알 수 있다.

이윽고 여름밤이 되었다.

院靜山空月自明	서재는 고요하고 텅 빈 산에 달빛은 절로 밝은데
翛然衾席夢魂淸	깨끗한 이불 속에 꿈도 맑도다
寤言弗告知何事	깨어나 말하지 않은 것 무슨 일인고
臥聽皐禽半夜聲	누워서 한밤 중 학의 소리를 듣는다

대강 이런 뜻인데 세밀하게 보면 조금 의미가 다른 해석도 가능하다. 맨 앞의 院靜(원정)에 대해 해동잡록은 서재로 풀었는데, 이장우 교

---

79) 이황지음 이장우 장세후 옮김 『도산잡영』276쪽. 을유문화사 2005

수 등은 뜰로 풀었다. 두 번역을 감안하면 院(원)은 집과 뜰이 포함된 공간을 의미하는 것 같다. 도산 서당에 돌아와서 밤에 이 시를 썼다고 한다면 완락재에서 기거를 하셨으니 거기서 보고 느낀 분위기를 서술 했을 것인데, 거기서 보면 그 앞으로 제자들이 머무는 농운정사라는 공간이 있기에 그것을 포함하는 공간으로 院이란 표현을 쓴 것 같다. 거기에 院靜山空月自明(원정산공월자명)이란 표현은 당나라 때에 낙빈 왕(駱賓王)이 쓴 <여름날 산속 집에서 하소부와 놀다(夏日遊山家同夏 少府)>라는 시 속에 나오는 "고요한 골짜기에 바람 소리도 그치고 텅 빈 산에는 달빛만이 깊어지누나(谷靜風聲徹,山空月色深)"라는 표현과 그 세계가 비슷하다고 이장우 교수팀은 주석을 붙여주신다.

그 다음 줄의 표현 翛然衾席夢魂淸(소연금석몽혼청)을 보면 翛然(소연)은 한시에서 주로 쓰는 단어인데 빠르게 진행되는 모양을 그리는 단어이다. 이 부분을 해동잡록에서는 '깨끗한 이불 속에 꿈도 맑도다' 라고 풀었는데 이장우 교수팀은 '갑자기 이부자리 꿈 속 혼 맑네'라고 다르게 풀이하고 있다. 翛然(소연)이 무언가 갑작스런 상황을 표현하 는 것이라고 보면 "밤중에 갑자기 잠이 깨어 이부자리에서 일어나 앉 으니 정신이 맑아지는데"라는 뜻이 아닌가 싶다. 그 다음 문장을 보면 '깨어났지만 말하지 않고 있다'는 상황이 나오므로 전체적으로는 "공 기가 맑고 조용한 산 속에서 달도 밝은데 잠을 잘 자고 문득 잠에서 깨어나니 서서히 정신이 맑아지는데 아직 아무 말도 안하고 앉아있 다"는 것을 묘사한 것으로 보는 것이 적당할 것이다. 이장우 교수팀의 주석에 따르면 당(唐) 오대(五代) 때 이중(李中)이라는 시인의 시(新秋 有感)에 "점차 비단 대자리에 상쾌함이 더해지는데 갑자기 꿈속의 혼 맑음이 느껴지네(漸添衾簟爽, 頓覺夢魂淸)"라는 표현이 있다고 한다. 혼몽청이란 표현이 여기에서 오지 않았는가 하는 뜻이다.

이렇게 시를 일일이 표현 하나하나를 다 따지면서 읽으려면 피곤하기만 하다. 그렇지만 세 번째 줄 寤言弗告知何事(오언불고지하사)란 표현에서 문제가 되는 것은 寤言(오언)인데 寤라는 글자는 寤寐不忘(오매불망)에 나오는 글자로서 寤는 깨다, 寐는 자다의 뜻이다. 그러니 잠에서 깨어나고도 아무 말도 안하고 있는 상태를 표현하면서 왜 그러는지 이유를 묻는 것이다. 여기에 대해 그 답을 스스로 하는데, 臥聽皐禽半夜聲(와청고금반야성), 즉 누워서 한밤중에 언덕에서 나는 새 소리를 듣기 위한 것이라고 말해주는 것이다. 이 새가 어떤 새일까? 皐禽(고금)이란다. 皐(고)라는 글자는 언덕이지만 물이 있는 언덕이고 여기에는 학이 주로 살고 있다. 《시경》에 보면 '鶴鳴九皐(학명구고) 聲聞于天(성문우천)'이란 시 귀절이 있다. 九皐(구고) 곧 "물이 많이 있는 저 들판의 언덕에서 학이 우니 그 소리가 하늘 멀리까지 들린다"는 것이다. 그러므로 이 부분에 대해 이장우 교수 팀은 "누워서 언덕의 새 한 밤중에 우는 소리 듣네"라고 풀이했지만 해동잡록에서 "누워서 한 밤 중 학의 소리를 듣는다"라고 풀이한 것이 보다 더 현실성이 있다고 하겠다. "한 밤 중에 일어나 정신이 돌아오는데 아무 소리도 하지 않고 있는 것은 멀리서 학 울음소리가 들려 그걸 듣기 위함이다"라는 상황을 묘사한 것으로 보는 것이 더 그럴듯하다고 하겠다.[80]

이렇게 해서 산 속에 살며 보고 들은 여름 아침 낮, 저녁, 밤의 정견을 함께 읽어보았다. 어느 시 하나, 어느 구절 하나, 퇴계가 허투루 쓴 것이 없음을 이로써 다시 확인한다. 다만 이렇게 산 속에서 여름을

---

80)   필자는 온계 이해의 후손으로서 2020년에 『온계 이해 평전』을 썼는데, 이 평전을 쓰면서 옳은 행동으로 평생을 일관했지만 억울하게 몰려 목숨을 잃은 온계 이해를 생각하다가 이 시경의 구절이 그 외로운 심정을 대변하는 것 같아서 이 구절을 평전의 표지 문구에 넣어보았다.

보내는 것이 그렇게 낭만적인 것만이 아님을 퇴계의 편지에서 확인할 수 있다.

이대성에게 답하다(答李大成)

편지를 받으니 적막한 심사에 위안이 됩니다. 전날에 비록 공에게 속긴 했지만 대[竹]를 보고 거문고 소리를 들었으니 소득이 그리 나쁘지 않았습니다. 요즘에는 홀로 지내며 비가 내려 냇물이 불어나는 것을 보노라면 기이한 천태만상이 병든 눈을 즐겁게 해 줍니다. 다만 재터[壇]와 연못의 새로 만든 축대가 견고하지 못해 개울물이 사납게 쏟아져 휩쓰는 바람에 무너져 엉망이 되었습니다. 매화와 대나무는 다행히 화를 면했지만 국화는 매우 상한 것을 겨우 옮겨 심었고 연꽃은 한 두 그루가 남았지만 보전할 방법이 없으니, 참으로 백인(伯仁)이 나로 말미암아 죽은 듯해[81] 진실로 놀랍고 한스럽습니다. 개울물이 한 차례 휩쓸고 간 뒤로 씻은 듯 청량한 물소리가 금과 옥을 두드리는 듯하니, 참으로 한번 와서 같이 들을 만합니다. 계재(溪齋 골짜기에 세운 서재)가 새어 서적이 손상된다는 말을 들었기 때문에 내일쯤 들어가 정리하여 볕에 쬘까 하니, 언제 다시 나오게 될지 분명치는 않습니다. 남은 얘기는 만나서 웃어 가며 말하기로 하고, 글월로 뜻을 다 전할 수 없어 이만 그칩니다.

.... 퇴계선생문집 제15권 / 서(書) 2

---

81) 다른 사람이 나로 인해서 화를 입은 듯 하다는 말. 동진(東晉) 원제(元帝) 때 외척(外戚) 왕돈(王敦)이 반역을 꾀하자, 왕돈의 종제인 왕도(王導)가 종족(宗族)을 인솔하고 대각(臺閣)에 나와서 대죄(待罪)하였는데, 주의(周顗)가 왕도의 충성을 들어 극력 구원하였고, 또 상소하여 왕도의 무죄를 밝혔으나, 왕도는 그 사실을 모르고 있었다. 마침내 왕돈이 석두성(石頭城)에 웅거하고서 왕도에게 주의의 인망(人望)에 대해 물었을 적에 왕도가 아무런 대답을 하지 않자, 드디어 주의를 죽였다. 후에 왕도가 자신의 목숨을 구해 준 주의의 상소를 보고는 "내가 백인을 죽이지 않았지만 백인이 나로 말미암아서 죽었다.〔我雖不殺伯仁 伯仁由我而死〕"고 하였다. 백인은 주의의 자이다.《晉書 卷69 周顗列傳》

퇴계가 왜 이렇게 숲 속에서의 생활을 즐거워했을까? 그것을 알려주는 시가 하나 있다. 만년에 퇴계는 강학(講學)하던 도산서당을 집 계상(溪上)에서 천천히 걸어 다니는 일이 많았던 것 같다. 이 때 상계(上溪)에서 도산서당을 다니면서 지은 시에 '계상(溪上)에서 산을 넘어 서당에 이르는 길을 걸으며(步自溪上踰山至書堂)'라는 것이 있다.

벼랑에 꽃이 피고 봄날은 고요한데	花發岩崖春寂寂
시내 숲에 새울고 냇물은 잔잔하네	鳥鳴澗樹水潺潺
우연히 산 뒤에서 동자(童子), 관자(冠子) 이끌고	偶從山後携童冠
한가로이 산 앞에 와 고반(考槃)을 묻노라	閒到山前問考槃

얼른 보면, 어느 봄날 산 뒤로부터 제자들을 데리고 산을 넘어 산 앞에 이르렀는데, 도중에 벼랑의 꽃도 보고 새 우는 소리도 듣고 흐르는 시냇물도 보았다는 아주 평범한 시처럼 보인다. 그러나 두 번 세 번 음미해보면 깊은 의미가 있는 시이다. 벼랑에 꽃이 피고 나무에 새가 울고 시내가 흐르는 것은 자연의 이법(理法)이다. 이것은 솔개가 날고 물고기가 뛰는 것과 같이 천리(天理)가 유행(流行)하는 것을 나

타내고 있다. 이렇게 천리가 유행하는 자연 속에서 '우연히' 산 뒤로
부터 한가로이' 산 앞에 이르는 것은, 자연에 자신을 맡겨서 자연과
하나가 되는 것이다. 이러한 것은 자연을 심성도야의 도구로 보는 성
리학적 수양의 최고의 경지이다.[82] 시 중에 '고반(考槃)을 묻노라'에
나오는 '고반'은《시경(詩經)》의 <위풍(衛風)>에 나오는 말로서 '은거
해서 특별하게 일삼는 것이 없이 한가롭게 산다'는 뜻이다.[83] 즉 그런
즐거움을 다 맛보고 산다는 뜻이다. 퇴계는 자연 속에서 증점이 말한
대로 심성을 도야하고 수양을 쌓아가는 최고의 즐거움을 누리고 있었
던 것이다.

    그렇게 좋은 일 즐거운 깨달음을 맛보며 퇴계의 여름은 가을로 치
닫는다. 가을에 가서 퇴계는 무엇을 느끼고 즐거워했을까?

---

82)   김동협, 온유돈후(溫柔敦厚)와 명단(明斷) - 퇴계(退溪)와 남명(南冥) 변별의 한 국면-

83)   그 시의 첫 수를 보면 그러한 기쁨을 묘사한다
       考槃在澗 碩人之寬 산 너머 개울가의 작은 움막집 어진 이의 넉넉한 보금자리라
       獨寐寤言 永矢弗諼 홀로 자고 홀로 깨며 혼자 말하네 이 즐거움 영원토록 잊지를 말
       자.

가을엔 굴원

지금까지 퇴계가 자연 속에서 하루하루, 일년 사시를 보내면서 사계절을 아침, 낮, 저녁, 밤으로 나누어 각각을 묘사한 <산거4시(山居四時)> 각 4영(詠) 16절 가운데 봄에 이어 여름까지를 보았다. 여름 대낮을 다시 보면

고요한 낮, 산당은 햇살에 환하게 밝고	晝靜山堂白日明
영롱하게 우거진 나무들 처마에 닿아있네	葱瓏嘉樹繞簷楹
희황씨처럼 북쪽 창가에 높이 누워 있으니	北窓高臥羲皇上
시원한 산들바람에 새 소리 덤으로 오네	風送微冷一鳥聲

라고 하여 글만 봐도 시원한 여름 그늘이 생각날 정도로 퇴계의 묘사력은 뛰어나다.

그러한 묘사로 여름을 지나 가을의 아침을 그린 것을 우선 보자,

아침
어젯밤 바람에 남은 더위가 모두 가고　　　　残暑全消昨夜風
아침에 일어나니 시원한 기운이 가슴에 스민다　嫩涼朝起洒衿胸
영균이 원래 도를 말할 줄 아는 이 아니라면　　靈均不是能言道
어떻게 천 년 뒤에 회옹이 느끼도록 하는가　　千載如何感晦翁

　라고 해서, 딱 가을의 시원한 바람과 기운을 느낄 수 있게 해 준다. 그런데 이 3행에 영균(靈均)과 회옹(晦翁)이 나오는데 이 부분이 무슨 말인지를 잘 모르겠다.

　여기에 나오는 영균은 초나라의 시인 굴원의 자(字)이니 굴원을 말하고 회옹은 당연 송나라의 주희를 말하는 것이란다. 그렇다면 이 구절은 "시인 굴원이 도를 알고 도를 말하는 사람이 아니었다면 어찌 천 년 후에 주희가 그것을 느꼈겠는가"라는 뜻으로 보인다. 그렇게 해석해 주는데도 무슨 뜻인지 여전히 들어오지 않는다. 이 시에 대한 학자들의 대부분의 번역문과 해석에서도 자세한 설명이 나오지 않는다.

　굴원과 천 년 뒤의 주희가 무슨 상관이기에 이런 표현이 나올까? 궁금할 때는 찾아보아야 한다. 아무래도 주희가 굴원에 대해서 뭐라고 한 것이 있을 것이란 생각에 공부를 해보고 새로운 사실을 뒤늦게 깨달았다;
　주희가 논어 중용 대학 등 유학의 경전에 대해 본문을 다시 검토하고 해석을 붙인 집주(集註)를 썼고 그로 해서 유학이 성리학으로 확장돼 새롭게 태어난 것임을 우리가 잘 알고 있는데, 그런 주희가 뜻밖에도 말년에 굴원이 쓴 시가가 모여진 《초사(楚辭)》라는 시집을 검토하고 정리해서 《초사집주(楚辭集注)》를 썼다는 것을 비로소 알게 된

112

것이다.

　보통 《초사(楚辭)》는 유학자들이 연구하는 영역이 아니다. 문학작
품에 속한다고 보기 때문이다. 우리가 아는 굴원(屈原, 서기전340 ~서
기전278)은 중국 전국시대 초(楚)나라의 정치가이자 시인이었다. 일찍
부터 학식이 뛰어나 20대에 초나라 회왕(懷王)의 좌도(左徒:左相)라는
중책을 맡아, 내정·외교에서 활약하기도 했으나 그의 재주를 시기하
는 사람에 의해 모함을 받아 추방을 당했고, 그 후 초나라가 진(秦)나
라에 패배한 후 왕이 불러 다시 초나라 조정으로 돌아갔다가 다시 쫓
겨난다(49세). 상심한 굴원은 상강(湘江) 기슭을 오르내리며 정치적 향
수와 좌절 속에 유랑 10년의 세월을 보낸다. 그러다가 서기전 278년
에 초나라가 진나라 장수에게 패해 나라가 무너질 위기에 처하자 굴
원은 조국의 앞날에 실망한 나머지 음력 5월5일에 분연히 상강의 지
류인 멱라수(汨羅水)에 몸을 던져 순국(殉國)하니 이때가 62세였다고
한다.

말하자면 열정적인 정치인이었는데 왕이 참소와 아첨에 휘둘리는 것을 비통해하면서 쓴 장편의 시 〈이소(離騷)〉를 지은 것이나 상강 가를 방황하면서 쓴 웅혼(雄渾)한 시〈천문(天問)〉등으로 해서 위대한 애국 시인으로 평가되며 그의 시 세계는 후세 중국 시인들에게 많은 영향을 끼쳤다고 알려져 있다. 그의 시를 중심으로 모여진 《초사(楚辭)》는 중국문학사에서 사실주의문학의 시원을 이룬《시경(詩經)》과 쌍벽을 이루며, 낭만주의문학의 시원을 이루고 있다고 평가받고 있기는 하다. 그러나 일반적으로 사람의 도리를 설파하는 유교의 경전이 아니라 문학작품이기에 유학자들이 그리 주목하는 영역이 아닌 것으로 나는 알고 있었다. 그러기에 주희가 《초사집주》를 쓴 것은 의외라는 생각이었다.

《초사(楚辭)》라는 책은 굴원의 시만이 아니라 초나라의 다른 문학작품들과 함께 묶여 있다. 한(漢)나라 유향(劉向) 편집하였다. 유향은 굴원의 〈이소(離騷)〉와 25편의 부(賦) 및 후인의 작품에다가 자작 1편을 덧붙여《초사》를 편집했는데 후한(後漢)시대에 왕일(王逸)이라는 사람이 이 책의 편과 문장을 고정(考定)·주석하여《초사장구(章句)》 16권을 지었다. 그런 것을 송(宋)나라 때 주희가 굴원의 부(賦) 25편을〈이소〉, 송옥 이하 16편을〈속(續)이소〉라 하여 《초사 집주(集注)》 8권을 지은 것이다. 그리고는 주(周)나라의 순경(荀卿)부터 송나라의 여대림(呂大臨)까지의 52편을 《초사후어(後語)》(6권)에 수록하였으며, 부록으로 《초사 변증(辨證)》상 ·하 2권을 만들었다.

주희는 1130년에 나서 1200년에 세상을 떴는데 이《초사집주》를 쓴 것이 예순 살 중반이던 1195년이고 5년 후에 세상을 뜨는 만큼 주희로서는 생애 마지막의 대작업이었던 셈이다. 경원(慶元) 원년(1195)

경에《초사집주》를 지었고 4년 뒤에는《초사변증(楚辭辨證)》을 짓는 등 만년에『《초사(楚辭)》』에 엄청난 에너지를 쏟았다. 그의 문인인 양즙(楊楫)은 후서(跋)에서 "당시 조정에서는 당파 사람들이 반대파의 죄를 조작해 내어 치죄하느라 바야흐로 분주하였는데, 선생은 시국을 우려하는 뜻을 여러 차례 얼굴에 내비치셨다. 하루는 배우는 사람들에게 직접 주석을 단 초사를 한 편 내어 보여주었는데 선생이 평소에 배우는 사람들에게 가르친 것은 대학 논어 맹자 중용이었고 그 다음이 육경이었으며 또 그 다음은 역사책이었는데, 유독 초사에만 해석을 하였으니 그 뜻은 어째서인가? 그러나 선생께서는 끝내 아무런 말씀을 하지 않으셨고 우리 또한 감히 물어보지 못하였다"라 하였다.[84]

주희

이처럼 당대의 주희의 제자들이 물어보았지만 선생이 대답을 명확하게 하지 않은 것에서 보듯 주희가 굴원에 매달린 것은 무언가 사연이 있을 터인데, 그러한 굴원과 주희의 관계를 퇴계가 자신의 시에서 아주 간단히만 짚고 나온 것이다.

---

84) 　　　이황 지음 이장우 장세후 옮김『도산잡영』279쪽 각주. 을유문화사 2005년

그 의문에 대한 답의 단초는 주희가 쓴《초사집주》의 서문에 있었다.

> "굴원이란 사람은 혹 그 뜻하는 바가 중용(中庸)을 넘어서는 것이 있어 우리가 모범으로 삼을 수가 없다. 그러나 그 모든 것이 충군애국이라는 성심(誠心)에서 나왔다. 굴원이 쓴 글은 그 표현이 질탕하고 괴기스러운 데로 흐르고 원한이 격발되고 있어 우리가 가르침으로 삼을 수는 없지만 그러나 모두가 정에 얽매인 슬픈 마음과 스스로 억제할 수 없는 지극한 뜻에서 나온 것이다."
> 原之爲人, 其志行雖或過于中庸而不可以爲法, 然皆出于忠君爱国之誠心。原之爲書, 其辭旨雖或流于跌宕(질탕)怪神、怨怒激發而不可以爲訓, 然皆生于繾綣惻怛(견권측달)、不能自已之至意。

　요는 주희가 보기에 겉으로 볼 때 굴원의 사람 됨됨이나 글이 우리가 모범으로 삼기에는 지나친 것 같지만 속으로는 나라를 위하고 백성을 사랑하는 마음이 가득 차 있었다는 것이다. 그러기에 그가 자살이라는 방법으로 생을 마감했지만 그의 참 마음과 뜻은 우리가 잊지 않고 기억해주어야 할 것이라고 말하는 것이다.

　실제로 굴원이 멱라강에 몸을 던지기 바로 전에 쓴 마지막 작품으로 보이는 〈애영(哀郢)〉이란 글을 보면 굴원은

皇天之不純命兮	황천의 명이 무상하고 한결같지 않은가!
何百姓之震愆	어찌하여 백성들을 공포와 범죄에 떨게 하는가?
民離散而相失兮	흩어지고 서로 헤어지는 백성들이여!
方仲春而東遷	바야흐로 중춘의 계절에 쫓겨나 동쪽으로 가노라!

라고 나라가 엉망이고 백성들이 쫓겨나는 상황을 한탄하면서 그 이유로

外承歡之汋約兮	겉은 화려하게 곱게 보이는구나,
諶荏弱而難持	그러나 나약한 마음 지탱하기 어렵도.
忠湛湛而原進兮	충직한 진심으로 현인들이 나아가고 싶은데,
妒被離而鄣之	질투하는 사람들 몰려와 방해하도다!

라고 간신들에 둘러싸여 현인들이 막혀있어서 나라가 엉망이라는 것을 한탄한다. 시대를 잘 못 만나고 군주가 어두워 제대로 정치가 되지 못함에 따라 죄 없는 백성들의 참담한 고생에 대해 아픔을 같이하는 것이다.[85]

주희는 굴원에게 이런 긍정적인 측면이 많이 있는데도 그런 뜻이 후세에 잘 전달되지 않는 것에 아쉬움을 느낀 나머지 이에 대한 집주 작업에 들어간 것으로 보인다. 주희는 기왕에 전해지고 있는 《초사》가 "동한(東漢) 왕일(王逸)의 장구와 근세에 홍흥조(洪興兆)의 보주가 간행되었는데 훈고명물(訓詁名物) 있어서는 상세하나 큰 뜻을 설명함에 있어서는 깊이 침잠하지 못한 까닭에 놓치는 부분이 많다."라고 《초사집주》序에 그 편찬 목적을 분명히 밝히고 있어서 주희로서는 잘 알면 아주 좋은 책이 될 수 있는 《초사집주》의 가치가 제대로 정리되지 못하고 이어져온 것을 한스러워 한 것으로 짐작하게 한다.

결국 퇴계는

---

85)   임향란 「굴원의 유배시 연구」 『유배연구논총』 281~282

영균이 원래 도를 말할 줄 아는 이 아니라면　靈均不是能言道
어떻게 천 년 뒤에 회옹이 느끼도록 하는가　千載如何感晦翁

　　라는 표현을 통해 주희가 만년에 온 힘을 다 해 굴원의 시 작품을
다시 정리한 것은 그만큼 《초사》에 임금에게 바른 길을 걷게 해서 백
성들이 잘못된 정치로 인해 억울한 고생과 피해를 입지 않기를 바라
는 마음을 드러냈기에 주희가 굴원의 작품을 재평가하고 있는 것이라
며 주희가 유학의 경전으로 끝나지 않고 맨 마지막에 《초사》에 노력
을 쏟은 이유를 높이 평가하고 있음을 알 수 있다.

　　그런데 이렇게 주희의 노력을 평가하는 것을 이해하면서도 퇴계
가 그것을 별도의 글로서 표현하지 않고 왜 산에서 살면서 느끼고 본
사계절의 아름다움이란 일련의 시 속에 하필 굴원과 주희를 끌고 들
어갔는지가 여전히 풀리지 않는 궁금증이다.

　　그런데 우리가 아는 이상으로 조선시대에는 이 《초사》에 실린 굴
원의 시들이 많은 문사(文士)들의 사랑을 받았고 나라에서도 조선조

초기부터 이 책을 대량으로 인출해 보급한 것으로 나타나고 있어 우리가 여기에 대해서 너무 모르고 있었던 것이 아니냐는 일종의 반성을 하게 된다.

《초사》는 삼국시대 때부터 우리 문학에 간헐적으로 인용되기 시작했으며, 고려시대에는 이규보(李奎報)를 비롯한 많은 문인들이 초사를 수용하고 변용하기 시작했다. 조선시대에 들어서면 정치적 혼란기 때면 문인들은 더 적극적으로 초사를 수용하는 것을 볼 수 있다. 특히 조선 선비들의 유배 시가에 《초사》의 흔적이 잘 드러나는데, 굴원이 간신의 이간질로 인해 쫓겨난 후 지은 <이소(離騷)>가 가장 많이 인용되었다고 해도 과언이 아니다. 이렇듯 조선 선비들의 《초사》 수용은 다양한 층위의 문사들이 다양한 양상을 보였으며, 그들의 작품 속에서 다양한 미의식의 확산을 가져왔다. 그 가운데서도 굴원의 비장미 넘치는 글과 원망의 미학을 우아하고 숭고하게 잘 수용하고 있는 것을 볼 수 있다.[86]

한편 세종(世宗)은 《초사》를 수 십 번을 읽을 정도로 아꼈다고 전한다. 세종 13년(1431)에 집현전 부제학 설순(偰循) 등에게 삼강(三綱)에 모범이 되는 충신(忠臣)·효자(孝子)·열녀(烈女)를 뽑아 그 덕행을 찬양한 그림책을 펴내도록 했는데 여기에 굴원도 충신으로 뽑힌다.

> 예문 대제학(藝文大提學) 윤형이 경전(經典)과 사서(史書)를 뒤섞어 끌어다가 부주(敷奏)하기를 상세하고 밝게 하니, 세종이 말하기를,

---

86)   신두환 「朝鮮士人들의 '楚辭' 受容과 그 美意識」『 漢文學論集 30집』논문초록 2010. 2

"경(卿)은 책을 읽을 때에 몇 번 보아서 이와 같이 능히 기억할 수 있는가?"
하니, 대답하기를,
"신은 겨우 30번 정도 읽습니다."
하니, 세종이 말하기를,
"나는 여러 책을 모두 1백 번 읽었고, 다만 《초사(楚詞)》와 《구소수간(歐蘇手簡)》만은 30번 정도였을 뿐이다." 하였다. [87]

세종 10년 11월 12일
경연에 나아갔다. 좌대언 김자(金赭)에게 명하기를,
"《문장정종(文章正宗)》과 《초사(楚辭)》 등의 서적은 공부하는 사람은 불가불 알아야 하니 주자소(鑄字所)로 하여금 이를 인행(印行)하게 하라." 하였다.

세종 11년 3월 18일 집현전(集賢殿) 관원과 동반 군기 부정(軍器副正) 이상에게 《초사(楚辭)》를 나누어 주었다.
세종 17년 6월 26일 집현전 대제학 이맹균 등이 시학을 진흥시킬 조건을 아뢰다
집현전 대제학(大提學) 이맹균(李孟畇) 등이 아뢰기를... 중략
1. 성균관(成均館) 생원은 경학(經學)을 익히는 여가에 겸하여 초사(楚辭), 문선(文選), 이백(李白)·두보(杜甫)·한유(韓愈)·유종원(柳宗元)·구양수(歐陽修)·왕안석(王安石)·소식(蘇軾)·황정견(黃庭堅) 등 역대 제가(諸家)의 시(詩)를 익히게 하여 춘추(春秋)로 의정부·육조의 도시(都試)[88]에 혹 시(詩)를 짓게 하고, 사부 학당(四部學堂)과 외방(外方)의 향교(鄕校)에서도 또한 이에 의하여 강습(講習)하고, 아울러 서도(書徒)[89]의 이름을 기록하여 매양 도회(都會)[90]를 당할 때마다 또한 고강(考講)을 가할 것....(중략)....하매, 임금이 이에 집현전의 말을 따랐다.

---

87)　실록 단종 1년 계유(1453) 6월 13일(무술) 예문 대제학 윤형의 졸기

88)　조선시대 무사(武士)를 선발하기 위한 특별 시험으로, 중앙에서는 병조와 훈련원의 당상관이 군사와 동서반의 종3품 당하관 또는 한량(閑良)을, 지방에서는 각 도의 관찰사와 병마절도사가 중앙의 예에 의하되, 그 도의 수령(守令)·우후(虞候)·만호(萬戶) 및 그들의 자제를 제외한 사람을 대상으로 실시하였다.

89)　조선시대에 성균관과 향교의 교육을 진흥하고자 그 재학생에게 이름과 매일 독서한 내용을 적어 제출하게 한 제도.

90)　계회(契會)·종회(宗會)·유림(儒林)의 모임 등의 총회를 가리킨다.

이처럼 왕실에서도 초사를 널리 보급하려 했고, 민간에서도 조선의 문사들은 어릴 때부터 초사를 읽었다. 초사 가운데서도《이소離騷》가 그 중심이었다. 신익성(申翼聖)의 행장에 '10세에 논어와《이소》를 배송할 정도로 읽었다'는 언급과 상촌 신흠의 행장에도 "10세 때《논어》와《이소》를 몇 차례 읽어보고는 곧 배송을 해서 한 글자도 틀리지 않음으로서 참찬공이 더욱 놀라고 기이하게 여겼다"고 하였으며, 또 중봉 조헌의 행장에도 "선생은 밤마다 반드시 중용 대학 이소경과 출사표를 읽었다. 읽다 보면 비분강개하여 날이 새도록 잠을 이루지 못하였다"고 하였다.[91]

이덕무는

"평소 가슴 속에 불평한 기운이 있으면 때때로 까닭없이 슬픔이 생겨 탄식하는 것이 극도에 달하게 된다. 이때《이소離騷》와 <구변九辨>을 외면 더욱 감촉하는 것이 겹쳐진다. 그 때 마음을 가라앉히고《논어論語》를 읽으면 그 기운이 반드시 풀어진다. 이처럼 여러 번 한 뒤에야 비로소 성인(聖人)의 기상이 천 년 뒤에도 능히 기질을 변화시키는 것이 이와 같음을 알았으니 효험을 얻은 것이 매우 깊다."

---

91)   신두환「朝鮮士人들의 '楚辭' 受容과 그 美意識」『漢文學論集 30집』9쪽. 2010. 2

고 하였다 [92]

성호 이익은 굴원의 시에 대해 평가를 하면서

굴원(屈原)의 가사(歌辭)에,

휘날리는 저 가을바람이여 　　　嫋嫋兮秋風

동정호에 물결 일고 나뭇잎 떨어지도다 洞庭波兮木葉下

하였는데, 이는 천고에 볼 수 없는 비장 감개한 것이어서, 소인(騷人)과 운사(韻

士)들이 흠모하여 본받고자 해도 되지 못하는 것이다.

이백(李白)은 시에다 발표시키되,

어젯밤 가을바람 천상에서 불어오자 昨夜秋風閶闔來

동정호에 잎이 지니 소인이 슬퍼하네 洞庭木落騷人哀

라고 하였고, 두보(杜甫)는 율시(律詩)에 발표시키되,

한없이 지는 잎은 우수수 떨어지고 　無邊落木蕭蕭下

그치지 않는 긴 강은 줄줄 흘러내리네 不盡長江滾滾來

라고 하였는데, 오직 이 두 사람의 글귀가 근사하다.

대개 늦은 가을, 싸늘한 바람에 나뭇잎은 떨어지고 물결은 솟는 그것이 모두 처

량한 세계로서, 몇 글자 밖에 되지 않지만 사람으로 하여금 혼이 녹아나게 한다.

이백은, '바람이 불어와서 나무잎이 진다.'는 것만 말했지만, 강 물결이 그 속에

포함되어, 풍신(風神)이 사람을 감동시키고, 두보는, '강물이 줄줄 흘러온다.'는

것만 말했지만, 역시 파랑(波浪)의 의사를 띠어서 근골(筋骨)이 속에 있으니 탄

복할 만하다. 그러나 끝내 굴원(屈原)의 간격(肝膈)을 꿰뚫는 애절한 하소연과는

같지 못하니, 이는 고금이 다르고 인정이 같지 않은 때문이다. [93]

라고 하였다. 요컨대 굴원의 애끓는 충정이 후대에 제대로 전해지
지 않았다는 것이다.

---

92)　　　이덕무,『청장관전서 권 63』「선귤당농소」

93)　　　성호사설 제28권 / 시문문(詩文門) / 굴원 가사(屈原歌辭)

그런 만큼 조선의 선비들에게《초사》를 올바로 읽고 해독하는 일
도 중요한 연구과제 중의 하나였다. 조선 정조 때의 황경원(黃景源
1709~1787)은《초사》의 판본을 자세히 연구하고 잘못된 부분을 바로
잡으면서 사마천이 내린 굴원의《이소》에 대한 평가를 덧붙인다;

> 태사공(太史公)이 말하기를 "《시경》의〈국풍(國風)〉은 색을 좋아하면서도 음
> 란한 지경에 이르지 않았고〈소아(小雅)〉는 원망과 비방이 있어도 난잡한 지경
> 에 이르지 않았는데〈이소(離騷)〉로 말하자면 두 가지를 겸비했다고 말할 수 있
> 다." 라고 하였다. 대개〈이소(離騷)〉는 육의(六義)[94]에 근원을 두고 있으나 한
> 나라 이후 유자들은〈이소〉를 아는 자가 참으로 드물다. 그리하여 내가 비로소
> 《초사장구(楚辭章句)》를 고정(考定)하여 육의(六義)를 기술하되, 의문이 나는
> 것은 모두 빼놓았다.[95]

이같은 평가는 주희가《초사집주》에서 밝힌 것과는 대동소이하지
만 이 문제를 계속 연구한 것은 그만큼《초사》를 중하게 여겼음을 알
게 한다.

그러므로 이런 조선시대의 사조를 생각해본다면 퇴계가 그의 도
산에서 생활을 하면서 굴원의《초사》를 생각하고 그것이 주희에 의해
정리돼 마치《시경》이 고대 중국 문학의 대표이자 거기에 고대인들의
인간관, 가족관, 인간 사이의 윤리를 후대에 전해주는 경전이 된 것처
럼 초사에 담긴 굴원의〈이소〉같은 것이 유학의 경전의 반열로 올라

---

94) 육의(六義)는 '풍(風)·아(雅)·송(頌)·부(賦)·비(比)·흥(興)'을 지칭한다. 여기서 풍아송
    은 시경의 체재이며, 부비흥은 창작 방법이다. 전자는 다시 각 지방의 민가인 풍(風)
    과, 조정의 악곡이라고 설명되는 대아(大雅)와 소아(小雅), 그리고 종묘사직에 제사
    지내는 용도로 사용된 노랫말인 송(頌)이 있다. 후자에 대해서는 사물을 있는 그대
    로 서술하는 부(賦), 비유의 수법으로 사용하는 비(比), 변죽을 울리며 흥취를 돋우
    는 흥(興)이 있다.

95) 《고정이소경》에 붙인 서문[考定離騷經序]『강한집 제8권』 / 서(序).

갔으면 하는 희망이나 기대를 가질 수 있었다고 생각할 수 있다.[96]

그런데 조금 더 들어가서, 주희가 초사집주를 쓴 이유에 대해 그의 문인들에게 말하지 않은 것으로는 나오지만 그 이유가 당시의 정치구조와 정치체제에 대해 자신을 대신해서 굴원으로 하여금 강하게 항의하도록 한 것이 아닌가 하는 연구분석이 나오는 것 같다.

중국의 대표적인 굴원연구가인 화남대학교 주걸인(朱杰人) 교수는 지난해 11월에 행한 온라인 강연회에서 이렇게 말했다;

> 주희가 일생동안 유가의 경전을 주로 연구했지만 만년에는 《초사집주楚辞集注》《楚辞辩证》《초사음고楚辞音考》《초사후어楚辞后语》 등을 연구하는데 대부분의 시간을 쏟았는데, 그것은 당시 그가 처한 정치 환경과 그의 삶의 상황이 꼬인 것과 깊은 관계가 있다. 경원(慶元) 원년에 당시 송나라의 황제 영종(寧宗)이 신하들의 참언을 믿게 되어 도학(道學)을 위학(僞學)이라고 하고 주희를 그런 위학의 당수로 줄을 세우고 그 제자 채원정(蔡元定)도 그 일로 화를 입어 벼슬이 강등되어 마침내 죽었다. 주희는 마침내 도학을 더 계속 연구할 환경을 잃어버리게 되자, 결국엔 연구영역을 바꾸게 되었다. 그래서 성리학 연구에서부터 비교적 단순한 문학과 종교를 연구하게 되었으니, 그의 만년의 연구는 그러한 시대배경에서 나온 것이다.[97]

그런 상황에서 주희는 역대 사람들의 초사에 대한 이해가 그 본뜻에서 벗어났고 심지어는 사마천도 이 점에서는 예외가 아니어서 사람들이 굴원에 대해서 갖는 오해를 불만스럽게 생각해 왔기에 초사라는 글을 빌려 자신의 입장에 대한 주석을 달아준 것이라는 설명이다.

---

96)   실제로 많은 문인들은 굴원의 〈이소〉를 《이소경》으로 부르며 일종의 경전으로 대접하기도 했다.

97)   凤凰网湖南综合 2020年11月22日

이제 굴원과 주희의 관계에 대한 나름대로의 탐색취재는 끝날 때가 된 것 같다. 결국엔 퇴계의 생각이 관건이다.

조선시대에 지금처럼 통신이 발달하지 않아 주희가 말년에 힘들었던 상황을 정확히 알 수 있었는지는 확실하지 않지만 조선시대 왕과 문인들이 굴원에 대해 나름 평가를 높이 하고 있었기에 관련 정보를 퇴계도 많이 얻었을 것으로 추측할 수 있다. 말년에 주희가 힘들었던 상황을 알았을 것이며, 초사를 연구해 《초사집주》를 펴낸 그 마음도 나름 이해했을 것이다. 주희도 올바른 학문으로 세상을 바르게 이끌고 싶어 세상에서 이런저런 벼슬도 했지만 결국 말년에는 정치적으로 몰려 힘든 시간을 보내야 했다. 퇴계도 도산에 서당을 완성하기 전까지 많은 고초를 겪었고 그의 선배 동표 후배들이 정치판의 그 많은 편 가르기와 모함에 휩쓸려 몸을 망치는 것을 보아 왔고 그러기에 이 도산 속에서 백세장수지(百歲藏修地)[98]를 구한 만큼, 여기서 자연 속에서 관조를 하며 학문을 닦는 행복한 시간을 지내다 보니 주희가 말년에 힘든 상황이 생각이 났을 것이다. 그 상황을 다시 유추하며 그가 굴원의 재평가에 매달린 이유를 다시 확인했을 것이다.

주희는 《초사집주》를 끝내고서 쓴 서문의 마지막 글에서 이렇게 말한다;

독자들이 (이 책으로) 천 년 전의 옛사람 굴원을 만나 죽은 그가 다시 일어나고, 또 천년 후에도 족히 그것을 아는 사람이 있게 되면 (굴원은) 후세 사람이 자기의 이름을 듣지 못하는 것을 한스러워 하지 않을 것이다. 아! 슬프다, 이것이 어찌

---

98) 어찌 알았으랴 백년토록 마음 두고 학문을 닦을 땅이 無知百歲藏修地
바로 평소에 나무하고 고기 낚던 곳 옆에 있을 줄이야 只在平生采釣傍
.... 도산잡영1 改卜書堂得地於陶山南洞

속인들과 쉽게 말할 수 있는 것이겠는가! 庶幾讀者得以見古人于千載之上, 而死者可作, 又足以知千載之下有知者, 而不恨于來者之不聞也。嗚呼悕矣, 是豈易與俗人言哉!

퇴계가 이〈산거사시(山居四時)〉라는 시를 쓴 것이 1565년, 퇴계가 64세, 세는 나이로 65세였다. 주희가 《초사집주》를 써 낸 것이 1195년이니, 그가 만 65세 때였다. 어쩌면 퇴계는 마침 같은 나이에 초사 연구에 집중한 주희의 심정을 유추해 보았을 것이며, 지금 자신의 처지와도 비교해 보았을 것이다. 그리고 아마도 학문과 교육의 길로 가겠다고 한 자신의 선택이 옳았음을 다시 확인하였을 가능성도 있다. 다만 정신적 스승 주희의 말년의 상황이 조금은 애처러웠을 것이다.

그런 것을 한 여름 한창 바쁠 때에는 생각하지 못했다가 이제 찬 바람이 불고 머리가 맑아지고 계절의 의미를 생각하게 되는 가을 아침이 되니 영원한 스승 주희의 말년을 생각하고 그 어려웠던 말년 노력의 의미를 다시 부각시켜주고 싶었을 것이다. 그리고 지금 퇴계 자신처럼 360여 년 전 스승인 주희의 처지와 그의 선택을 후인들이 오해하지 않고 그의 뜻을 잘 알고 기억해야 한다는 소망도 담았을 것이다. 그것은 퇴계 자신이 후인들에게 기대하는 것이기도 할 것이다..

주희가 굴원을 천 년 후에 재평가해준 것처럼, 조선의 퇴계가 360년 뒤에 스승 주희의 선택의 의미와 가치를 알아준 것처럼, 이를 다시 후세에 귀띔을 해주는 사람들이 많이 나온다면 혹 퇴계의 심중의 기대를 제대로 헤아린 것이 될까? 그렇게 해서 그것으로서 스승에 대한 최소한의 예의를 갖춘 것이 될까? 시 구절 하나에도 때로는 이런 많은 뜻이 담길 수 있다니 참으로 생각의 깊이와 폭은 제한이 없는 것이구나.

겨울 책을 덮고

도산에 겨울이 왔다. 퇴계는 무엇을 느꼈을까? 그동안 봄 여름 가을의 시들을 너무 자세하게, 지겹게 알아보았으니 겨울에는 좀 대충 조용히 감상을 하고 넘어가고 싶다.

아침

우뚝 솟은 봉우리들은 찬 하늘 찌르고	群峯傑卓入霜空
뜰아래 국화는 아직 몇 떨기 남았는데	庭下黃花尙依叢
마당을 쓸고 향 사르니 바깥 일 없고	掃地焚香無外事
종이창에 해 비치니 마음처럼 밝구나	紙窓銜日曛如衷

낮

추운 날 그윽하게 지내니 무슨 일 있겠는가	寒事幽居有底營
꽃 묻고 대나무 감싸며 여윈 몸도 조섭하네	藏花護竹攝羸形
찾아오는 손님들 은근히 사절한다 내세우고	慇懃寄謝來尋客
앞으로 겨울 석 달 손님 영접 끊으려 하네	欲向三冬斷送迎

퇴계의 시 원문을 나 같은 까막눈이 갖고 있는 재주로는 다 알 수 없으니 해동잡록에 실린 시에 대한 고전번역원의 번역과 이장우 장세후 두 교수님의 번역을 참조해서 아침과 낮은 내 멋대로 번역을 해본다. 아침과 낮은 그럭저럭 넘어간다. 그런데 역시 퇴계가 이 산거사시의 마지막 부분을 그냥 쉽게 넘겨주실 분이 아니다. 저녁 시가 딱 갈 길을 막는다. 저녁 시의 앞 두 줄은 대충 알겠다;

모든 나뭇잎 뿌리로 돌아가고 해가 짧아져   萬木歸根日易西
안개 낀 쓸쓸한 숲 속 새도 깊이 깃들었네   煙林蕭索鳥深棲

그런데 그 다음 두 줄이 문제다. 해동잡록에 실린 원문을 본다;

從來夕陽知何意
迨欲須防隱處迷

앞 줄 從來夕陽知何意(종래석양지하의)은 한자는 다 아는데 뜻이 안 통한다. 고전번역원의 해동잡록에서는 이 구절을 '옛날부터 저녁까지 조심함은 무슨 뜻일까'라고 풀었고 이장우 장세후 교수는 '예로부터 저녁까지 두려워한 것 무슨 뜻에서였을까?'라고 풀었다. 옛날부터 사람들은 저녁까지 두려워했고 조심했다는 말을 늘 해왔다는 뜻인 것 같다. 이상한 것은 석양이란 말에 조심한다는 뜻이 없는데 두 해석 모두 조심한다는 말을 넣었다. 이상하다고 생각해 다시 자세히 보니까 고전번역원에 실린 이 문장은 夕陽(석양)인데 이장우 교수 장세후 교수의 『도산잡영』에는 이것이 석양이 아니라 夕惕(석척)으로 나온다.

고전번역원에서 인터넷으로 올리면서 惕(척)이라는 글자를 모양이 비슷한 陽으로 잘못 집어넣은 것 같다. 惕은 '두려워하다, 조심하다, 근심하다'의 뜻이다. 그렇다. 이렇게 잘못 입력된 글자를 보며 생각을 했으니 뜻이 들어올 리가 없다.

이장우 장세후 교수의 각주를 보면서 겨우 알게 되었다. 석척이란 말은 조건석척(朝乾夕惕)을 의미한단다. 《주역(周易)》의 첫 괘인 건괘(乾卦) 효사(爻辭)에 다음과 같은 대목이 있다.

> "군자가 종일토록 굳세고 굳세게 하고, 저녁에는 조심하니, 좀 위태롭기는 하나,
> 허물은 없으리라(君子終日乾乾, 夕惕若, 厲, 无垢)."

군자가 하루 종일 덕업(德業)을 닦고, 저녁에 되어서도 여전히 신중하게 반성하니 허물이 없을 것이라는 말이란다. 여기에서 조건석척이란 말이 나왔단다. 퇴계는 건괘의 이 말, 저녁까지 조심해야한다는 말의 뜻이 무엇인지를 자문하고 있다.

그럼 그 다음 迨欲須防隱處迷(태욕수방은처미)라는 구절이 해답일 것이다. 迨(태)라는 글자는 '바라다'의 뜻이라니까 은밀한 곳(隱處)에서 잘못되는 것(迷)을 막기 위한 것이라고 풀 수 있겠다. 그런데 또 헷갈린 것은 이장우 교수 등의 『도산잡영』에서는 이 부분을 "나태와 욕심, 모름지기 숨은 곳에서 미혹함 방지하기 위함이라네"라고 풀이한 것이다. 어? 나태와 욕심이라니? 하고 다시 그 책의 원문을 보니 여기에서는 바란다는 뜻의 迨가 아니라 나태하다는 怠로 되어 있다. 즉 怠欲須防隱處迷인 것이다.

둘 중의 하나가 틀린 것인가? 아니면 누군가 원 시를 베끼면서 잘못 쓴 것인가? 이것을 확인하려면 더 원전을 찾아야 한다. 퇴계집 원

본을 볼 수는 없으니까 고전번역원에 올라와 있는 퇴계집 원본을 찾아보니 이 부분은 이렇게 되어 있다

從來夕惕緣何意。
怠欲須防隱處迷。

앞줄은 석양이 아니라 석척이 맞다. 뒷줄은 迫가 아니라 怠가 맞다는 이야기이다. 게으름 욕심 이런 것 어두운 곳에서 찾지 말고 막아야한다는 뜻으로 볼 수 있겠다. 그런데 앞에서 從來夕惕知何意였는데 퇴계집에서는 從來夕惕緣何意로, 즉 知가 緣으로 나와 있다. 이것은 또 어느 것이 맞는가? 복잡한 문제들이 자꾸 생긴다. 옛날 문헌이라는 것이 필사본으로 전해 내려오는 과정에서 늘 오류가 있다는데, 여기 이 시(詩) 안에서만 두 군데가 다른 것이다. 그것을 규명하는 것은 무척 복잡하고 또 무슨 의미가 있겠는가? 다만 전체적은 뜻을 가지고 생각해본다면 이 부분은

겨울이 되어 모든 나뭇잎 뿌리로 돌아가고 해가 짧아졌고, 안개 낀 쓸쓸한 숲 속 새도 깊이 깃들었기에 모든 것이 다 끝났다고 생각하겠지만 옛말에도 저녁까지 조심하라는 말이 있는 만큼 겨울이라고, 남이 보지 않는 때라고 게을러지지 말고 끝까지 욕심을 버리고 잘 지켜야 할 것이네

라는 말을 하고 있는 것 같다. 그러면 그렇지 우리의 퇴계 할배께서 이 중요한 겨울철, 4철의 마지막 계절을 그냥 보내주실 리가 만무다. 고전번역원 번역과 이장우 교수팀의 번역, 그리고 퇴계집의 한문 글자의 차이가 잠시 혼란이 와서 쓸데없이 이해하는데 시간을 끌게

되었다. 이제 밤을 보자

밤

눈이 침침해져 호롱불 더 댕겨야만 하고   眼花尤怕近燈光
늙고 병드니 겨울밤 긴 것을 절실히 알겠네   老病偏知冬夜長
책 읽지 않아도 읽는 것보다 훨씬 나으니   不讀也應惟勝讀
앉은 채 보는 창문의 달 서리만큼 차갑구나   坐看窓月冷如霜

　　이 부분은 좀 쉬운 것 같다. 이제 노인이 되어 눈도 침침하고 등불
도 어두워 글도 읽기 어려운데 책을 그만 덮고 창밖의 차가운 달을 보
며 자연과 인생의 의미를 다시 관조하는 것이 더 좋겠다는 말씀인 것
같다.
　　이렇게 해서 봄 여름 가을 겨울의 사철을 아침부터 밤까지 네 부
분으로 나누어 쓴 16수의 시를 읽어 보았다.

계상정거도(溪上靜居圖)/ 정선 겸재

퇴계의 시는 자연 속의 기쁨만을 노래한 것으로 생각해서 쉽게 읽으려다가 꼭 한 두 군데씩 당신 할배께서 하고 싶은 말씀을 압축해서 단어, 명사 한 두 개로 말씀하시니 그것을 이해하느라 유학의 여러 선배들, 성인군자들이 말씀 하신 것, 심지어 주역까지를 들여다보고 말았다. 그 결과 이 산거사시를 통해 퇴계가 생각했던 도학자로서의, 생활철학자로서의, 정치철학가로서의 삶의 자세를 다시 확인할 수 있었다. 많은 분들이 이 시를 읽었겠지만 고전번역원의 오타가 남아있는 것을 봐도 그리 깊이 주목하거나 연구하지 않았던 것 같고 이장우 장세후 두 분이 자세하게 주석을 붙여 해석을 잘 해주셨는데 그 이면에 깔려 있는 사상적인 면, 철학적인 면까지는 충분히 다루지 못한 것 같아서 나름대로 공부했다며 주책없이 떠들었다. 퇴계의 참 뜻을 많이 훼손했을 가능성이 당연히 매우 높지만 무식한 사람이 용감하다고, 만용을 부려본다. 그렇게라도 퇴계를 좀 더 잘 알게 되면 그게 바로 이 여행의 목적이 아니던가?

시인의 속 마음

　　<산거사시>라는 16편의 시를 떠나서 퇴계가 도산으로 들어온 이후 일상에서 보고 듣고 느끼고 생각하며 쓴 시는 수도 없이 많다 대충 3천여 편이라고 말한다. 그런 저런 것들 가운데에 퇴계의 속마음을 전한 것들이 많이 있다,

　　잊을까 걱정돼 이 책 저 책 뽑아 놓고서
　　흩어진 걸 도로 다 정리하자니,
　　해가 문득 서산으로 기울어지고,
　　가람엔 숲 그림자 흔들리누나.
　　苦忘亂抽書 散漫還復整
　　曜靈忽西頹 江光搖林影

　　막대 짚고 뜨락으로 내려가서
　　고개 들고 구름재를 바라보니,

아득히 밥 짓는 연기 피어오르고,
으스스 산과 벌은 차가웁구나.
　扶筇下中庭 嬌首望雲嶺
　漠漠炊烟生 蕭蕭原野冷

농삿집 가을걷이 가까워지니,
방앗간 우물터에 기쁜 빛 돌아.
갈가마귀 날아드니 절기 익어가고,
해오라비 우뚝 선 모습 흰칠쿠나.
　田家近秋穫 喜色動臼井
　鴉還天機熟 鷺立風標逈

그런데 내 인생은 홀로 무얼 하는 건지
숙원이 오래도록 풀리질 않네.

이 회포를 뉘에게 얘기할거나.
고요한 밤, 거문고만 둥둥 탄다.
　我生獨何爲 宿願久相梗
　無人語此懷 搖琴彈夜靜
　　.......晚步 저녁 산보

　위대한 학자로 알려진 퇴계의 이 시는 가을 저녁을 맞아 분주해지
는 사람들의 생활 속에서 쓸쓸함을 느끼며 끝없이 추구하는 학문이
아직 이뤄지지 못함을 아쉬워하는 한 평범한 인간의 내적인 면모를
전해준다.
　날씨가 부쩍 추워졌다. 아침 기온이 영하로 내려가고 설악산에 눈
이 쌓였다는 소식에 아침 산책길에 만난 계절의 얼굴이 전보다 무척
싸늘해진 느낌이다. 요즈음이야 난방이 잘 되는 아파트에 살면 창 밖
의 추위가 남의 나라 이야기처럼 느껴지지만 예전에는 난방이 제대로

안 되는 데다가 바람이라도 불면 외풍이 방안에 밀려와 을씨년스럽기가 그지없었을 것이다. 춥다고 곧바로 불을 때는 것도 아니고, 불을 때어도 온돌이라는 것이 겨우 초저녁 몇 시간만 절절 끓을 뿐, 아침이 되면 다시 냉골이 되지 않나, 또한 지금 같은 내복이라고는 별도로 없고 솜을 넣어 만드는 바지와 저고리가 유일한 방한복이었을 텐데 그것만을 껴입고 있을 수도 없고 이래저래 옛사람들은 계절이 가을에서 겨울로 접어들면 몸으로 느끼는 추위가 점점 강해지면서 정신적으로도 긴장을 할 수밖에 없었을 것이다.

계절의 변화는 시인인 퇴계에게도 깊은 정감으로 다가온다

뜰 앞의 두 그루 매화나무
가을되니 다투어 시드네
산골짜기는 아직 울창해서
좁은 땅을 다투는 듯한데
庭前兩株梅 秋葉多先悴
谷中彼薔蔚 亂雜如爭地
뛰어난 풍채 보존키 어려운 것은
온갖 나무들의 제멋대로 때문이라
바람과 서리 호되게 몰아치면
꼿꼿하든 약하든 무슨 차이 있으랴
孤標未易保 衆植增所恣
風霜一搖落 貞脆疑無異
저마다 꽃답고 향기로운 때
사람이 귀한 것 알아주어야
芬芳自有時 豈必人知貴
.... 秋懷 가을의 회포

136

이른 봄 청아한 향기와 함께 여름까지 고고한 기품을 자랑하던 매화도 잎이 떨어지고 나니 앙상한 가지만 남고 쓸쓸해 보인다. 인생도 이와 같아서 꽃이 피고 향기가 나는 한창 때에 곱게 잘 피어서 좋은 역할을 하고 좋은 역사를 남겨야 하지 않겠는가? 하는 회포를 퇴계는 잎이 떨어진 매화나무에 빗대어 풀어놓고 있다.

조선시대 선비라는 존재는 과거시험에 합격하고 관가에 나가야 돈과 명예가 생기지만 그 자리는 늘 목숨을 건 싸움판이었다. 툭하면 무고하고 모함해서 귀양을 보내거나 죽인다. 퇴계 자신도 40대 후반 그가 조정에서 두각을 나타낼 무렵부터 많은 견제와 모함을 받기 시작했다. 이런 때에 벼슬에 뜻이 있을 리가 없다. 그의 형인 온계 이해(溫溪 李瀣)가 1550년 간신 이기(李芑) 등의 모함에 몰려 고문을 당한 끝에 귀양가던 중 별세하던 해에 고향에 한서암(寒棲庵)이란 작은 집을 짓고 뜰에다 소나무·대나무·매화 등을 심어 지조의 표상으로 삼으며 늘상 감상했다. 그 한서암에서 그 해에 지은 시가 퇴계의 속마음을 대변한다.

> 높은 벼슬은 내 하고자 하는 일이 아니네
> 흔들리지 않고 향리에 있고 싶어.
> 바라노니 착한 사람 많이 만드는 것,
> 이게 천지의 덕 갚는 도리 아닌가
> 高蹈非吾事 居然在鄕里
> 所願善人多 是乃天地紀

벼슬에 뜻이 없는 만큼 퇴계는 자연을 지극히 사랑한다. 살던 집에 솔·대나무·매화·국화 등을 심고 벗 삼아 즐겼다. 1551년에는 계상서당(溪上書堂)으로 옮겨서도 방당(方塘:네모난 연못)을 만들고 연을 심고, 솔·대·매화·국화·연(松·竹·梅·菊·蓮)을 다섯 벗으로 삼아, 자신을 포함하여 여섯 벗이 한 뜰에 모인 육우원(六友園)이라 하며 그 속에서 서로 어울리는 흥취를 즐겼다. 61세가 되던 봄에는 도산서당 동쪽에 절우사(節友社)라는 단을 쌓고, 솔·대·매화·국화를 심어 즐겼다. 특히 매화에 대한 사랑이 남달라 서울에 두고 온 매화분을 손자 안도편에 부쳐 왔을 때 이를 기뻐하여 많은 시를 읊기도 했다;

홀로 산창에 기대서니 밤이 차가운데
매화나무 가지 끝엔 둥근 달이 오르네
구태여 부르지 않아도 산들바람도 이니
맑은 향기 저절로 뜨락에 가득 차네
獨倚山窓夜色寒　梅梢月上正團團
不須更喚微風至　自有淸香滿院間
.......도산월야영매(陶山月夜詠梅)

　　퇴계는 34세에 대과에 합격한 후 벼슬을 시작하여 70세에 사망할 때까지 수 없이 각종 자리에 임명되었으나 79번을 사퇴하였다. 30회는 수리되었지만 49회는 뜻에 없는 근무를 하였다. 신병 때문이기도 하지만 원래 벼슬보다 학문과 교육에 뜻이 있었기 때문이었다. 모든 선비들이 벼슬에 눈이 어두워 패가망신하는 험한 세상에서 진정으로 학문을 하면서 사람들에게 성현의 바른 삶을 보여주고 싶었던 것으로 봐야 한다. 그러나 관직에 있으면서도 일단 직책을 얻으면 책임을 다하고 소신껏 일을 하였다. 그는 문무를 겸비한 국방책을 진언했고, 침범한 왜적을 용서하고 수교를 해야 한다는 외교정책인 걸물절왜사소(乞勿絶倭使疏), 왕도를 깨우친 무진육조소(戊辰六條疏), 파면을 당하면서도 궁중의 기강을 바로 세운 진언, 성학십도(聖學十圖)를 올려 나라의 교학을 개혁했고, 군수로 나가서는 수리시설을 하여 농업을 진흥시켰고, 단양에서는 팔경을 지정하여 자연을 가꾸었으며, 우리나라 처음으로 산수를 기록하여 치산과 등산하는 법도 등을 남겼다. 충청, 경기, 강원에 어사로 나가서는 탐관오리를 잡아내고, 흉년으로 굶주리는 백성을 구제하였다. 중국 사신을 맞아서는 행패를 막았고, 문장과 글씨로 중국 예부 관원들을 감탄시켰다. 궁궐의 기문과 상량문, 현판 글씨, 외교문서 작성 등 많은 글과 글씨를 남겼다. 퇴계를 이기이원론이니 주리론이니 하는 어려운 철학사상으로 씨름하는 단순한 성리학자로만 아는 사람들에게 퇴계의 일생은 그가 얼마나 열심히 그리고 성실하게 살았는가를 보여준다.

그는 20세를 전후하여 ≪주역≫ 공부에 몰두한 탓에 건강을 해쳐서 그 뒤부터 다병한 사람이 되어 버려 자주 병고에 시달리면서도 항상 맑은 마음으로 자연을 대하며 그 속에서 인간의 철리를 깨닫고 이를 실천에 옮김으로서 후세의 사표가 되려고 애썼다.

그렇게 열심히 학문에 진력한 끝에 퇴계는 50이 넘어서면서 그의 사상을 막힘없이 수많은 글로 쏟아낸다. 53세에 정지운(鄭之雲)의 〈천명도설 天命圖說〉을 개정하고 후서(後敍)를 썼으며, ≪연평답문 延平答問≫을 교정하고 후어 (後語)를 지었다. 54세에 노수신(盧守愼)의 〈숙흥야매잠주 夙興夜寐箴註〉에 관해 논술하였다. 56세에 향약을 기초, 57세에 ≪역학계몽전의 易學啓蒙傳疑≫를 완성했고, 58세에 ≪주자서절요≫ 및 ≪자성록≫을 거의 완결지어 그 서(序)를 썼다. 59세에 황중거(黃仲擧)에 답해 ≪백록동규집해 白鹿洞規集解≫에 관해 논의하였다. 또한 기대승(奇大升)과 더불어 사단칠정에 관한 질의 응답을 하였고, 61세에 이언적(李彦迪)의 ≪태극문변 太極問辨≫을 읽고 크게 감동하였다. 62세에 ≪전도수언 傳道粹言≫을 교정하고 발

문을 썼으며, 63세에 ≪송원이학통록 宋元理學通錄≫의 초고를 탈고
해 그 서(序)를 썼다. 64세에 이구(李球)의 심무체용론(心無體用論)을
논박했고, 66세에 이언적의 유고를 정리, 행장을 썼고 ≪심경후론 心
經後論≫을 지었다. 68세에 선조에게 〈무진육조소〉를 상서했고 그의
학문의 만년의 결정체인 ≪성학십도≫를 저작해 왕에게 헌상했다.

퇴계는 당시까지 가장 많은 저술을 한 분이다. 전문적 저서는 별도
로 하더라도 일기는 손수 쓴 것 4년 분 외에 이름이 전하는 것만도 9
종이 되며 시는 제목을 아는 것이 3천560수, 편지는 3천 수 백 편이
문집에 전하고, 그밖에 여러 종류의 긴 글이 문집에 298편이나 실려
있다. 그처럼 많은 저작을 한 관계로 퇴계학을 연구하는 많은 학자들
이 오랜 세월 동안 열심히 연구하고 있지만 퇴계의 저술을 다 읽은 이
가 없을 정도라고 한다.
　　요즈음같이 도덕이 땅에 떨어지고 인륜이 갈갈이 찢겨진 세상에
서 그 분의 존재가 다시 그리워진다. 아버지는 아들의 벼리(綱)가 되
고 임금은 신하의 벼리가 되고 지아비는 아내의 벼리가 되어야 한다
는 가장 기본적인 덕목이 실종됐다는 한탄이 높아가고 있다. 신문을

보거나 방송을 들으면 우리 사회에서는 서로 상대방을 비난하는 목소리만 높아가고 한번도 상대를 잘했다고 칭찬하는 목소리는 듣기도 어렵다. 잘했으면 잘 했다. 못 했으면 못했다가 아니라 무조건 자기와 당이나 파가 다르면 비난부터 하되, 그것도 금도(襟度)가 없이 되는 대로 막말을 막 한다. 정치판이 그러니 사회 모두가 이를 부지런히 따라가기만 한다. 모두가 출세하려 혈안이 되어있고 남을 거꾸러트리고 자기가 올라가려고 하고 있고 밟힌 사람들은 나 몰라라 하고 있다. 조선시대 극심한 당쟁이 다시 재연되는 것이 아닌가 우려되는 상황이다. 이럴 때 퇴계의 삶이 다시 조명되는 것이다.

퇴계의 글을 모은 퇴계선생문집의 1권 첫 시로 올라와 있는 것은 <길 선생(吉先生)의 정려(旌閭)를 지나며> 라는 시다. 퇴계는 고려 말에 나라가 기울자 고향인 선산(善山)으로 내려와 금오산(金鰲山) 아래 낙동강(洛東江) 가에 숨어 살면서, 조정에서 벼슬을 주어도 받지 않고 절개를 지킨 야은(冶隱) 길재(吉再)의 절의를 기리는 정려를 지나면서 느낀 감회를 적었는데 맨 마지막 행을 이렇게 끝낸다;

장부는 큰 절개를 귀하게 여기나니
한평생 그 마음을 아는 이 드물었네
아아! 세상 사람들아
부디 높은 벼슬일랑 좋아하지 마시오.
丈夫貴大節 平生知者難
嗟爾世上人 愼勿愛高官

권력이나 이권이나 명예를 탐하는 게 세상의 변함없는 인심인데, 이런 것들을 과감히 버리고 조촐한 인격을 꿋꿋이 지켜나간 그 분의 삶이 다시 보이는 것이다. 그의 생애가 우리에게 말해주는 것은 나 혼자만의 삶이 아니라 우리 모두의 올바른 삶을 위해 오늘 우리가 무슨 말을 어떻게 하고 어떤 생각과 태도를 지녀야 하는 것이다. 다산 정약용은 말한다;

> "일일이 실행을 통해서 많은 인재를 길렀으며 누구든 어떤 부문이든 가르쳐 모두 대도에 이르게 하였다. 중도에 폐하는 사람이 없이 끝까지 가르쳤으며 학문을 닦아 선생의 뒤를 잇게 했다. 선생의 가르침을 읽으면 손뼉치고 춤추고 싶으며 감격해서 눈물이 나온다. 도가 천지간에 가득 차 있으니 선생의 덕은 높고 크기만 하다."

가을하늘 밝은 달과 같았던 퇴계의 일생. 자신의 명예욕, 물욕 대신에 학문을 통해 진정한 자신을 발견하고 이를 실천하는 선비의 정신과 삶, 그것이 지금 이 시대에도 여전히 우리들에게 무언가 말을 하고 있다.

도산의 매화

도산서당을 찾으면 매화를 그냥 지나칠 수 없다. 도산서당으로 올라가는 큰 출입문을 열고 들어서자마자 계단에 매화 몇 그루가 자라고 있다. 이 매화들이 사람들의 사랑을 받는 것은, 단양의 기생 두향과의 사연이 얽힌 매화로 알려져 있기 때문이다.

퇴계와 두향은 서로 마음을 주고받은 우정 어린 친구였다는데 이를 애절한 사랑 이야기로 확대한 것이 소설가 정비석씨의 『명기열전』이다. 그는 '단양기 두향'이란 글 속에서 소설적인 상상력을 동원해서 두향(杜香)이라는 단양 기생과 퇴계 사이에 슬픈 사랑 이야기를 흥미진진하게 만들어 세상에 알린다. 그렇게 소설가의 상상력으로 만든 대 학자와 어린 기생과의 러브스토리는 이제 마치 사실인양 점점 확대되고 있다. 단양군에서 2018년 11월에 단양군 단성면 장회나루에 '퇴계 이황·두향 스토리텔링 공원'을 조성해 퇴계와 두향의 인물상을 세운 다음에 공개한 보도자료가 대표적이다.

"조선 13대 명종 무렵 48세의 나이에 단양군수에 부임한 퇴계에게 열아홉 살의 관기 두향이가 고이 기른 매화 화분을 선물하면서 스토리가 시작된다. 두향은 집안의 우환으로 시름에 잠겨 있던 퇴계를 위해 거문고를 타고 매화에 대신 물을 주는 등 온갖 수발을 들면서 위로했다. 가끔 짬이 날 때면 퇴계를 모시고 장회나루에서도 풍경이 빼어난 강선대에 올라 거문고를 탔다고 한다.
어느덧 퇴계는 자신이 평생 동안 사랑한 매화만큼이나 두향을 아끼게 됐다. 부임한지 9개월 만에 퇴계는 풍기군수로 자리를 옮기면서 두향과 이별하게 된다.
퇴계가 떠나던 날 두향은 매화화분 하나를 이별의 정표로 보낸 뒤 관기 생활을 청산하고 평생을 강선대에서 수절하며 퇴계를 그리워했다.
20여년이 지나 임종을 맞은 퇴계는 '저 매화분에 물을 주어라'고 유언했는데 그 매화분은 두향이가 이별의 정표로 준 매화였다.
퇴계의 죽음에 슬픈 나날을 보내던 두향은 이듬해 뒤따라 생을 마감하게 된다. 두향은 살아생전 자신이 죽거든 '퇴계선생과 사랑을 이야기하던 강선대 아래에 묻어 달라'고 유언했다고 한다. 동네 사람들은 두향의 유언대로 그녀를 강선대 아래에 묻어 주었다는 슬픈 스토리를 담고 있다."

　이같은 이야기는 퇴계에 대한 전기물인『퇴계소전(退溪小傳)』과 퇴계의 일화를 소개하는『퇴계일화선』에도 비슷한 줄거리로 실려 있어서 기정사실로 믿기 쉽다. 어떤 글에서는 "퇴계가 매화를 노래한 시가 1백수가 넘는데, 이렇게 놀랄만큼 큰 집념으로 매화를 사랑한 것은 바로 단양군수 시절에 만났던 관기 두향 때문이었다"라고 말하기도 한다. 또 퇴계가 세상을 떠날 때 마지막 한마디는 "매화에 물을 주어라"였는데, 퇴계의 그 말 속에는 퇴계의 가슴 속에 두향이가 가득했다는 증거라고 하는 글도 있다.

　그런데 두향으로 유추할 수 있는 최초의 기록은 단양군수를 역임한 수촌(水村) 임방(林塸, 1640~1724)의 시와 시에 대한 주석(詩注)이라고 한다. 1694년부터 1699년까지 5년 동안 단양군수를 지낸 임방은 두양묘(杜陽墓)라는 시에서

　　한 덩이 이로운 기생의 무덤
　　강선대 아래 흐르는 초강(楚江) 머리에 있네
　　꽃다운 혼백, 풍류빛을 보상코자 하여
　　절경에다 진랑을 호구(虎丘)에 묻었네

一點孤墳是杜秋　降仙臺下楚江頭
芳婚償得風流債　絶勝眞娘葬虎丘

라고 하였다. 이 시에 대해 고려대 김언종 명예교수는 '고분'은 두양의 무덤이고, '두추'는 당나라 때 남의 첩이 된 아름다운 여인의 이름이지만 기생의 대명사로 쓰이기에 이 시에서는 두양을 가리키며, '초강'은 단양을 끼고 흐르는 남한강이며, '진랑'은 당나라 때 오(吳)땅의 유명한 기생인데 역시 두양을 가리킨다고 풀었다. 또 이 진랑이 죽어서 '호구'에 묻혔다고 했는데 호구는 중국 소주에 있는 지명으로 오(吳)나라 왕 합려(闔閭)의 무덤이 있는 곳이기에 강선대 건너편이 곧 소주의 왕이 묻힐 정도로 좋은 장지임을 말한다고 설명한다. 그러면서 이 시 앞의 서문에서 단양군수 임방은

"두양은 단양의 기생이다. 가야금을 잘 탔고 노래를 잘 부르고 춤을 잘 췄다. 스무살의 나이에 일찍 죽었는데 강선대 맞은 편 산기슭에 묻어달라고 유언하였다. 아마도 그녀가 죽을 때까지 손님을 따라 놀며 즐기던 곳을 죽어서도 잊을 수 없기 때문이었으리라."

라고 설명을 했다. 이것으로 보면 두향이란 인물의 원형이 당시 이곳 군수를 5년이나 지낸 사람의 글에서 묘사되고 있는데, 만일에 이 두양이란 기생이 두향이었고, 그 두향이 퇴계와 어떤 식으로든 인연이 있었다면 임방이란 군수가 언급을 하지 않을 이유가 없을 터인데도 언급이 없는 것을 보면 두향의 원형이라고 할 두양과 퇴계가 아무런 관련이 없음을 알게 해주는 것이라고 말한다.[99]

99)　김언종 「퇴계의 행적과 일화의 여러 양상」『퇴계학보』138집. 148~150. 퇴계학연구원. 2015년

또 당시 퇴계의 사정이 기생과의 로맨스를 즐길 사정이 아니었다고 한다. 김언종 교수의 조사분석에 따르면 당시 48세였던 퇴계는 이기(1476~1552), 윤원형(1507~1565). 진복창(?~1563) 등의 소인, 간신들이 횡행하는 조선 조정에서 더는 버티기가 어려웠기에 단양군수에 임명된 1월에 곧바로 서울을 떠났는데, 이 때에 곧 처가살이를 하던 맏아들 이준(李寯)이 처와 아들 이안도를 데리고 단양으로 와서 아버지를 모셨기에 이런 저런 사정을 감안하면 당시 단양 관사에는 퇴계와 첩실, 그리고 서자인 이적, 26세인 아들 이준, 며느리 금씨, 8살인 손자 이안도, 모두 6명이 살고 있었을 것으로 추정된다. 또 그해 2월에는 둘째아들 이채(李寀, 1527~1548)가 의령 처갓집에서 갑자기 죽었기에 이때는 아버지가 아들을 위해 상복을 입는 기간이었다고 한다. 이런 상황에서 기생을 옆에 두고 경내의 명승을 다니며 사랑을 나눌 수 있었을까 의문이라고 김언종 교수는 분석한다.[100]

다만 200년 이후인 18세기 중반에 단릉(丹陵) 이윤영(李胤永, 1714~1759)이『단릉유고』에서 백현(伯玄) 임매(林邁 1711~1799)의 퇴계와 두향의 고사가 수록돼 있다고 하였는데 이 임매는 임방의 손자이면서 이야기꾼이라서 그로부터 퇴계와 두향의 이야기가 만들어져 내려왔을 가능성이 있다고 한다. 요는 퇴계와 두향의 로맨스는 그 이후 정비석까지 이어오면서 멋진 로맨스로 민간에 전해져 온 것으로 보인다는 것이다. 안동대학교 황만기 교수는 2019년에 열린 퇴계 귀향 450주년 기념 강연에서 "정비석이 그의 소설에서 두향을 퇴계의 정인이라는 각본으로 설정한 것은 구미 당기는 퍼포먼스이자, 학문과 덕행이 높은 훌륭한 선비로서의 퇴계가 아닌 평민·기생 등의 차별을 두지 않고 사랑으로 대했다는 퇴계의 인간상을 부각시키려는 의도에

---

100)   김언종 위의 책 151~152쪽

서 빚어진 결과로 보인다"고 발표했다.

어떻든 퇴계가 매화를 아주 지독히 사랑했음은 사실이다. 생전에 백 수가 넘는 매화시를 지었을 뿐만 아니라, 매화시만으로 직접 글씨를 써서 '매화시첩'을 만들기도 했다. 그 무렵 매화를 읊은 퇴계의 시가 여러 편 전하는데, 우선 다음의 시가 전해온다;

> 홀로 산창에 기대니 밤기운 차가운데
> 매화나무 가지 끝에 둥근 달이 걸렸구나
> 구태여 소슬바람 다시 불러 무엇하리
> 맑은 향기 저절로 온 뜰에 가득한데
> 獨倚山窓夜色寒　梅梢月上正團團
> 不須更喚微風至　自有淸香滿院間

단양은 벽지이지만 산수가 빼어나기로 이름 높은 고장이다. 예로부터 단양에 부임해오는 원님들은 모두 울며 왔다가 울며 간다는 말이 전해진다. 올 때는 궁벽한 곳으로 간다고 눈물짓지만 갈 때는 아름다운 고장을 떠나기 못내 아쉬워 운다는 것이다. 명승으로 꼽히는 곳을 들자면, 먼저 정도전의 전설이 얽혀 있는 도담삼봉을 비롯해, 석문(石門), 사인암(舍人巖), 상·중·하선암(下仙岩), 구담봉(龜潭峰) 그리고 옥순봉(玉筍峰) 등 팔경을 앞세울 수 있고, 그밖에도 기암괴석, 옥류가 곳곳에 널려 있다. 흔히 말하는 '단양팔경'은 퇴계의 아이디어로, 퇴계가 스스로 이름 붙이고 정한 것이라고 한다.

그러나 퇴계의 단양 생활은 가을이 미처 다 가기도 전인 시월에 갑자기 막이 내린다. 퇴계의 넷째 형 이해(李瀣)가 충청도 관찰사로 부임하게 된 때문이었다. 말하자면 형이 자기의 직속상사로 온 것이다. 공사가 엄격했던 퇴계는 이를 피하기 위해 인근 고을인 경상도 풍기 군수로 옮겨가게 되었다. 단양을 떠날 때 퇴계의 짐은 책 두어 궤짝과 괴석(怪石) 두 개뿐이었다고 한다. 거기에 매화분을 갖고 왔다는 전설이 있다. 그 매화를 나중에 서당 앞에 심었다는 것이다.

퇴계는 나이 52세 되는 해(1552년) 봄을 맞아 시를 썼다;

> 옛 책 속에서 성현을 만나보며
> 빈 방안에 초연히 앉았노라
> 매화 핀 창으로 봄소식 다시 보니
> 거문고 마주앉아 줄 끊겼다 한탄 마라
> 黃卷中間對聖賢　虛明一室坐超然
> 梅窓又見春消息　莫向瑤琴嘆絶絃

단양을 떠난 퇴계는 풍기군수를 일 년 남짓하면서 앞에서 언급한 대로 백운동 서원을 사액서원인 소수서원으로 만드는 등 민정을 열심히 돌보다가 병을 이유로 사직했다. 하지만 그 뒤로도 조정에서는 계속 퇴계를 불러, 부제학, 공조판서, 예조판서 등을 역임했는데, 이미 벼슬에는 뜻이 없는데다 병약한 퇴계는 번번이 사직서를 내고 고향으로 돌아갔다. 그가 평생 동안 사직서를 쓴 것만도 79차례나 된다. 말년엔 안동 도산(당시는 예안현이었다)에 서당을 지어 은거하며 제자들을 가르쳤다. 그 서당 앞에 매화나무가 잘 자라고 있는 것이다.

퇴계의 매화시를 대표하는 것이 다음의 시이다.

도산의 달밤에 매화를 읊다
陶山月夜詠梅

뜰을 거니노라니 달이 사람을 좇아오네.
매화꽃 언저리를 몇 번이나 돌았던고.
밤 깊도록 오래 앉아 일어나기를 잊었더니
옷 가득 향기 스미고 달그림자 몸에 닿네.
步屧中庭月趁人 梅邊行遶幾回巡
夜深坐久渾忘起 香滿衣巾影滿身
　　　屧(나막신 섭) 趁(좇을 진) 遶(두를 요)

　　이 시는 '도산에서 달밤에 매화를 읊다 (陶山月夜詠梅)'라는 제목
으로 만든 여섯 수 중의 세 번째이다. 그 시들이 다 멋이 있다. 첫 번째
시는

　　도산에서 달밤에 매화를 읊다　陶山月夜詠梅
　　홀로 산창에 기대서니 밤이 차가운데
　　매화나무 가지 끝엔 둥근 달이 오르네
　　구태여 부르지 않아도 산들바람도 이니
　　맑은 향기 저절로 뜨락에 가득 차네
　　獨倚山窓夜色寒 梅梢月上正團團
　　不須更喚微風至 自有淸香滿院間

　　밤 늦게 홀로 일어나 창문을 열고 내다보니 달이 떠올라 매화나무
가지위에 걸린다. 이윽고 산들바람이 살랑살랑 불어오니 그 바람을
타고 향기가 온 뜰과 집 방안에 까지 가득찬다는 정경을 마치 눈앞에
서 그림 그리듯 섬세하게 묘사하고 있다. 寒과 團과 間의 세 운(韻)자
가 멋진 분위기를 연출한다. 두 번째 시는

산 속 밤은 적막하여 온 세상이 비었는 듯
흰 매화 밝은 달이 늙은 신선 벗해 주네
그 가운데 오직 앞 내 흐르는 소리 들리니
높을 때는 商음이고 낮을 땐 宮음일세
山夜寥寥萬境空 白梅凉月伴仙翁
箇中唯有前灘響 揚似爲商抑似宮

　　적막한 밤에 차가운 달이 흰 매화를 비추며 있는데, 저 앞 개울 시냇물소리만이 들려온다. 나지막할 때는 궁(宮)음이고 높을 때는 상(商)음이라고 마치 음악소리인양 소리를 내며 흘러간다. 굳이 설명을 하지 않아도 퇴계가 물러가 있던 도산의 달밤의 정경이 훤하게 떠오른다.

　　이 다음 시는 앞에서 소개한 그 시이고 다음 네 번째 시를 같이 보자.

늦게 핀 매화가 참됨을 다시 알아선지
이 몸이 추위를 겁내는지 아는지
가련쿠나 이 밤에 병이 낫는다면
밤이 다가도록 달과 마주 하련만
晚發梅兄更識眞 故應知我怯寒辰
可憐此夜宜蘇病 能作終宵對月人

　　매화가 자신이 건강이 좋지 않아 추위를 겁내는지를 아는지 늦게 핀다(추위가 덜할 때를 기다려). 내가 몸이 안 좋아서 그러는데 다행히 몸만 좋으면 밤새 달을 보고 있으련만 …. 하는 시인의 몸 상태와 건강에 대한 염원을 담은 작품이다.

몇 해 전엔 돌아와 향기 맡아 기뻐했고
지난해엔 병석을 털고 다시 꽃 찾았다네
어찌 이제 와서 차마 서호의 절경을
우리 비옥한 땅 바쁜 일과 바꿀 손가
往歲行歸喜裏響 去年病起又尋芳
如今忍把西湖勝 博取東華軟土忙

세상에 나가서 힘들게 살다가도 돌아와서 매화를 보면 마음의 평화가 생긴다. 이곳이 옛날 임포(林逋)가 살던 중국 항주 서호보다도 더 좋다는 것이다. 여기서 아무래도 잠시 임포를 보고 가야할 것 같다.

조선시대에 매화문화, 매화 감상의 경지를 얘기하면서, 또 은일군자를 얘기하면서 임포를 빼놓으면 '안고 없는 찐빵'에 다름 아니다. 벼슬에 나가지 않고는 신분이나 재산이 유지되지 않는 사회였던 조선시대에 벼슬에 나가면 바르게 일생을 가지 못하고 정쟁에 휘말려 본의 아니게 집안이 숙대밭이 되는 일이 비일비재해서 당시 양반들은 깊은 산 속이나 조용한 시골에 은둔하기를 바랐다. 그 은둔의 표본이 바로 임포가 아니던가?

그런데 임포는 중국 송나라 때의 인물이다. 서기 967년에 태어나 1028년까지 살았는데, 평생을 홀아비로 살면서 세속의 영리를 버리고 고적한 가운데 유유자적했다고 한다. 그래서 그의 시는 깊고 잔잔 (幽靜)하면서도 맑고 높았(淸高)다고 하는데, 시로써 이름이 나는 것을 싫어하여 많은 시를 버리고, 후세에 전하여질 것이 두려워 시를 읊되 기록하지 않기도 해서 또 유명하다. 그가 은둔 생활을 한 곳은 항주

(杭州) 서호(西湖) 근처의 고산(孤山)이란 곳이었다. 자주 호수에 나가 조각배를 띄우고, 간혹 절을 찾아 유한한 정취를 즐겼는데, 처자가 없는 대신 자신이 머물고 있는 초당 주위에 수많은 매화나무를 심어 놓고 학을 기르며 살았다. 그는 학이 나는 것을 보고 손님이 찾아온다는 것을 알았다고 한다. 그래서 사람들은 임포를 두고, '매화 아내에 학 아들을 가지고 있다(梅妻鶴子)'고 하였다고 한다. 그런 만큼 그가 남긴 매화에 관한 다음과 같은 시가 절찬을 받는다

산 속 정원의 작은 매화 2수 山園小梅 二首㈠

임포 林逋

모든 꽃 흔들려 떨어진 뒤 홀로 곱고 아름다와
작은 동산을 향한 풍정 혼자 다 차지하네
맑은 물 위에 그림자 비스듬히 드리우고
은은한 향기 따라 달빛마저 흔들리네
衆芳搖落獨暄姸 占盡風情向小園
疎影橫斜水淸淺 暗香浮動月黃昏

겨울새는 내리려고 먼저 몰래 주위를 둘러보고
흰나비가 그 꽃을 안다면 깜짝 놀라고 말리라
다행히 나는 시를 읊조리며 서로 친할 수 있으니
악기나 술 항아리도 필요 없네.
霜禽欲下先偸眼 粉蝶如知合斷魂
幸有微吟可相狎 不須檀板共金尊

　　이 시는 暗香浮動月黃昏이라는 귀절로 더욱 유명한데 "은은한 향
기 달빛 여린 황혼에 떠도네"라는 뜻이지만 "은은한 향기따라 달빛마
저 흔들리네"로 번역하니 더 멋이 있고, 달이 떠 있는 시간이 황혼이
라는 시점이어서 더욱 절묘하다.

　　마지막으로 퇴계의 매화시 6수의 6번째 마지막을 보자

노간이 보내준 글에 주자가 감동해
'수동'이란 글귀를 세 번이나 찬탄했네
한 잔 술을 올리려도 어찌할 수 없으니
천 년 아쉬움에 눈물로 가슴이 젖네
老艮歸來感晦翁 託梅三復歎羞同
一杯勸汝今何得 千載相思淚點胸

이 시는 고사를 담고 있어서 조금 설명이 필요하다.

노간은 간재(艮齋) 위원리(魏元履)라는 사람이다. 주자가 여려 사람과 함께 소동파의 이름 동파라는 글자를 운으로 해서 한시를 짓는 얘기를 나누다가 간재 위원리가 보낸 서신에 실린 시를 보고 세 번이나 감탄한 표현이 있다고 한다. "羞同桃李媚春色"(복숭아 오얏과 함께 봄빛을 자랑함을 부끄러워하다)라고 했다는데,[101] 어찌 복숭아 오얏이 감히 매화와 겨룰 수 있느냐는 뜻일 게다. 그런 생각을 하며 술을 한 잔 올리고 싶었지만 안 되니 더욱 옛 사람 생각에 눈물이 난다는 것 같다.

이제 여섯 수의 매화시를 다시 읽어보매, 도산에 심은 매화가 퇴계 선생에게는 친근한 벗이었음이 분명해진다. 세파에 씻겨 힘들다가도 돌아와 매화를 바라보며 마음을 씻고 힘을 얻고 있다. 밤중에 혼자 일어나 밝은 달에 매화를 걸어놓고 바라보며 짙은 향기에 취해 학문하는 힘든 순간을 넘기고 있다. 매화는, 마을 앞을 흐르는 개울과 함께 밤새도록 공부에 전념하는 퇴계의 벗이었다. 고산 윤선도가 수석(水石)과 송죽(松竹)에다가 동산에 떠오르는 달까지를 다섯 친구라고 했지만 퇴계에게는 달과 매화와 물 흐르는 소리 등 세 벗이 있었다고나

---

101) 주희의 시 원문
여러 사람들과 동파란 운을 넣어서 매화 시를 짓는데 때마침 위원리의 글을 얻게 됨에 그 사람 생각이 나서 그 뜻을 담아 다시 시를 쓴다《與諸人用東坡韻共賦梅花 適得元履書有懷其人 因復賦此以寄意焉》
羅浮山下黃茅村, 蘇仙仙去餘詩魂.
梅花自入三疊曲, 至今不受蠻煙昏.
佳名一旦異凡木, 絕艷千古高名園.
却憐冰質不自暖, 雖有步障難爲溫.
羞同桃李媚春色, 敢與葵藿爭朝暾.
歸來只有脩竹伴, 寂歷自掩疎籬門.
亦知眞意還有在, 未覺浩氣終難言.
一杯勸汝吾不淺, 要汝共保山林罇.

해야할까? 그처럼 매화는, 퇴계 뿐 아니라, 옛 문인들의 친근한 벗이었다.

그것은 왜 그랬을까?

> 매화는 한평생을 춥게 살아도 그 향기를 팔지 않는다
> 梅一生寒不賣香

바로 이것 때문이었을 것이다. 청빈한 선비는 결코 가난을 부끄럽게 생각하지 않으며, 올곧은 선비는 지조를 자신의 생명처럼 소중히 여겼다. 아무리 힘들어도 지조를 잃지 않는 것, 그것이 옛 사람들의 정신세계였다. 그것은 맑은 향기를 지닌 매화의 덕이 눈 속에서도 드러나는 것과 마찬가지이다.

현대에 들어 고위관리들이 각종 의혹으로 물러나는 사건들을 지켜보게 된다. 높은 분들이 벼슬에 나가기만 하면 무슨 문제가 그리 많은지 줄줄이 나오는가? 세상을 다스린다는 사람들이 이리 누구 하나 깨끗한 사람 없는 것 같은 이 혼탁함은 어째서인가? 평생 깨끗하게 살기가 쉽지 않은 세상, 흠 없이 공직을 수행하기도 쉽지 않은 세상, 그런 것은 인정한다고 해도, 자신에게 고위 공직을 맡아달라는 제의가 왔을 때에는 스스로를 돌아보아야 한다. 그리고 만일 조금이라도 흠이 있다면 그것을 거절했어야 한다.

　　퇴계는, 스스로 흠이 없는데도 공직을 떠나서 학문과 제자양성에 뜻을 두었고, 나라에서 수없이 불러도 매번 사양하다가, 임금이 간절하게 부르므로 할 수 없이 나갔다가 곧 다시 돌아왔다. 당시 퇴계의 집안도 여유 있는 상태는 아니었지만 시골에서 어떻게든 살아가면서 학문을 했고 제자를 길렀다. 그야말로 매화처럼 그의 생은 한평생을 춥게 살았지만 향기를 팔지 않았다. 그러기에 그의 이름은 맑고 그윽한 매화의 향기가 되어 후세 영원히 지워지지 않고 있지 않은가?

　　매화를 생각하면서 우리는 또 한탄하는 것이다.

　　왜 이 시대 모든 사람들이 매화를 사랑하면서도 제 스스로는 매화처럼 되려고 하지 않는 것일까? 도대체 어찌하여 맑고 깨끗한 사람이나 사물에 있으면 찬탄하고 경모하면서, 정작 자기 자신은 이러한 속성을 지니려고 하지 않는단 말인가. 그리해서 이 세상에 맑고 깨끗한 자는 매우 드문 반면에, 더럽고 혼탁한 자가 항상 많은 것일까?

2부

배운 대로
행할 뿐

창계가 정리하다

퇴계에 대해서는 많은 글, 편지, 실록 등을 통해 그의 삶과 정신이 많이 연구되고 알려졌고, 이에 관한 저서도 수십 권을 넘고 논문은 수 백 편을 넘는 것으로 추산되고 있지만, 그의 삶은 맨처음 말한 대로 주리론이란 성리학 이론에 묻혀 우리들에게 그리 잘 알려져 있지 않다. 물론 퇴계의 제자들이 스승의 삶을 기록한 것들이 많이 있어 《퇴계집》에 언행록으로 실려 있지만 우리들이 쉽게 접근하지 못하는 곳에 있다 보니 그 생애를 잘 모른다. 그런데 퇴계 사후 100년 쯤 지난 시대를 살았던 창계(滄溪) 임영(林泳 1649-1696)이 생전에 쓰고 기록한 《창계집》이 숙종 34년인 1708년에 간행된 것이 있는데 한문으로 있던 이 기록을 한국고전번역원이 2019년에 완역 출판하였다. 그 속에 〈퇴계선생어록〉이라고 해서 퇴계의 삶을 가까이에서 조명하는 내용이 습유 편에 있는 것을 필자가 최근 볼 수 있게 되었다.[102] 필자는 이 글을 읽으면서 퇴계를 다시 보고 인간적으로 더욱 가깝게 알게 되었다. 그동안 막연히 위대한 학자라는 틀로만 알던 퇴계 할아버지를 좀 더 가까이에서 알게 된 것이라고나 할까? 알고 보니 이 저술은 서인에 속하는 소론의 학자에 의해 이루어졌다는 점에서, 매우 중요한 사상사적 의의를 갖는다. 임영은 서인이면서 성리학설에서 퇴계와 율곡을 균형되게 수용하고자 했던 이른바 절충파의 대표적 인물인데, 이러한 입장이 성리학설에서 그치

---

102) 임영은 김성일이 정리한 『퇴계선생언행록』을 바탕으로 『주자어류』의 예에 따라 주제별로 분류하고 정리하였다. 김성일의 『퇴계선생언행록』은 분류 없이 단순히 기록을 나열한 것인데, 이것을 전체 20개의 항목으로 나누고 내용을 재정리한 것이다

지 않고 퇴계의 인품에 대한 평가에까지 이어졌다는 점을 보여주는 것이 『퇴계어록』이다.[103] 그는 당파적 선입견에 매몰되지 않고 퇴계의 언행 기록을 후세에 남겨야할 중요한 교훈이라고 판단하고 오랜 세월과 공력을 기울여 이 작업을 완성했다는 것이다. 창계의 스승인 박세채도 이 작업에 찬동하고 기꺼이 참여했다는 점에서 더욱 중요한 학술적 의미를 갖는다고 한다.[104] 그래서 이 책에 모아진 퇴계의 삶의 기록들을 원문에서 일부 추리고 해서 정리해 보았다. 함께 보았으면 하는 생각에서다.[105]

창계집 / 습유(拾遺)[106]
퇴계선생어록〔退溪先生語錄〕

---

103) 서인 학자들 특히 율곡의 도통을 이은 것으로 자처하는 학자들은 창계를 신랄히 비난하였다....여기에서 그의 학문적 경향을 짐작할 수 있을 것이다. 그는 김성일의 {도산언행록}, 이덕홍의 {계산기선록}, 우성전의 {언행수록}을 바탕으로 하고 이에다 일부 다른 기록들을 더하여 {퇴계어록}을 편찬했다. 김언종 「퇴계선생언행록(退溪先生言行錄)} 小考」『淵民學志 제4집』 1996.

104) 퇴계어록(退溪語錄) - 고려대학교 해외한국학자료센터

105) 퇴계언행 기록은 임영이 생존할 당시에도 일부 간행된 형태로 유통되고 있었던 것으로 보이지만 현전하지 않고 필사본만 국내 일부 기관에 드물게 소장되어 있는데, 이런 매우 희귀한 자료가 미국 버클리대학 동아시아도서관에 소장되어 있다.

106) 빠진 것을 찾아서 보충함

이기/지양/독서/봉선/상론/

'이(理)' 자의 뜻에 대하여 여쭙자, 선생께서 말씀하셨다.

"그것을 알기가 어려울 것 같지만 실은 쉽다. 선유(先儒)가 '배를 만들어 물 위를 다니고 수레를 만들어 땅 위를 다닌다.'라고 한 말을 두고 자세히 생각해 보면 그 나머지는 모두 미루어 알 수 있다. 배는 물 위를 가고 수레는 땅 위를 가는 것이 당연하니, 이것이 이(理)이다. 배가 땅 위를 간다거나 수레가 물 위를 가는 것은 이가 아니다. 임금은 어질어야 하고 신하는 공경스러워야 하고, 아버지는 자애로워야 하고 자식은 효성스러워야 하는 것, 이것이 이이다. 임금이 어질지 않고 신하가 공경스럽지 않고 아버지가 자애롭지 않고 자식이 효성스럽지 않으면, 이것은 이가 아니다. 무릇 천하에 행해야 하는 것이 이이며, 행해서는 안 되는 것이 이가 아닌 것이다. 이것으로 미루어 나가면

이의 실체를 알 수 있다."

또 말씀하셨다.

"사물에는 크고 작음이 있지만 이에는 크고 작음이 없다. 놓아도 밖이 없는 것이 이 이이고, 거두어도 속이 없는 것 또한 이 이이다. 정해진 곳도 없고 형체도 없지만 어디에나 충만해 있으면서 저마다 하나의 태극(太極)을 갖추고 있어 모자라거나 남는 곳을 볼 수가 없다."

"생각이 번잡해지는 것은 무엇 때문입니까?"

묻자, 선생께서 말씀하셨다.

"사람은 이(理)와 기(氣)를 모아 마음으로 삼는데, 이가 주재(主宰)가 되어 기를 거느리면 마음이 고요해지고 생각이 안정되어 저절로 쓸데없는 생각이 없어지게 된다. 하지만 이가 주재하지 못하여 기에 의해 부림을 받으면 이 마음이 끝없이 어지러워지고 흔들리게 된다. 그리하여 마치 수차(水車)가 한시도 멈추고 살필 새 없이 계속해서 돌아가는 것처럼 사특하고 망녕된 생각이 번갈아 가며 자꾸만 몰려들게 된다."

또 말씀하셨다.

"사람에게 생각이 없을 수는 없다 해도 다만 쓸데없는 생각만은 없애야 한다. 쓸데없는 생각을 없애는 요체는 단지 '경(敬)'[107]에 달려 있다. '경'을 하게 되면 마음이 이내 하나로 모아지고, 마음이 하나로 모아지면 생각은 저절로 고요해진다."

---

107)   敬이란 글자는 '공경한다'는 뜻이지만 누구를 공경한다는 뜻만이 아니다. 나중에 나온다

지양(持養)[108]

연평(延平)[109]의 정좌(靜坐)의 설[110]에 대해 선생께 여쭈었다. 그러자 말씀하셨다.

"정좌를 한 다음에야 몸과 마음이 수렴되어 도리(道理)가 자리 잡을 곳이 있게 된다. 만약 육신을 단속함이 없이 방자하고 게으른 채로 둔다면 심신이 혼란스러워 더 이상 도리가 자리잡을 곳이 없게 된다. 그래서 고정(考亭 주희(朱熹))이 연평 선생을 대했을 때, 종일토록 정좌하고 사적인 공간으로 물러나서도 여전히 그렇게 한 것이다."

또 말씀하셨다.

"학문을 하는 도는 반드시 전일(專一)하게 오래도록 한 뒤에야 스스로 완성할 수 있는 것이다. 만약 한번 이랬다저랬다 하는 마음으로 배우다 말다 하는 공부를 한다면 어떻게 학문을 완성하겠는가. 그러므로 주자(朱子)가 등공(滕珙)에게 '전일하게 오래도록 해야만 완성되며 두 번 세 번 중단되면 실패한다.'라고 했던 것이다."

---

108) 경(敬)의 실천 등 학자로서의 수양 방법

109) 중국 송(宋)나라 학자 이동(李侗, 1093~1163)의 호이다. 자는 원중(願中), 시호는 문정(文靖)이며, 남검(南劍) 사람이다. 나종언(羅從彦)이 양시(楊時)에게 낙학(洛學)을 전수받았다는 이야기를 듣고 나종언에게 가서 배워 양시, 나종언과 함께 '남검 삼선생(南劍三先生)'으로 칭해진다. 이정(二程)의 학문이 주희로 이어지도록 하는 역할을 하였다. 저서로《이연평집(李延平集)》이 있다.

110) 고요히 앉아서 심신을 가라앉히는 것을 가르킨다. 특히 중국의 성리학에 있어서 실천적 학문방법의 한가지다. 이를 학문의 방법으로 채용한 것은 정자 형제(二程子)에 시작한다. 정좌는 불가의 좌선(坐禪)에서 착안된 것으로 보이지만, 일반적으로는 좌선입정(坐禪入定)을 의도하는 것이 아니라, 도리어 그것을 배척하고 일상 생활에서 흐트러지고 동요하기 쉬운 의식을 조용히 하여 집중통일하고, 생각의 방향(志向)을 정하여 존양성찰(存養省察)하는 하나의 도움이 되도록 하는 수단이라고 설명한다. 연평 이동은 이 정좌법을 주희에게 이어주었다.

"주자는 항상 배우는 자들에게 평이하고 명백한 것을 공부하도록 하였습니다. 이른바 평이하고 명백한 것이란 바로 어버이를 섬기고 형을 따르는 것과 같이 일상에서 늘 행하는 일입니까?"

묻자, 선생께서 말씀하셨다.

"그렇다. 공자(孔子)께서 번지(樊遲)에게 '거처하는 데는 공손하고, 일을 할 때에는 공경하며, 남들과 교제할 적에는 정성을 다하라.'라고 고한 것이 모두 평이하고 명백한 것들이다."퇴계의 정좌법(正坐法)

퇴계의 정좌법(正坐法)

퇴계는 거경(居敬: 경에 머무름)을 궁리와 더불어 중요한 수련방법으로 삼고 주로 내적 수양의 의미로 사용하였다. 퇴계가 내적 수련 방법인 거경의 한 방법으로 중시한 것이 '정좌(正坐)'이다. 정좌가 언제부터 유가에 수용되었는지는 정확하게 알 수 없다. 그러나 염계가 그의 『태극도설』에서 '주정입인극(主靜立人極)'이라고 말한 이후 정명도와 정이천이 정좌를 가르쳤고, 또 연평도 묵좌징심(黙坐澄心)을 강조한 바 있다. 그리고 주희도 주정(主靜)대신 주경(主敬)을 수행의 한 방법으로 강조하면서도 때로는 '반일정좌 반일독서(半日靜坐 半日讀書)'라고 하여 정좌를 중시하는 태도를 보였다. 이처럼 정좌는 송대 성리학의 발흥 이후 유가에 의해 수용되어 수련 방법으로 활용되었다.

퇴계가 정좌의 좌법을 도입할 때까지는 아무도 정좌의 앉는 방식을 명백히 정의하거나, 문제로 제기한 사람은 없었다. 물론 주희가 배례(拜禮)하는 방식으로 어떻게 앉았다는 역사적 기원을 이론적으로 밝힌 것은 있었으나, 그것은 정좌의 좌법과는 아무런 관계가 없다.

퇴계는 그의 自省錄 속에서 정좌의 좌법을 상세히 설명하고 있다.
첫째로 궤좌(跪坐)는 정갱이를 굽혀서 땅바닥에 무릎을 꿇고, 넓적다리와 허리와 상체를 꼭 바르게 하여 앉는 법이며, 이것은 오늘날의 기독교회에서 예배드릴 때 무릎 꿇기와 같은 것이다. 이것은 정좌에는 알맞지 않다.

둘째로, 좌(坐)는 두다리의 정갱이를 완전히 굽혀서 두 아래다리를 땅바닥에 닿게 하고, 두 발바닥 위에 궁둥뼈를 닿아서 약간 편케 앉는 것이다. 이것은 아마 危坐(꿇어 앉음)과 같다 고 하겠다. 이것이 정좌의 좌법에 가장 알맞은 것이라 하겠다.

셋째로, 반좌(盤坐)라고 불리는 또 하나의 좌법이 있다. 이것은 궁둥이를 땅바닥에 놓고, 한 다리를 정갱이에서 굽혀서 완전히 땅바닥에 닿게 하고 또 한 다리를 정갱이에서 굽히고 그 발 반대 넓적다리위에 얹고 앉는다. (책상에 앉는 방식과 같다) 이것은 매우 안정되고 편안한 좌법이며, 장시간 앉는 데는 가장 좋다. 그래서 퇴계의 의견으로는, 심신을 수렴하여 마음 속에는 敬을 바깥에는 恭을 유지할 수만 있다면, 盤坐의 이름을 고쳐서 正坐(바로 앉음) 또는 端坐(단정히 앉음)라 하여 정좌의 좌법으로 사용하여도 무방하지 않을까 하였다. 그래서 초학자에게는 危坐가 가장 좋다 하였다.

퇴계는 이런 정좌를 제자들에게 적극 권하였을 뿐만 아니라 자신도 항상 실천하였다. 정좌는 일체의 사려를 제거하기 위해 행해진 것이 아니라, 심신을 수렴하기 위한 수단으로 행해진 것임을 알 수 있다. 이처럼 정좌가 심신수렴의 효과를 가져다준다고 했을 때 정좌가 가져다주는 일차적인 효과는 몸의 수렴이다. 몸과 마음이 서로 유기적으로 관련되어 있다고 파악하는 유가의 입장에서는 몸이 수렴되면 당연히 마음이 수렴되는 것이다. 따라서 몸의 조절 내지 수렴이 가장 중요한 것이 되고 정좌는 바로 이 몸과 마음의 수렴에 탁월한 방법이라고 할 수 있다.

독서(讀書)

글을 읽는 방법에 대하여 여쭙자 선생께서 말씀하셨다.

"독서하는 요체를 살펴보면, 반드시 성현의 말과 행동을 마음에 새기고 깊이 탐구하고 묵묵히 완미한 다음에야 함양(涵養)하여 학문이 진보하는 성과가 있게 되는 것이다. 만약 건성으로 읽어 넘기고 대충 외고 말 뿐이라면, 이는 장구(章句)나 외우고 귀로 들은 것을 입으로 옮기는 말습(末習)에 불과하다. 천 편의 글을 다 외우고 머리가 세도록 경전(經典)을 가지고 이야기한다 한들 무슨 도움이 되겠는가."

또 말씀하셨다.
"낮에 읽은 것을 반드시 밤에 생각하고 따져 보아야 한다."

선생께서 일찍이 이렇게 말씀하셨다.
"성학(聖學)은 사서(四書)공부라 할 수 있다. 선비로서 학문에 뜻을 둔 사람이 이 책이 아니면 무엇으로 학문을 하겠는가. 다만 요즘 사람들이 글을 읽지 않는 것은 아니지만, 단지 첩송(帖誦 시첩을 외움)으로 과거에 통과하는 것에만 힘쓸 뿐 몸과 마음을 닦는 일에는 전혀 관심이 없고, 거기에 빠져드는 게 오래되다 보니 계발(啓發)하기가 어렵게 되었다. 이 책은 그런 폐해가 없는 데다 이 책을 읽음으로써 사람들로 하여금 쉽게 감발하여 흥기하게 할 수가 있다. 그러므로 초학자(初學者)들을 이끌어 줄 때에 반드시 이 책을 가지고 하는 것이다."
또 말씀하셨다.

봉선(奉先)[111]

"세상 사람들이 남의 재산을 탐내 너도나도 계후(繼後양자로 대를 잇다)가 되려고 하다가도 그의 후사(後嗣)가 되고 나서는 살아 계실 때

---

111)   선조(先祖)의 덕업을 받들어 상제례를 행하는 실제 방법

모시고 돌아가셨을 때 장사 지내는 일 등에서 도리어 낳아 준 부모를 중시하고 양부모는 저버린다. 풍속이 야박하고 나쁘기가 끝내 이 지경에 이르렀으니, 참으로 한탄스럽다."

"제례(祭禮)에 관하여 《오례의(五禮儀)》를 상고해 보니, 제찬(祭饌)의 그릇 수가 경대부(卿大夫)로부터 사서인(士庶人)에 이르기까지 각각 차등이 있었습니다. 정해진 수 외로는 절대로 넘을 수가 없는 것입니까?"

묻자, 선생께서 말씀하셨다.

"제사 지내는 사람의 명성과 직위에도 구분이 있으니, 제사 지내는 예도 그 등급을 따르는 것이 맞다. 다만 《오례의》 가운데에도 따르기 어려운 것이 있다. 제물의 수가 포(脯), 해(醢), 과일은 너무 많고, 어육(魚肉)으로 만든 반찬은 몹시 적다. 민가에서 어육은 그래도 구하려는 대로 쉽게 마련할 수 있지만, 포, 해, 과일의 경우는 어찌 항상 많은 양을 비축해 둘 수 있겠는가. 내 생각에는 정해진 예대로 모두 다 따를 것 없이 집안 형편에 맞추어서 제사 지내더라도 무방할 듯하다. 다만 분에 넘치지 않게 해야 하고 제기(祭器)의 수도 너무 많아서 번잡해서는 안 되니, 번잡해지면 자질구레해지고 또 정결하게 할 수도 없게 된다."

"세속에서 대부분 고조(高祖:할아버지의 할아버지) 제사를 지내지 않고, 기일(忌日)에 술을 마시고 고기를 먹기도 하며, 심지어는 잔치에 가기까지 하니 몹시도 놀랍습니다."

묻자, 선생께서 말씀하셨다.

"고조는 유복지친(有服之親)[112]인데 어찌 제사 지내지 않을 수 있겠는가. 정자(程子)와 주자(朱子)도 제사를 지낸 것을 예문(禮文)에서도 상고해 볼 수 있다. 그러나 현재 왕의 제도가 이러하니, 세속에서 행하지 않는 것을 어찌 책망할 수 있겠는가. 다만 스스로 정성을 다해야 할 뿐이다."

출처(出處)[113]

"우리나라의 언로(言路)가 넓지 못한 것은 완석(完席)의 제도가 있어서이고, 믿을 만한 역사 기록을 남기지 못하는 것은 조사(曹司)가 있기 때문이다.[114] 간관(諫官)은 임금의 눈과 귀가 되어 각자 자신이 보고 들은 바를 논계해야 하는데, 꼭 완석을 만들어서 모두의 의견을 모은 다음에야 아뢰다 보니 의견이 합치되지 않으면 정론(正論)이 있어도 행할 수가 없다. 그러니 그에 따른 해가 어찌 크지 않겠는가. 옛날에는 아래로 백공(百工)에 이르기까지 각자 자신의 기술을 가지고 간할 수가 있었다. 그때에 어찌 완석이라는 제도가 있었겠는가. 사관(史官)이 많은데도 하번(下番) 한 사람에게만 맡겨 두니, 소견이 모두 옳을 수만은 없고, 직필(直筆)한 것이 상급자의 뜻과 맞지 않기라도 하면 삭제되고 만다. 영원히 믿고 보아야 할 역사 기록이 엉성하기 짝이 없으니, 참으로 한심하다 하겠다."

---

112) 복제(服制)에 따라 상복을 입어야 하는 가까운 친척.

113) 벼슬길에 나아가고 물러가는 도리

114) 사헌부나 사간원의 벼슬아치들이 원의할 때 앉던 자리. 조사(曹司)는 관직·계급·재능 등 모두가 말위(末位)에 있는 사람을 일컫는 말이다. 모두 말석까지 둥글게 모여 앉아서 논의를 하다 보니 중요한 결정이 이루어지지 못한다는 뜻

아무개[某]가 여쭈었다.

"벼슬하는 자가 조급하게 승진하려는 마음이 있게 되면 이로 인해 아버지와 임금을 시해하는 일까지도 차차 하게 될 것입니다."

그러자 선생께서 말씀하셨다.

"그렇다. 세상에서 벼슬길에 나아가는 사람들을 보면 개미가 누린 내를 좋아하는 것과 같아 어떡하면 벼슬을 얻을까, 행여 벼슬을 잃지나 않을까 걱정하는 모습이 말투나 얼굴에까지 드러나니, 몹시도 비루하다. 나는 평생 많은 벼슬을 역임했지만 내가 그것을 얻기를 바랐던 적은 없었다."

"벼슬하는 자가 의리로 보아 물러나야 할 경우라면, 임금이 강하게 만류하더라도 소를 올리고 나서 명을 기다릴 것도 없이 곧바로 떠나도 됩니까?"

묻자, 선생께서 말씀하셨다.

"두범(杜範)은 송(宋)나라 이종(理宗) 때 사람으로 참정(參政)이 되었는데, 자신의 말이 수용되지 않자 상소를 올리고 물러나기를 청하였다. 황제가 간곡하게 만류했지만 두범은 오히려 더 강력하게 요청하였다. 그러자 황제는 성문을 닫도록 명하여 두범이 나가지 못하도록 하였다. 이는 두범이 명령을 기다리지 않고 곧바로 떠나려 했기 때문이다. 범순인(范純仁)이 귀양살이에서 풀려나 돌아올 적에 휘종(徽宗)이 사람을 보내 그를 불렀다. 그러자 범순인은 늙고 병들었다는 이유로 사양하고 곧장 시골로 돌아갔다. 또 오징(吳澄)은 도성을 떠나던 날 사직을 청하지도 않고 곧장 떠났다. 황제가 사신을 보내 뒤따라갔으나 따라잡지 못하였다. 이런 일들로 본다면 옛사람들도 임금의 명을 기다리지 않고 떠나가는 경우가 있었다."

일찍이 배우는 자들에게 말씀하셨다.

"옛날에는 치사(致仕)[115]하는 예(禮)가 있었는데, 이는 염치(廉恥)를 차리고 절의(節義)를 가다듬기 위한 것이었다. 심지어 송나라 때는 치사할 나이가 되기 전이라도 완전히 물러나는 것을 허락하여 그 뜻을 이루어 주었으니, 선비를 대우하는 도에 예가 있었다고 하겠다. 후세에는 이런 길이 막혀 한번 공명(功名)의 굴레에 매이면 더 이상 물러나도록 허락받을 기약이 없게 되었으니, 참으로 한탄스럽다."

상론(尙論)[116]

일찍이 말씀하셨다.

"조광조(趙光祖)는 타고난 자질이 참으로 훌륭했으나 학문적 역량이 모자라다 보니 그가 시행한 바가 지나친 부분이 있음을 면치 못하여 끝내는 실패하고 말았던 것이다. 만약 학문적 역량이 충실해지고 덕의 그릇이 완성된 뒤에 출사하여 세상일을 담당했다면, 그가 어떤 성취를 이루었을지 짐작하기 어렵다."

또 말씀하셨다.

"요순(堯舜) 시대의 임금과 백성에게 군자의 뜻을 편다고 해도, 어찌 때와 역량을 헤아리지 않고 무슨 일을 할 수 있는 사람이 있겠는가. 기묘년(1519, 중종14)의 실패는 바로 이 때문이었다. 당시에 정암(靜菴) 조광조는 이미 일이 틀어진 것을 깨닫고서 상당히 자제하였다. 그러나 여러 사람이 도리어 그것을 그르다고 하면서 창끝을 돌려서

---

115) 나이가 들어 벼슬에서 물러남. 대개 70세가 치사의 기준이었다.

116) 중국과 한국의 저명한 인물에 대한 평론

자기들끼리 서로 공격하려고까지 하였다. 조광조로서도 더 이상 어쩔 수 없는 상황이었다."

또 말씀하셨다.

"기묘년의 인재들이 나온 것은 우연한 일이 아닌데도 급작스러운 개혁으로 사림(士林)의 화를 불러오고 말았다. 그러니 별 볼 일 없는 인물이 함부로 무슨 일을 벌였다가는 일을 그르치지 않는 경우가 거의 없을 것이다."

또 말씀하셨다.

"일찍이 중종조(中宗朝) 때 알성(謁聖)[117]하면서 조광조를 바라보았는데, 걸음걸이가 단아하고 위의(威儀)를 본받을 만하여 한 번 보고서도 그의 사람됨을 알 수 있었다."

---

117)   조선 시대에, 임금이 성균관 문묘(文廟)의 공자(孔子) 신위(神位)에 참배함.

수행/심법/법언/자봉/추원/

수행(粹行)[118]

　선생께서는 온계리(溫溪里)에 있는 집에서 태어나셨는데, 대부인 (大夫人: 어머니)가 꿈속에서 공자(孔子)가 문 앞에 있는 것을 보고 선 생을 낳았다.[119] 전해들은 말이라 믿을 수는 없지만, 우선 여기에 적어 참고하도록 해 둔다.

　16, 7세에 이미 학문에 뜻을 두었다. 일찍이 연못가 초정(草亭)을 두고 다음과 같은 시를 지었다.

---

118)　학자로서의 돈독한 자세와 철저한 공부 방법

119)　퇴계의 생가인 경북 안동 온계리 노송정의 정문을 성림문(聖臨門)이라고 부르는 이 유이다, 제자인 김성일이 이름 짓고 글씨를 썼다.

이슬 젖은 풀 야들야들 물가를 둘러 있고 / 露草夭夭繞水涯
작은 못은 맑고 맑아 티끌 한 점 없구나 / 小塘淸活淨無沙
구름 나는 데 새 지나는 것이야 그러려니 해도 / 雲飛鳥過元相管
다만 두려운 건 때때로 제비가 물결을 차는 일이네 / 只怕時時燕蹴波

그 의미가 심장하여 〈관서유감(觀書有感)〉[120]시와 그 뜻을 같이 한
다 하겠다.

어려서부터 글씨를 반드시 반듯하게 써서 과문(科文)이나 잡서(雜
書)를 베낄 때에도 흘려 쓰는 일이 거의 없었고, 남에게 써 달라고 부
탁한 적도 없었는데 이는 남들이 흘려 쓴 글씨를 싫어해서였다.

선생께서 일찍이 말씀하셨다.

"숙부 송재공께서는 학문할 것을 권하는 태도가 아주 엄격하여,
말과 얼굴빛에 의중을 드러내지 않으셨다. 《논어》를 암송한 적이 있
는데, 초장(初章)부터 종편(終篇)까지 한 글자도 틀리지 않았는데도 칭
찬하는 말씀 한마디가 없으셨다. 내가 학문을 게을리하지 않은 것은
모두 송재공 덕분이다."
또 말씀하셨다.
"내가 어려서부터 학문에 뜻을 두기는 하였으나, 계발(啓發)해 줄
스승이나 벗이 없었다. 그래서 수십 년간을 헤매면서도 어디서부터

---

120) 주희가 쓴 시. 성리학에서의 우주 원리에 대한 깨달음을 표현한 시로 유명하다.
      半畝方塘一鑑開 조그만 네모 연못이 거울처럼 열리니
      天光雲影共徘徊 하늘빛과 구름 그림자 그 안에 떠 있네
      問渠那得淸如許 이 연못이 이리 맑은 까닭은 무엇인가?
      謂有源頭活水來 그것은 샘이 있어 맑은 물이 솟아나오기 때문이지
                        (朱熹, 『朱子大全』卷1, 「觀書有感」)

어떻게 공부해야 할지 몰라 마음과 생각을 허비하면서 탐색하기를 멈추지 않았다. 어떤 때는 밤새도록 고요히 앉은 채로 있고 잠도 자지 않다가 결국 마음의 병을 얻어 여러 해 동안 학문을 덮어 버리기도 했다. 그때 만약 스승이나 벗을 만나 미로(迷路)를 헤쳐 나갈 수 있도록 지도 받았더라면, 어찌 이처럼 헛되이 심력(心力)만 허비하고 늙을 때까지 아무것도 얻지 못하는 지경에 이르렀겠는가." - 이것이 비록 초연히 홀로 얻고도 스스로 겸양하느라 하신 말씀이기는 하지만, 선생께서 스승이나 벗을 통하지 않고 학문하신 것 또한 이를 통해 알 수 있다. -

선생께서 서울에서 《주자전서(朱子全書)[121]》를 구한 적이 있었는데, 이때부터 문을 닫고 들어앉아 조용히 책을 읽으며 여름이 다 지나갈 때까지 이를 멈추지 않았다. 어떤 사람이 더위에 건강을 해치겠다고 주의를 주자, 선생께서는 "이 책을 읽으면 바로 가슴속에서 시원한 기운이 이는 것이 느껴져 더운 줄도 모른다. 그러니 어찌 병이 나겠는가." 하였다. 다 읽고 나서 마침내 중요한 말을 뽑아내어 한 질을 만들었는데, 지금 인쇄하여 간행한 《주자서절요(朱子書節要)》 8권이 바로 그것이다.

선생의 댁에 있는 《주자전서》 사본(寫本) 한 질이 책이 몹시 오래되어 글자의 획이 거의 떨어져 나가다시피 되었는데, 이는 읽어서 그렇게 된 것이다. 이것을 보면 삼절(三絶)의 공부[122]를 떠올릴 만하다.

---

121)   주자대전을 말한다.

122)   흔히 삼절은 시, 서, 화에 두루 능한 사람을 일컫지만 여기에서는 '위편삼절(韋篇三絶)'의 삼절을 말한다. 위편삼절(韋篇三絶)은 '책을 묶은 가죽끈이 세 번 끊어지다'는 뜻으로 종이가 없던 옛날에는 대나무에 글자를 써서 책으로 만든 죽간을 사용했

그 후 사람들이 이 책을 많이 간행해 냈는데, 책을 구할 때마다 반드시 대조하고 고쳤다. 한 번 익히고 나면 문장마다 충분히 이해하고 구절마다 완전히 파악하여 마치 손으로 잡는 듯, 발로 밟는 듯, 귀로 듣는 듯, 눈으로 보는 듯 받아들였다. 그래서 일상생활의 말과 행동, 사양하거나 취하는 일, 세상에 나아가고 물러나는 의리 등이 이 책의 내용과 부합하지 않는 것이 없었다. 누군가 의심스럽거나 어려운 일을 두고 질문을 해 오면 반드시 이 책을 인용해서 대답하였는데, 그것 역시 사정에 합당하지 않거나 도의(道義)에 맞지 않는 것이 없었다. 이는 바로 몸소 터득하고 믿게 되고 마음으로 이해하고 정신이 합치되었기에 가능한 것으로, 책에만 의존하거나 귀로 듣고 입으로 말하는 정도로는 할 수가 없는 일이다. 선생과 같은 분은 책을 잘 읽었다고 할 수 있다.

선생은 읽지 않은 책이 없었으나, 특히 성리학에 관심을 두었다. 문장마다 완전히 파악하고 구절마다 충분히 이해하여, 강론할 적에 친절하고 적당하기가 마치 당신의 말을 외우는 것 같았다. 만년에는 《주자전서》에만 전념하였는데, 평생에 얻은 힘이 모두 이 책에서 나왔다.

선생께서는 성현(聖賢)을 존경하고 사모하여 마치 신명(神明)이 위에 계신 것처럼 그들을 공경하였으며, 글을 읽을 적에도 꼭 이름자를 휘(諱)하여 '모(某)'라고만 칭했지 글자대로 읽은 적이 없었다.

선생께서 글을 읽을 적에는 단정히 앉아서 장중(莊重)하게 읽었으며, 글자마다 그 뜻을 찾고 구절마다 그 의미를 탐구하여 대충대충 읽은 적이 없었다. 한 자 한 획의 작은 부분이라도 그냥 지나치지 않았

는데, 공자가 책을 하도 많이 읽어서 그것을 엮어 놓은 끈이 세 번이나 끊어졌다는 데서 유래했다. 한 권의 책을 몇 십 번이나 되풀이해서 읽음을 비유하는 고사성어다. 출전은 『사기(史記)』 제47권 「공자세가(孔子世家)」에 나온다.

으며, '어(魚)'를 '노(魯)'로 쓴다든지 '시(豕)'를 '해(亥)'로 쓴다든지 하는 비슷한 글자 간의 오류들을 반드시 잡아내고야 말았다. 그러나 본디 있는 글자를 바로 고쳐 버리지 않고 반드시 책머리에 주(註)를 달기를 "아무 글자는 아무 글자가 되어야 할 듯하다." 하였으니, 신중하고 정밀하게 다룸이 이와 같았다. 상사(上舍) 조목(趙穆)이 일찍이 《심경부주(心經附註)》를 교정할 적에 자획이 잘못된 것을 곧바로 수정하고, 고쳐서는 안 되는 주석인데 바로 보충했다. 그러자 선생께서 나무라시기를 "선유(先儒)가 쓴 글을 어찌 자기 생각만으로 이처럼 지나치게 취사(取捨)한단 말인가. 금은거(金銀車)로 고친 것[123]을 꾸짖은 일을 유독 생각지 않는단 말인가." 하였다.

금계(錦溪) 황준량(黃俊良)[124]이 《성리군서(性理群書)》의 주석에 틀린 내용이 많다고 하면서 바로잡아 줄 것을 청하였다. 그러자 선생께서는 겸양하느라 겨를이 없었다.

"《역학계몽(易學啓蒙)》과 같은 책은 처음 배우는 자들에게는 절실하지 않은 듯한데, 어떻습니까?"

---

123) 당(唐)나라 한유(韓愈)의 아들 한창(韓昶)이 집현전 교리(集賢殿校理)로 있으면서 서책을 교정할 때 금근거(金根車)를 금은거(金銀車)로 잘못 고쳤던 고사

124) 황준량(1517년(중종12)~1563년(명종18)) 조선 중기 중종~명종 때의 문신. 자는 중거(仲擧), 호는 금계(錦溪)이다. 퇴계(退溪)이황(李滉)의 문인이자, 막역한 사이였다. 어려서부터 재주가 뛰어나 기동(奇童)으로 불렸고, 18세 때에 응시한 관시(館試)에서 고시관(考試官)이 그의 책문(策文)을 보고 무릎을 치며 칭찬하여 문명(文名)이 높아졌다. 부모 봉양을 위해 외직으로 나가기를 자청하여 신녕현감(新寧縣監)·단양군수(丹陽郡守)·성주목사(星州牧使)를 연달아 맡았다. 1551년(명종6) 신녕현감(新寧縣監)으로 부임하여 백학서원(白鶴書院)을 창설하고, 1557년(명종12) 단양군수로 나아가서는 향교를 옮기고 서원을 세웠다. 1560년(명종15) 성주목사(星州牧使)에 임명되자 성주의 영봉서원(迎鳳書院)을 증수하고, 공곡서당(孔谷書堂)·녹봉정사(鹿峰精舍)를 창건하였다. 황준량은 주세붕의 서원 건립 운동을 뒤따라 실천하여, 이황과 함께 서원을 전국으로 확산하는 데 큰 역할을 하였다. 성주목사로 4년 동안 재임하다가 병으로 사직하고 풍기로 돌아오던 중에 1563년(명종18) 3월 11일 예천에서 운명하니, 향년이 47세였다.

묻자, 선생께서 말씀하셨다.

"참으로 그렇다. 그러나 배우는 자들이 먼저 알지 않아서는 안 된
다. 선유(先儒)가 이 말을 한 것이 있다."

신유년(1561, 명종16) 겨울, 선생께서 도산(陶山)의 완락재(玩樂
齋)[125]에 계실 때 닭이 울면 일어나서 꼭 글을 한 차례 장중하게 외우
셨는데, 잘 들어 보니 바로 《심경부주》였다.

심법(心法)[126]

거자(擧子)[127]로 있을 적에 군(郡)의 향교(鄕校)에 가서 공부한 적이
있었는데, 반드시 의관을 정제하고 언동(言動)을 삼갔다. 사람들을 접
할 때에도 고고(孤高)하게 행동하지는 않았어도 저절로 범접하기 어
려운 숙연한 기색이 있어 사람들이 경애(敬愛)하였다.

어려서부터 편한 대로 함부로 행동하거나 게으름을 피운 적이 없
었다. 새벽에 일어나서는 반드시 이불과 대자리를 개었고, 아침저녁
으로 대부인(大夫人)께 문안을 드렸다. 형수를 보면 하루에도 몇 번이
고 만날 때마다 반드시 인사하면서 공경을 표하였다.

선생께서 말씀하셨다.

"일찍이 금난수(琴蘭秀)[128]의 집에 간 일이 있었는데, 산길이 꽤 험

---

125)   퇴계가 세운 도산서당의 주실(主室)

126)   평상시 마음을 다잡고 경건하게 유지하는 법(法).

127)   고려, 조선 시대에 대·소 과거 응시자들을 거자라고 불렀다.

128)   금난수(琴蘭秀 1530~1604)는 퇴계의 애제자이다. 경북 안동시 예안면에서 태어나

하여 갈 적에는 고삐를 잡고 집중해서 말을 몰면서 계속 마음을 놓지 않았다. 그런데 돌아갈 적에는 술에 좀 취하여 오는 길이 험했던 것은 싹 잊고 마치 탄탄대로라도 가는 듯 내맡겨 두고 편안하게 왔다. 마음을 관리하는 일이 이토록 두려운 것이다."

거처는 항상 정돈되어 있고 고요하였으며, 궤안(几案)은 늘 깔끔하고 깨끗했다. 벽에는 책이 가득하였으나 늘 가지런해 어지러운 법이 없었다. 새벽에 일어나서는 반드시 향을 피우고 정좌(靜坐)하였으며, 종일토록 글을 읽어 게으른 모습을 본 적이 없었다.

선생께서는 연세가 많아지면서 병이 더욱 깊어졌지만 그럴수록 더욱더 학문에 나아가는 데 힘썼고, 더욱더 무거운 책임을 지고 도(道)를 자임했다. 깊숙이 홀로 있어서 자기 마음대로 할 수 있는 곳에서는 특히나 엄격하게 엄중한 태도로 수양하는 공부를 하였다. 평소에는 날이 밝기 전에 일어나서 꼭 세수하고 머리를 빗고 의관을 차려 입었으며, 종일토록 글을 읽으면서 더러는 향을 피우고 정좌를 하기도 하였는데, 항상 이런 마음을 가다듬고 살피는 것이 해가 처음 떠오르는 것처럼 활력이 있었다.

선생께서는 젊어서부터 타고난 자품(資稟)이 도(道)와 함께여서 깨끗하고 총명하고 온화하고 순수하였으며, 독실하고 후덕하고 참되고

아버지로부터 『소학(小學)』을 배우고, 임천서당(臨川書堂)에서 강학하던 청계(青溪) 김진(金璡)에게 수학했다. 처남 조목과 함께 『심경(心經)』, 『주서(朱書)』, 『역학계몽(易學啓蒙)』 등의 책을 읽고 토론하였다. 계상서당(溪堂)에서 김진과 함께 퇴계의 강의를 들으면서 자질을 더욱 높여나갔다. 1561년(명종 16) 사마시에 합격하였다. 1592년 임진왜란이 일어나자 노모를 봉양하기 위해 고향에 은거하다가 정유재란 때 고향에서 의병을 일으켰다.

순일(純一)하였다. 마음을 쓰는 일이나 일을 처리하는 것이 도의(道義)에서 나와 혈기(血氣)에 의해 움직인 적이 없었다.

선생께서는 겸허(謙虛)한 덕을 지녀 털끝만큼도 자만하는 마음이 없었다. 도(道)를 분명히 보았는데도 그를 보면 마치 보지 못한 듯하였고, 덕이 높았는데도 가진 것이 없는 것처럼 부족한 듯이 행동했다. 높은 경지를 지향하는 마음은 죽을 때까지 한결같아서 항상 차라리 성인을 배우다가 이르지 못할지언정 한 가지를 잘하는 것으로 이름을 이루려고 하지 않겠다고 다짐했다. 세상사람 가운데 자부심이 너무 지나친 자를 보고는 매우 잘못되었다고 여겨 반드시 거론해 경계로 삼았다.

선생께서는 온후하고 선량하고 공손하고 신중하며 단정하고 자상하고 느긋하고 편안하여, 몸과 마음에 거칠고 태만한 모습이나 분을 참지 못하거나 사나운 기운을 지닌 적이 없었다. 바라보면 엄숙하여 존경할 만한 법도가 있었고, 대해 보면 따스하여 사랑할 만한 너그러운 덕성이 있었다.

평이하고 명백함이 선생의 학문이며, 정대(正大)하고 광명(光明)함이 선생의 도(道)이다. 온화한 바람 같고 상서로운 구름 같은 것이 선생의 덕(德)이며, 포백(布帛)과 숙속(菽粟) 정도가 선생이 차리는 격식이다. 흉금이 탁 트여 가을 달이나 얼음 항아리 같았고, 기상이 따뜻하고 순수하여 정금(精金)이나 미옥(美玉)과 같았다. 중후하기는 산악과 같았고, 고요하고 깊숙하기는 깊은 샘과 같았다. 그를 바라보면 덕을 이룬 군자임을 알 수가 있었다.

선생께서는 자신을 다스릴 때나 남을 대할 때나 한결같이 지극히 정성스럽게 하였고, 조금도 비루하거나 정직하지 못한 마음이 없었다.

선생께서는 마음이 깨끗하여 욕심이 없었다. 항상 이런 마음으로 만물을 대하여 천지 사이에 마음속에 걸리는 것이 하나도 없었다.

선생께서는 이미 지극히 덕성을 함양하였기에 일을 만나면 여유롭게 대처하였다. 아무리 급박한 경우에 처해서도 정신과 뜻이 한가롭고 안정되어 함부로 규범을 벗어나는 기상이 전혀 없었다.

선생의 학문은 사욕(私欲)이 싹 사라지고 천리(天理)가 날로 밝아져서 나와 상대 사이에 피차(彼此)의 경계가 있는 것을 볼 수가 없었다. 그 마음은 바로 천지 만물과 위아래로 함께 유행하여 모든 것이 각각 제자리를 얻는 신묘함이 있었다. 그러니 선생과 같은 분은 거의 '무아(無我)'의 경지에 이른 자이다.

법언(法言)[129]

선생께서는 남을 상대로 이야기할 적에 말과 행동에 각각 절도가 있었다. 누군가가 물어서는 안 될 것을 묻거나 말해서는 안 될 것을 말하면 반드시 정색하고 대답하지 않았다.

---

129)   평소 말하는 자세와 방법

누군가가 친구의 허물을 말하는 경우에는 반드시 정색하고 대답하지 않았다.

누군가 의롭지 않은 일을 했다는 말을 들으면 반복해서 탄식하며 안타까워했고, 누군가 작은 선행을 하는 것을 보면 반드시 여러 차례 칭찬했다.

누군가 질문을 하면 아무리 별것 아닌 말이라도 반드시 잠시 생각한 뒤에 대답하였으며, 말이 끝나기가 무섭게 대답한 적이 없었다.

선생께서는 배우는 자들과 강론하다가 의심나는 곳에 이르면 당신의 견해를 내세우지 않고 반드시 중론(衆論)을 널리 채택하였다. 비록 장구(章句)나 익힌 비루한 선비의 말이라도 우선 유의하여 듣고 마음을 비우고 이해하였으며, 반복해서 참고하고 수정하여 끝내 올바른 결론을 내고야 말았다. 논변(論辨)할 때에는 기운이 조화롭고 말씀이 시원스러웠으며, 이치가 분명하고 의리가 정확하였다. 온갖 의견이 쏟아져 나와도 말이 뒤죽박죽되지 않게 하여, 반드시 상대의 말이 다 끝나기를 기다린 뒤에 천천히 한마디로 가닥을 잡아 판단을 내렸다. 그러나 그것이 꼭 옳다고 하지는 않고, 단지 "내 견해는 이러한데 어떤가?"라고 말할 뿐이었다.

자봉(自奉)[130]

병진년(1556, 명종11)에 김성일이 처음으로 그곳에 가서 절하고 뵈었는데, 주위에 책을 두고 향을 피우고 조용히 앉아 계신 모습이 마치 그대로 홀연히 생을 마칠 듯하였다. 사람들은 그가 관인(官人)인 줄 몰랐다.

선생은 성품상 환하게 툭 터진 것을 좋아하고 덮거나 가리는 것을 싫어하셨다. 나무 같은 것들도 반드시 모두 솎아 내고 베어 내도록 하여 앞을 가리지 않게 하였다.

선생께서는 본디 검소함을 숭상하여 질그릇에 세수하고 부들자리에 앉았으며, 베옷에 끈으로 된 띠를 매고 칡을 엮어 만든 신발에 대지팡이를 짚는 식으로 담박하게 지냈다. 시냇가의 집이라야 겨우 10여 가(架)로 된 작은 규모였다. 겨울 혹한과 여름에 내리는 큰비는 사람들이 견딜 수 없는 것인데, 그런 곳에 거하면서도 여유롭게 지냈다. 영천 군수(永川郡守) 허시(許時)가 가서 찾아뵙고는 몹시 놀라면서 여쭈었다.

"이렇게 누추한 곳에서 어떻게 견디십니까?"

그러자 선생께서는 천천히 말씀하셨다.

"익숙해진 지 오래라 불편한 걸 못 느낀다."

선생의 선실(先室) 부인이 소유한 논밭이 영천군(榮川郡)에 꽤 많이 있었고, 시냇가에는 겨우 척박한 밭 몇 경(頃)이 있을 뿐이었다. 그

---

130)   자기(自己) 몸을 스스로 잘 갖추어 지킴

런데도 끝내 그쪽으로 가서 살지 않았으며, 집안이 몹시 궁색하였는데도 편안하게 지냈다.

　권질(權礩) 공은 선생의 장인(丈人)이다. 그의 집이 서울 서소문(西小門) 안에 있었는데, 그것을 선생께 주려고 하자 선생께서는 이를 사양하고 받지 않았다. 그 뒤에 서울에 들어가면 다른 곳에서 임시로 거처하였고 그 집에 거처한 적이 없었다.

이황의 표준영정

　김취려(金就礪)가 복건(幅巾)[131]과 심의(深衣)[132]를 만들어 보내자, 선생께서는 "복건은 승려들이 쓰는 두건과 같아서 쓰는 것이 온당치 않을 듯하다." 하고는, 심의를 입고 정자관(程子冠)[133]을 썼다. 만년에 집에 거할 적에도 이렇게 하였는데, 손님이 오면 평상복으로 갈아입었다.

---

131)　옷감 한 폭을 이용하여 만들었다고 하여 한자어 '幅巾'으로 기록되는 남성용 모자로 검은색이 일반적이며 검은색에 가까운 아청색도 있다. 형태는 검은색 비단 한 폭을 반 접어 만든 직사각형 모양에 이마 부분에 맞주름을 잡고 뒤통수 부분이 둥글게 구성되어 있으며 귀 닿은 위치의 양쪽으로 끈을 달았다. 착장 시 뒤통수에서 끈을 묶어 고정하면 머리 뒤로 넓고 긴 자락이 늘어진다. 복건은 특히 유학자의 상징일 정도로 의미 있는 모자로 유생들이 심의를 입을 때 즐겨 착용하였다.

132)　선비들이 입던 웃옷. 흰 베로 두루마기 모양으로 만들며, 소매를 넓게 하고 검은 비단으로 가를 둘렀음.

133)　정자관은 북송의 대유학자인 정자程子가 착용했던 관이라고 해서 붙은 이름이다. 정자는 정호程顥(1032~1085)와 정이程頤(1033~1107) 형제를 가리킨다. 먼저 망건을 쓰고 다시 탕건을 쓰고 그 위에 덧보태는 것으로 재료는 말총을 사용하고 있다. 사각형의 높은 내관에 밖에 다시 파상(波狀)의 수(收)를 덧붙여 처리하였다. 두 겹에서부터 세 겹까지 있다.

선생께서는 손님을 맞아 음식을 드실 때 수저 소리를 들을 수 없었다. 음식을 드시는 것을 보면 아무리 더운 여름철이라 해도 포(脯)나 건어물뿐이었으며, 매끼 먹는 반찬이 두서너 가지에 불과하였다. 이는 건장한 사람일지라도 감당하기 어려운 점이 있는데 선생께서는 마치 고량진미라도 되는 양 맛있게 드셨다. - 일찍이 도산(陶山)에서 선생을 모시고 식사를 한 적이 있었는데, 상 위에 가지 잎, 무, 미역만 있고 다른 것은 없었다. - 손님을 맞아 식사를 차릴 적에는 반드시 집안의 형편에 맞게 하였다. 그래서 아무리 귀한 손님이 찾아온다 해도 성찬(盛饌)을 차리지 않았고, 지체가 낮고 어린 사람이 왔다 해도 그를 소홀히 대접하지 않았다.

선생께서 일찍이 이렇게 말씀하셨다.

"나는 정말 박복한 사람인가 보다. 좋은 음식을 먹으면 기가 꽉 막혀 체한 것 같아 반드시 쓰고 담담한 음식을 먹어야 장과 위가 편안하다.……"

선생께서는 술을 마셔도 취하도록 마신 적이 없었고, 약간 취기가 도는 정도에서 그쳤다. 손님을 접대할 적에는 상대의 주량에 맞게 권하고 친한 정도에 맞게 하였다.

선생께서 말씀하셨다.
"화려하고 요란한 가운데에 사람이 변하기가 가장 쉽다. 내가 늘 이 점에 신경을 쓰고 노력하여 거의 동요되지 않게 되었는데, 의정부 사인(議政府舍人)으로 있을 적에 눈앞 가득히 노래하는 기생들을 보

자 기뻐하는 마음이 싹트는 것을 느꼈다.[134] 애써 욕망을 억눌러서 간
신히 구렁텅이에 빠져드는 것을 면하기는 했지만, 그 갈림길에서 생
사가 갈리니 이 얼마나 두려운 일인가."

　관서(關西)가 본래부터 번화한 곳으로 일컬어지다 보니, 이곳에서
구렁텅이로 빠져드는 선비가 전후로 계속 이어졌다. 하지만 선생께서
는 자문점마(咨文點馬)[135]로 계실 적에 일 때문에 의주(義州)에 한 달
간 머물면서도 절대로 여색(女色)을 가까이하지 않았다. 평양(平壤)을
지날 적에도 감사(監司)가 이름난 기생을 곱게 꾸며서 올렸지만, 끝내
전혀 돌아보지 않았다.

추원(追遠)[136]

　절사(節祀)와 시향(時享)[137]에는 아무리 춥거나 덥더라도 질병이
없는 한 반드시 가서 주독(主櫝)[138]을 받들고 제물을 올렸으며, 남이
대신하도록 하는 일이 없었다. 혹 제철 음식이나 별미를 얻으면 말리
거나 절여 두었다가 절사를 만나 제사를 지낼 때 올렸다.

---

134)　퇴계가 술에 대해 어떤 생각을 하고 어떻게 대했는가는 별도의 글로 다루었다.

135)　咨文(자문)의 내용을 검사하고 말을 점검하는 일. 중국에 가는 사신이 국경을 넘을
　　　때 자문을 멋대로 고쳤는지를 검사하고 부정한 물품이 있는지를 검색하는 사람

136)　조상을 받들고 제사를 모시는 자세

137)　설·한식·단오·추석 등 명절에 지내는 제사를 절사(節祀, 節祠)라 한다. 한식 또는 10
　　　월에 정기적으로 지내는 묘제를 시사(時祀) 혹은 시향(時享)이라고 한다.

138)　사당 안 감실에 신주를 모셔두는 궤. 사람이 죽으면 죽은 사람의 영혼을 대신하는 상
　　　징물로 죽은 사람의 인적사항을 적어 넣은 나무패를 만드는데 이를 신주(神主) 또는
　　　위패라고 하는데 이 신주를 모셔두는 나무로 된 작은 함이다.

기일(忌日)에는 술상을 차리거나 고기를 받지 않았으며 제사에 참여하지 않더라도 종일토록 외침(外寢)[139]에서 재계하였다. 다른 사람을 대할 적에도 이와 같았다. 하루는 손님이 찾아와 술상을 차리려던 차에 그 사람이 재계 중인 것을 알고는 이내 술상 차리는 일을 중지시키고 차로만 대접했다. 한번은 이웃 고을에서 노루 고기를 보내왔는데, 그날이 마침 기일이었다. 그러자 그것을 도로 돌려보냈다.

선생께서 부인(夫人)의 기일을 당하였을 때 감사(監司)가 찾아왔다. 선생께서는 기일이라는 말을 하지 않고 평소처럼 술과 고기로 상을 보았다. 다만 올린 안주로 손님과 주인의 상에 차린 찬이 서로 달랐다. 감사가 그 사실을 알고는 둘 다 소식(素食)을 하였다.

일찍이 부인의 기일에 아무개[某 김성일]가 선생을 모시고 식사를 한 일이 있었는데, 선생께서 말씀하셨다.
"세상 사람들이 기일에 술과 음식을 장만하고 이웃을 부르기도 하는데, 이는 매우 예에 맞지 않는 일이다. 오늘은 자네가 마침 곁에 있기 때문에 불러서 함께 먹는 것일 뿐이다."
생일날에는 술과 음식을 차리지 않고, 자손들에게도 술잔을 올려 헌수(獻壽)하지 못하게 하면서 종일 고요하게 보냈다.

선생의 가묘(家廟)는 온계리(溫溪里)에 있었다. 종자(宗子)가 후사가 없어 조카인 진사 이완(李完)[140]이 제사를 이어받아야 했는데, 그

---

139)   제계를 올릴 때 혼자서 자는 바깥침실

140)   퇴계는 진사 식(埴)의 여섯째 아들이고 온계는 넷째 아들이다. 맏아들은 잠(潛)이나 후사가 없어 둘째인 하(河)의 아들 완(完)이 종사를 잇고 있었다.

가 이미 다른 곳에 거처를 정하고 전토(田土)도 마련하여 안정되게 살고 있다 보니 이사하는 것을 두고 난처해했다. 그러자 선생께서 대의(大義)를 가지고 꾸짖고 반복해서 일깨워 주었다. 그러자 이완은 그의 아들 이종도(李宗道)로 하여금 옮겨 가 살면서 종사(宗祀)를 받들게 하였다. 선생께서는 그렇게 한 것을 기뻐하며 비용을 내어서 집안 살림을 돌보아 주었는데, 모든 면에서 편안하게 지낼 수 있도록 도와 주었다. 종가(宗家)가 세월이 많이 흐르면서 퇴락하자 (완의 아들)종도(宗道)가 수리하고자 했지만 집이 가난하여 재목을 마련할 길이 없었다. 그러자 선생께서는 묘소의 나무를 베어다 쓰게 하였다. 어떤 이가 묘소의 나무를 베어서 쓰는 것을 이상하게 생각하자, 선생께서는 "그것을 사적인 용도로 쓴다면 참으로 옳지 않지만, 선산(先山)의 나무를 베어서 선조의 묘궁(廟宮)을 지어 선조의 제사를 받드는 것은 아버지의 사업을 아들이 계승하여 이루는 큰일이다. 그러니 안 될 것이 뭐 있겠는가."라고 하였다.

선생께서는 일찍이 묘전(墓田)이 많지 않아서 종자(종가 쪽 자손)가 안정되게 살아갈 수 없는 것을 한스러워하였다. 그러던 차에 마침 묘소 곁에 있는 밭을 팔려는 자가 있었는데, 그 밭의 토질이 아주 비옥하여 집안사람들이 모두 사들이려고 하였다. 그러자 선생께서는 규약을 만들어서 반드시 종자로 하여금 그것을 사게 하였다. 그런데 족질(族姪) 아무개가 욕심을 못 버리고 결국 집안의 규약을 어겼다. 선생께서는 덕이 박하다 보니 집안사람들에게 말이 먹히지 않는다고 스스로 상심해 여러 날을 괴로워했다. 그 사람이 나중에 뵙고자 했지만 선생께서는 이를 거절하고 만나지 않았다.

일찍이 배우는 자들에게 말씀하셨다.

"우리나라는 상례(喪禮)의 기강이 무너져서 말할 만한 것이 없다. 세속에서는 으레 장례를 치르는 날에 상가(喪家)에서 꼭 술과 음식을 마련하여 조문객들을 대접하는데, 무지한 조문객 중에는 술에 취한 이도 있고 밤을 새우는 이도 있으니, 참으로 뭐라 할 말이 없다. 그대들은 이에 대처할 방도를 강구하라."

그리고 돌아가시는 날에도 "만약 난처한 경우에는 음식을 멀리 떨어진 곳에 차려 대접하라.……"라고 하여 이를 금하는 명을 남겼다.

종형/행장/사수/접인/교인/

종형(從兄)[141]

선생께서는 늘 고요함을 지키며 단정하게 지내면서 바깥출입을 하지 않았지만 선비들이 모이는 고상한 술자리나 마을 잔치 같은 데는 그래도 가끔 참여하였다. 친척들에게 길흉사나 경조사가 있으면 가까우면 꼭 직접 가고 멀더라도 꼭 사람을 보내어 예를 표하였는데, 늙어서까지도 이를 그만두지 않았다.

찰방공(察訪公)[142]이 집에 오면 문밖에 나가 맞이했고, 앉는 자리도 손님과 주인 자리를 구별하지 않고 한자리에 순서대로 앉았다. 기뻐

---

141) 형님을 모시던 자세와 태도

142) 퇴계의 넷째 형은 억울하게 돌아가시고 그 다음 형이자 바로 윗형으로 찰방을 지낸 징(澄)이 생존해 있었다.

하면서도 공경하고 삼가는 모습이 표정이나 태도에서 겉으로 드러나, 보는 사람들로 하여금 효도하고 우애하는 마음이 생겨나게 하였다.

찰방공이 문에 들어서면 항상 선생에게 앞자리를 양보하였다. 그러면 선생은 움츠린 채 몸 둘 바를 몰라 하면서 몸을 구부리고 서서 "어찌 감히 그럴 수 있겠습니까."라고 말씀하셨다. 하루는 문생들에게 말씀하셨다.

"옛사람들은 형을 섬기기를 엄부(嚴父)를 섬기듯이 하여 출입할 적에 부축하고 거처할 적에 봉양하여 자제로서의 도리를 다하였다. 그런데 지금 나는 겨우 형님 한 분 계신데도 자제로서의 도리를 다하지 못하고 있으니, 한탄스럽다."

"형제간에 잘못이 있으면 서로 말해 주어도 괜찮습니까?"
묻자, 선생께서 말씀하셨다.

"이것이야말로 가장 난처한 일이다. 다만 나의 성의를 다하여 형제가 마음으로 느껴 깨닫게 해야 한다. 그런 뒤에야 의(義)를 해치는 일이 없을 수 있다. 만약 성의가 미덥지 못한 상태에서 그저 말로만 힐책하게 되면 서로 소원해지지 않는 경우가 드물 것이다. 공자께서 '형제간에 화락하다.[兄弟怡怡]'라고 말씀하신 것도 참으로 이 때문이다."

자손들을 가르칠 적에 반드시 먼저 《효경(孝經)》과 《소학(小學)》 같은 책으로 하고, 어느 정도 문리가 트인 다음에야 사서(四書)를 가르쳤다. 순서대로 차례차례 가르쳤고 단계를 뛰어넘는 법이 없었다. 자손들이 잘못을 저지르면 준엄하게 꾸짖지 않고 간곡하게 반복해서 타이르고 훈계해서 스스로 감동하여 깨닫도록 하였다. 종들을 대할 적에도 심하게 노해서 성내어 꾸짖은 적이 없었다. 이에 집 안팎이 즐겁고 화목하여 일부러 무얼 하지 않아도 모든 일이 저절로 다스려졌다.

행장(行藏)[143]

무자년(1528, 중종23) 봄에 사마시(司馬試)복시(覆試)에 응시하였다가 출방(出榜)[144]을 기다리지도 않고 시골로 돌아왔다. 한강(漢江)을 건너기 전에 합격했다는 기별을 들었으나, 태연히 남쪽으로 계속해서 길을 가면서 전혀 기뻐하는 기색이 없었다. 이미 길을 떠난 데다, 속히 돌아갈 일이 있어서 응방(應榜)[145]하여 사은(謝恩)하지 않은 것이다. - 이것은 전해 들은 말로 과연 그랬는지는 알 수 없다. 진퇴를 분명히 하여 명리(名利)에 동요되지 않은 것이 이 일에서 잘 드러난다. -

또 말씀하셨다.

"나는 어릴 적부터 병이 많아 사마시에 합격한 뒤로는 전혀 벼슬에 나갈 생각 없이 오직 어버이를 모시면서 병이나 조리할 요량이었다. 그러다가 중형(仲兄: 온계 이해)께서 간곡히 권하는 바람에 다시 성균관에 들어가 과거에 응시할 생각을 하게 되었다. 그러나 몇 달 동안 노력해 보았지만 견제를 받는 일이 많고 시끄러운 데서 지내다 보니 정신이 어지러워 한 밤중에 생각해 보고는 견뎌 낼 수 없으리라는

---

143)   과거시험과 벼슬살이에 대한 생각

144)   과거시험의 채점이 끝나면 합격자 명단인 방목(榜目)을 작성하여 합격자를 발표하였다. 이를 출방(出榜)이라고 하였다. 이와 달리 공식적으로 합격증서를 나누어 주는 것은 방방(放榜) 또는 창방(唱榜)이라고 하였다.

145)   과거시험에 급제한 자의 명단을 발표한 뒤에 임금이 급제자에게 사개(賜蓋) 사화(賜花)하고 정희(呈戱)하는 등의 행사에 참석하는 것. 사개는 임금이 어사화(御賜花)와 함께 과거의 급제자(及第者)에게 내리는 머리 장식품으로 군데군데 꽃이 달리고 반원형으로 생겼다. 사화(賜花)는 어사화(御賜花)로서, 임금이 급제한 사람에게 하사하던 종이꽃이다. 긴 참대오리에 종이를 감고 군데군데 다홍색, 보라색, 노란색의 꽃종이를 꿰었다. 한 끝을 모자 뒤에 꽂아 붉은 명주실로 고정시켰고, 다른 한 끝은 머리 위로 휘어 앞으로 넘기게 되어 있다.

것을 점차 깨닫게 되었다. 그러던 차에 마침 얼마 지나지 않아 과거에 합격했기 때문에 오늘날까지 오게 된 것이다. 만약 그렇지 않았더라면 다시 성균관에 들어가서 과거에 합격하기를 도모하는 일은 하지 않았을 것이 분명하다." [146]

또 말씀하셨다.

"내가 비록 과거에 응시하기는 하였지만 애당초 합격에 연연해하지 않아 24세 때 연달아 세 차례나 시험에 낙방했는데도 낙담하는 마음이 없었다. 그런데 어느 날 시골집에서 갑자기 누군가가 무슨 일로 '이 서방(李書房)' 하고 부르는데, 나를 부르나 싶어 천천히 살펴보니 그 사람이 늙은 종을 찾는 소리였다. 그래서 내가 '내가 과거에 급제하지 못하여서 이런 욕을 초래하였구나!' 하고 탄식하였다. 잠깐 동안이나마 과거 시험에 합격하는 데 관심을 가진 것을 깨달았으니, 과거가 사람을 동요시킴이 매우 두려운 일이다. 그대들은 경계하라."

병인년(1566, 명종21) 에 아무개[某 김성일]가 성균관에 들어가려 하면서 여쭈었다.

"'어떤 나라에 살게 되면 그 나라의 대부(大夫) 가운데 현자(賢者)를 섬기고, 선비 가운데 인자(仁者)를 사귄다.'라고 하였습니다. 서울에는 분명 인자와 현자가 많을 것이니, 이들을 찾아가 만나 공부에 도움을 받으면 어떨지요?"

그러자 선생께서 말씀하셨다.

---

146)　퇴계는 나중에 성균관을 관장하는 대사성이 되었을 때도 학인들의 일탈을 견디기 힘들어했다.

"그대는 지금 다만 고요함을 지키게."

선생께서는 벼슬은 도를 행하기 위한 것이지, 녹봉을 받기 위한 것이 아니라고 여기셨다. 그래서 벼슬에 나아간 후 40년 동안 네 조정을 거치면서도 벼슬하고 물러나는 것과 오래 있고 바로 떠나는 것을 한결같이 의(義)에 따라 행했다. 의에 있어서 온당치 못한 바가 있으면 반드시 몸을 받들어 벼슬에서 물러났는데, 이와 같이 한 것이 전후로 일곱 차례였다. 어떤 사람들은 선생께서 본디 벼슬할 마음이 적었다고 하는데, 이는 선생에 대해서 잘 안 것이 아니다. 통정대부(通政大夫)에서부터 숭품(崇品)에 이르기까지는 거친 관직이 더욱 적었는데, 모두 사양해도 어쩔 수 없게 된 다음에 받아들인 것으로, 본래 선생의 마음이 아니었다.

선생께서는 일찍이 말씀하셨다.

"내가 벼슬길에 나아가고 물러난 것이 전후가 다른 듯하다. 전에는 소명(召命)이 있으면 곧바로 나아갔지만, 뒤에는 부름을 받아도 반드시 사양하였고, 간다 해도 머물지 않았다. 대개 지위가 낮으면 책임도 가벼워 그래도 한번 나아갈 수 있지만 관직이 높으면 책임도 커지니, 어찌 함부로 나아갈 수 있겠는가. 옛날에 어떤 이름난 사람이 대관(大官)에 제수되자 바로 나아가면서 '임금의 은혜가 지중하거늘 어찌 물러날 수 있겠는가.'라고 하였지만, 내 생각엔 그렇지 않은 듯하다. 출처의 의리는 돌아보지 않은 채 임금의 총애만을 중시한다면, 이는 임금이 신하를 부리고 신하가 임금을 섬기는 일을 예로써 하지 않고 작록(爵祿)으로써 하는 것이니, 그래서야 되겠는가."

조정에서 벼슬할 적에는 조용히 자신을 지켰으며 권신(權臣)의 집에는 발길을 끊어 오래 알고 지내 온 사이라 해도 분주하게 왕래한 적이 없었다. 선생이 어울리는 사람들은 모두 한 시대의 명망 있는 사람들이었으며, 선생께서 불러서 만나는 사람은 틀림없이 향학열이 있는 선비였다.

선묘(宣廟:선조)께서 즉위한 첫 해에 선생께서는 예조 판서를 사임하였는데, 정고(呈告)[147]도 하기 전에 시골로 돌아오자, 사람들이 모두 이를 의아해했다. 고봉(高峯) 기대승(奇大升) 등 여러 현인(賢人)이 조정에 많이 모여 있으면서 경연 석상에서 매번 "선생의 도덕과 절의(節義)가 정자(程子)나 주자(朱子)에 비해 보아도 부끄러울 게 없으니, 급히 높이 등용하여 도를 행하고 시대를 구제하는 의리로 삼지 않아서는 안 됩니다."라고 극력 주장하였다. 선생께서는 그 말을 듣고 좋아하지 않았다. 그러던 어느 날 문인(門人)이 고하기를 "고봉 등 여러 현인의 뜻을 보니, 모두 '선생께서 먼저 재상이 되신 뒤에야 유학의 도가 행해질 수 있다고 여기며 청대(請對)해서 아뢰어야 한다.'라고 말했습니다." 하였다. 그러자 선생께서는 깜짝 놀라 벗들에게 고하지도 않고 남쪽으로 훌쩍 길을 떠났다. 선생의 뜻은 혐의를 멀리 피하기를 간절히 바란 것으로, 아무 이유도 없이 급히 떠난 것이 아니었다.

시사(時事)가 일변하고 나서 선생은 도를 행할 뜻이 없어졌으니, 단양 군수(丹陽郡守)로 나간 것은 장차 벼슬을 그만두고 시골로 돌아가려는 생각에서였다. 공무(公務)를 보는 여가에는 오직 서사(書史)를 읽으면서 스스로 즐기거나 혼자서 구담(龜潭)이나 석문(石門) 같은 곳에 가서 하루 종일 거닐다가 돌아왔다. 군을 다스릴 적에는 거문고와 학을 가까이하던 맑은 기풍이 전에 없이 뛰어났다. 벼슬을 그만두고

---

147)   휴가를 가거나 사직을 할 때 소장을 올리는 일

돌아올 적에는 행장이 조촐하여 단지 괴석(怪石) 세 개만 싣고 왔을 뿐 다른 물건이 전혀 없었다. 풍기 군수(豊基郡守)로 옮겨 가서는 학교에 뜻을 두었다. 무릉(武陵) 주신재(周愼齋 주세붕(周世鵬))가 일찍이 백운동서원(白雲洞書院)을 창건하고 일이 아직 끝나지 않은 상태에서, 선생께서 방백(方伯)에게 글을 올려 조정에 전달되도록 하였다. 서원에 사액하고 서적을 나누어 준 일이 선생에 의해 시작된 것이다. 한가한 날에는 서원에 가서 제생(諸生)과 열심히 강학하였는데, 반드시 옛사람들이 한 위기지학(爲己之學)을 정성껏 반복하여 일러 주었다. 과거 공부는 금하지는 않았어도 권하는 바는 아니었다.

고을을 다스리는 일은 한결같이 소란스럽지 않게 간결하고 조용히 처리함을 중시하였다. 백성에게 세금을 거두는 것은 아주 가볍고 간략하게 해 주었지만, 백성이 당연히 해야 할 일에 대해서는 정해진 대로 시행하였다. 도리를 어기면서 명예를 구하는 일을 하지 않아 고을살이를 하는 동안에 혁혁한 명성이 없다 보니, 사람들은 선생의 정사가 신재(愼齋) 주세붕만 못하다고 하였다.[148] 그러나 신재가 정사를 하면서는 술수를 상당히 써서 고을 백성들의 마음이 쏠리도록 했기 때문에 백성들이 모두 그를 칭송했던 것이다. 선생은 지성스럽기만 하고 꾸밈이 없으며 한결같이 정도(正道)로만 하다 보니 사람들은 하루의 계획으로 보면 부족해도 한 해의 계획으로 보면 여유가 있다는 것을 몰라서 그렇게 말했을 뿐이다. 그러나 이것이 어찌 선생에 대해

---

148) 이 내용은 김성일이 기록한 것으로 퇴계의 언행록에 있다. 그런데 다른 평가가 있다. 퇴계는 부임하자마자 도대체 단양 같은 물이 많은 곳이 왜 가물어 농사조차 짓기 어려운 지를 살펴보았다. 그리고는 단양에 여름철 홍수 때 풍부한 수량을 가둬두는 저수지가 없음을 깨닫고 이를 설치하는 일부터 시작토록 하였다. 그렇게 하여 탁오대 옆 여울목에 저수지를 설치키로 하고 인원을 동원하여 복도소復道沼라는 저수지를 만들게 했다.

경중(輕重)을 논할 만한 것이겠는가. 아전과 백성들을 대할 적에도 한결같이 정성과 믿음으로만 하였고 그들이 속이지나 않을까 미리 판단하려 하지 않았다.

감사공(監司公)께서 결국 큰 화에 걸린 일[149] 이후 벼슬을 떠나 집으로 돌아오신 뒤로는 특히나 세상사에 뜻이 없었다. 선생께서는 일찍 아버지를 여읜 데다 어머니도 과부로 홀로 지내며 몹시 쪼들렸으니, 과거에 응시하여 합격하는 것은 실로 잘 봉양하기 위한 계책이었다. 그런데 마침 장인(丈人)의 죄[150]에 연좌되어 직접 백성을 다스리는 관직에는 나가지 못하게 되었다. 그리고 얼마 안 지나서 어머니가 세상을 떠나자, 선생께서는 늘 육아(蓼莪)[151]와 풍수(風樹)의 감회[152]에 젖어, 문인(門人)이 부모를 봉양하는 일에 대해 언급하면 반드시 삼가는 태도로 스스로 죄인이라고 칭하였다.

성균관 대사성에 제수되어 인재 양성을 자신의 임무로 삼아 사학(四學)[153] 학생들에게 통문(通文)하여 학문에 힘쓰도록 권하였다. 또

---

149) 중형 온계 이해가 무고를 당해 세상을 뜬 일

150) 1519년 기묘사화로 사림파가 훈구세력에 의해 축출당한 뒤 1521년 사림파와 친밀했던 안처겸(安處謙)이 훈구대신을 해치려 하였다는 무옥(誣獄: 무고로 인한 옥사)이 일어나서 남은 사림파가 다시 쫓겨날 때 아우 권전(權磌)이 장살되면서 권질도 예안(禮安)으로 유배되었다.

151) 《시경》〈소아(小雅) 육아(蓼莪)〉에 "슬프고 슬프도다 부모님 생각, 낳고 길러 주시느라 얼마나 고생하셨던가.〔哀哀父母 生我劬勞〕"라고 하였다.

152) 주(周)나라 때의 효자 고어(皐魚)가 어머니의 상을 당하여 "나무는 조용히 있고자 하나 바람이 멈추지 않고, 자식은 효도하고자 하나 어버이가 기다려 주지 않는다.〔樹欲靜而風不止 子欲養而親不待〕"라고 하며 탄식했던 고사를 인용한 말이다.

153) 조선 시대에, 나라에서 인재를 기르기 위하여 서울의 네 곳에 세운 교육 기관. 위치에 따라 중학(中學)·동학(東學)·남학(南學)·서학(西學)이 있었는데, 태종 11년(1411)에 설립하여 운영하다가 고종 31년(1894)에 없앴다.

책문(策問)을 내어 학문하는 도리에 대해 물었는데, 당시에 선비의 풍습이 이미 망가져 이를 두고 도리어 물정 모르는 일이라 여겨 한 사람도 책문에 응한 자가 없었다.

관학 유생(館學儒生)들이 음식의 질을 가지고 선비 양성을 잘하느니 못하느니 하면서 조금이라도 마음에 들지 않으면 비방하는 의론이 들끓었다. 관원들이 혹 뜻에 맞춰 줌으로써 잘한다는 소리를 들으려고 음식을 더없이 풍성하게 잘 차려 제공하여 창고의 재물을 탕진하여 전복(典僕)[154]도 유지하지 못할 지경이 되자 선생께서는 이를 매우 비루하게 여겼다. 대사성이 되고 나서 오로지 예의로써 선비를 기르고, 잘 먹이는 데에는 힘을 쓰지 않자 성균관 내 사람들이 모두 괴이쩍게 여기고 성을 냈다. 그러자 선생께서는 사습(士習)을 고칠 수 없다는 것을 알고 얼마 지나지 않아 병을 핑계로 출사하지 않았다.

선생께서는 일찍이 초야에 있으면서 관함(官銜)을 띠고 있는 것[155]을 온당치 않다고 여겨 여러 해 동안 글을 올려서 사퇴하였다. 이윽고 을축년(1565, 명종20)에 와서야 명묘(明廟:명종)께서 비로소 이를 윤허하였다. 선생께서는 임금의 은혜에 감격해 희색이 만면하여 좌우의 사람들을 돌아보며 "내가 이제야 비로소 임금께서 놓아 준 몸이 되었다."라고 하였다. 그리고 8수의 시를 지어서 그 기쁨을 적었다.

---

154) 조선 시대 각사(各司)와 시(寺), 성균관(成均館)·사학(四學)·향교(鄕校) 등에 딸려 음식을 만들거나 수직(守直) 혹은 건물을 짓는 등의 잡역을 맡아 하는 노복(奴僕).

155) 벼슬을 받지 않고 초야에 있지만 그 벼슬이 계속 살아있음을 뜻한다. 기미년(1559, 명종14) 봄에 분황(焚黃)을 이유로 휴가를 얻어 집으로 돌아온 이후 다시 소명을 받았으나 끝내 나가지 않자, 자리를 바꿔 동지중추부사에 제수하였다. 이로부터 갑자년(1564)까지 무려 6년 동안 동지의 직명을 띠고 있었다. .

선생은 임금이 인(仁)의 본체를 알지 못하기 때문에 천지 만물이 나오는 상관없는 것이 되어 눈꺼풀 밖이 모두 초나라나 월나라처럼 상관이 없는 것이 되었다고 여겼다.[156] 그래서 선조(宣祖)께서 즉위한 초기에 〈서명(西銘)〉[157]을 진강(進講)할 것을 청하였다.

사수(辭受)[158]

선생은 물건을 받는 기준이 엄격하여 의리에 맞지 않으면 단 하나라도 다른 사람에게서 취하지 않았다. 그래도 고을 수령이 교제(交際)의 예로 물품을 보내오는 경우에는 무턱대고 사양하지 않았다. 당시에 몹시 청렴하지 못한 관원 하나가 선생을 뵈러 자주 찾아오고 물품을 드릴 때도 있었는데, 선생께서 그가 주는 물건도 받자 문인(門人) 조목(趙穆)이 그것을 받은 것을 몹시 안 좋아했다. 미처 여쭈어 보지는 못했지만 내 생각에는 선생께서 무턱대고 받은 것은 아니라고 본다.《맹자》의 각지불공장(卻之不恭章)[159]을 자세히 보면 이해가 갈 것이다.

---

156)   원문은 一膜之外 皆爲楚越이어서 이런 해석이 나왔지만《대학 혹문》혈구장(絜矩章)에는 一膜之外, 便爲胡越로 되어 있다. 胡와 越은 수 만 리 떨어진 곳이다(胡地在北, 越在南, 比喻疏遠隔絶). 마치 楚와 越처럼 바로 옆에 있는 듯 구분하지 못한다는 뜻으로 보인다.

157)   송나라 때의 유학자인 장재(張載)가 서재(書齋)의 서쪽 창에 걸어 놓았던 명(銘)으로 인도(人道)의 근본 원리에 대해 밝힌 글이다.

158)   남에게 선물을 받았을 때 대응하는 법

159)   《맹자》〈만장 하(萬章下)〉에 "높은 사람이 주는 물품을 두고 이것을 받는 것이 옳은가 옳지 않은가를 따져 본 다음에 받는다면, 그것으로 공손하지 못한 것이 되기 때문에 물리치지 않는 것이다.[尊者賜之, 曰'其所取之者, 義乎, 不義乎', 而後受之, 以是爲不恭, 故不卻也.]"라고 한 구절이 있다.

누가 물품을 보내오면 그것이 의리상 받아서는 안 될 물건이 아니라 해도 반드시 많다고 사양하고 조금만 받았다. 한번은 누가 꿩 두 마리를 바친 적이 있었는데, 한 마리만 받고 한 마리는 되돌려 주었다. 다른 경우도 이와 같았다.

고을에서 물품을 보내오기라도 하면 반드시 먼저 찰방공(察訪公)[160]께 보내고, 그 다음 이웃과 친척들, 또 와서 배우는 제자들에게 나누어 주었으며, 집에 남겨 둔 적이 없었다. 서울에 있을 적에는 봉록을 받는 것으로 충분히 생계를 꾸릴 만 하자 여윳돈으로 친구들을 두루 도와주었는데, 반드시 친소(親疎)와 빈부(貧富)를 기준으로 삼아 정의(情誼)를 상한 적이 없었다.

접인(接引)[161]

선생께서는 벼슬에서 물러나 집에 거하실 때에도 존귀한 손님이 찾아오면 반드시 당상관의 관복(冠服)을 차려 입되, 다만 관모(冠帽)를 쓰거나 품대(品帶)를 띠지 않았다. 전송하거나 맞이할 적에는 반드시 대문 밖까지 나갔고, 당에 오르내리거나 읍하며 공손한 태도를 보일 때에는 행동이 법도에 맞아 조금도 실수가 없었다.

선생께서는 사람을 대하는 것이 아주 너그러워 진실로 큰 잘못이 없는 자는 일찍이 끊어 버린 적이 없이 모두 포용하여 가르쳤으니, 이는 허물을 고쳐 스스로 새로워지기를 바라서였다.

---

160)   선생의 다섯째 형으로 이름은 징(澄). 당시까지 생존해있던 유일한 형

161)   손님을 맞이할 때의 자세와 방법

교인(敎人)[162]

문하의 제자들을 벗을 대하듯 대하여 젊은 사람이라 해도 이름을
바로 부르거나 너라고 칭한 적이 없었다. 전송하고 맞이할 적에는 반
드시 계단 아래로 내려갔으며 주선하고 예의를 갖추는 데서 공경을
다하였다. 자리에 앉고 나면 반드시 먼저 부형의 안부를 물었다.

아무개[某 김성일]가 《대학》을 읽다가 이(理)와 기(氣)에 대해 잘
이해하지 못하자, 선생께서 "그대가 《태극도설(太極圖說)》을 배우지
않아 이렇게 담벼락을 마주한 것처럼 갑갑한 것이다." 하고는, 곧바로
그것을 읽게 하였다. 또 "《태극도설》 가운데 '군자는 닦아서 길하고
소인은 어겨서 흉하다.[君子修之吉 小人悖之凶]'라고 한 이 구절은 배
우는 자가 가장 힘써서 공부해야 할 대목이다. 닦느냐 어기느냐는 공
경하느냐 제멋대로 행동하느냐에 달려 있는 것이니, 어찌 두려워하지
않을 수 있겠는가?"라고 말씀하셨다. 이는 배우는 자는 그 본체를 우
선으로 하지 않아서는 안 되기 때문에 《태극도설》,〈서명(西銘)〉,《역학
계몽(易學啓蒙)》 등의 글로써 가르친 것이다. 남명(南冥) 조식(曺植)이
그 말을 듣고는, 손으로는 물 뿌리고 쓰는 예절도 모르면서 입으로는
천리(天理)의 오묘함을 말하느냐고 말한 일[163]이 있다. 그러자 선생은
편지를 보내어 이에 대해 변론하였다. 문하생인 이덕홍(李德弘)이 처
음 학문에 뜻을 두었을 적에 《역학계몽》을 배우고자 한 적이 있었다.
그러자 선생께서는 "자네는 그저 사서(四書)를 읽게. 이 책은 급한 것

---

162) 사람을 가르치는 자세와 마음가짐

163) 남명 조식은 이론적 탐구에 치중하는 당시의 학풍을 경계하여 "요즘 학자들을 보면
      손으로 물 뿌리고 비질하는 절도도 모르면서 입으로 천리(天理)를 말한다."라고 퇴
      계를 비판하였다. 曺植,《南冥集》권2,〈與退溪書〉. "近見學者, 手不知灑掃之節,
      而口談天理."

이 아니네."라고 말씀하셨다.

"우성전(禹性傳)[164]과 유성룡(柳成龍)이《주자전서(朱子全書)》가《심경(心經)》만큼 절실하고 긴요하지 않다고 하는데, 이 말이 어떻습니까?"

묻자 선생께서 말씀하셨다.

"다 읽어 보지도 않고 성급하게 이런 말을 해서는 안 된다. 반드시 여러 해에 걸쳐 침잠하여 충분히 읽고 자세히 음미한 뒤에야 그 친절함을 알 수 있을 것이다. 그리고 학문하면서 어찌 간략한 데로만 나아가고 번거로운 것은 마다해서야 되겠는가."

한결 같이 성리학으로 사람들을 가르쳤다. 혹 과거 공부를 하러 찾아와 물으면 무턱대고 사양하지도 않았으나 과거 공부는 권면하는 바도 아니었다. 어떤 선비가 왔을 때가 마침 과거 시험을 칠 때였는데, 머물면서 과문(科文)을 익히도록 해 달라고 청하자 선생께서 말씀하셨다. "무릇 학업을 익히는 데에는 각자 하고자 하는 바가 있을 수 있거니와 과문을 익힐 양이면 여기에 머물 필요가 없다."

누가 "과목(科目)에 매이다 보니 학문에 전념할 수 없어 과거 공부를 그만두고자 합니다."라고 묻자, 선생께서 말씀하셨다.

"그 뜻이 매우 좋다. 그러나 쉬운 일은 아니다. 옛날 채백정(蔡伯靜)형제가 과거 공부를 하지 않고, 오로지 학문에만 뜻을 두어 마침내

---

164) 우성전의 아버지의 이름은 언겸(彦謙)이다. 경술년(1550)에 금부 도사가 되어 퇴계의 형인 대헌공 온계를 귀양지로 압송하다가, 공의 장(杖) 맞은 상처가 심한 것을 보고, 중도에서 멈추고 좀 쉬면서 회복하게 하였다. 아전들이 화가 미칠까 두려워하여 몇 번이나 간했으나 듣지 않아서, 거의 간사한 무리들의 해를 입을 뻔하였다. 그런데 마침 대헌공이 세상을 떠나 그 화를 면했는데, 그때 우성전의 아버지는 안동 판관(安東判官)이었다.

가업을 전하여 세상의 큰 학자가 되었으니, 이렇게만 할 수 있으면 좋을 것이다. 그러나 비록 과거 공부를 그만두더라도 만일 그 실속이 없으면, 무슨 일을 이루겠는가."

그러고는 즉시 채씨(蔡氏)의 행장(行狀)을 보여 주시며 말씀하셨다.

"그대가 이처럼 공부할 수 있겠는가. 마땅히 한 벌 베껴두고 항상 자기를 살펴보는 것이 좋을 것이다."

"과거 공부를 해도 진전이 없어 성균관에 가 있다 해도 도움 되는 것이 없을 것이니, 이곳에 남아서 수업하고자 합니다."

하자, 선생께서 말씀하시기를,

"그대의 부형이 계신데 어찌 그대 마음대로 결정해서야 되겠는가."

하였다. 그가 말하기를, "허락을 받았습니다." 하자, 선생께서는 글을 써서 일러 주셨다.

"이곳에 있는 사우(士友)들이 대부분 공부는 하지 않으면서 요행으로 벼슬이나 한 자리 얻으려 드니, 몹시 마음에 들지 않는다. 그대가 이미 과거 공부를 중단했고 또 독서에 전념하겠다 하니, 그대가 어른으로부터 허락받은 것을 매우 축하한다."

선생께서 유중엄(柳仲淹)[165]에게 말씀하셨다.

---

165) 유중엄(柳仲淹 1538~1571): 이황(李滉)의 문인으로, 자질이 순박하고 정숙하여 퇴계 문하의 안자(顔子)라고 불리었다. 퇴계 선생이 그의 뜻과 식견(識見)을 가상하게 여겨서 크게 나아갈 것을 기대하였다. 유중엄이 과거시험장(科場)에 갔을 때 사람들이 그를 가리키며, "오늘의 장원(壯元)은 저 사람(유중엄)이다"라는 소리를 듣고 시권(試券)을 제출하지 않고 과장(科場)에서 나왔다. 효성(孝誠)이 지극하여 약관(弱冠)에 모친상을 당하여 일년 복(服)을 마치고도 상복(喪服)을 벗지 않으려고 하였다. 퇴계 선생이 설득하여 겨우 상복을 벗었다.

"눈앞에 있는 벗들 중에 대단한 진보가 있는 자를 보지 못하였고, 또 이 일을 믿고 지향하지도 않는다. 이것이 내가 하는 일이 믿을 만한 것이 없어서가 아니겠는가. 몹시 걱정스럽고 두렵다."

배우는 자가 공부에 관해 물으면서 가르침을 청하면 학문의 깊이에 맞게 일러 주었다. 만약 깨닫지 못하는 곳이 있으면 반복해서 자세히 설명하여 깨우쳐 준 다음에야 그쳤다. 후생을 가르치는 일을 싫어하거나 게을리하지 않아 병이 있어도 강론하는 일을 그만두지 않았다. 돌아가시기 전달에 이미 중한 병이 들었는데도 평소와 다름없이 학생들과 강론하였는데, 학생들은 오래 지난 뒤에야 이를 깨달았다. 강론을 그만둔 지 며칠 만에 병세가 위독해졌다.

멀리서 선비가 찾아왔는데 군색할 경우에는 거친 밥에 나물국이라도 반드시 그와 함께 먹었고, 질병이 있는 경우에는 반드시 몸소 가서 진찰하고 탕약을 지어 주었다.

향당/별혐

향당(鄕黨)[166]

도산정사(陶山精舍) 아래에 어량(漁梁)[167]이 있었는데, 관(官)에서 접근을 엄금(嚴禁)하여 사람들이 사사로이 고기를 잡을 수가 없었다. 선생께서는 여름마다 꼭 계사(溪舍)에 거처하였는데, 한 번도 이곳에 간 적이 없었으니, 이는 혐의를 받을 일을 피한 것이다. 조남명(曺南冥 조식(曺植))이 그 말을 듣고는 웃으면서 말하였다.

"어찌 그리도 소심한가. 내가 스스로 고기를 잡지 않을진대 관청의 어량이 있다 한들 혐의쩍을 게 뭐 있겠으며 피할 것이 뭐 있겠는가."

---

166) 향리에서의 생활과 처신

167) '어전(漁箭)'이라고도 한다. 대나무로 만든 통발 등으로 물고기를 잡는 시설. 대나무 대신에 돌로 축조한 것은 '돌살 또는 독살(石箭)'이라 한다.

그러자 선생께서 말씀하셨다.

"남명이야 그렇게 하겠지만 나는 또한 이렇게 한다네. 내가 할 수 없는 것으로써 유하혜(柳下惠)[168]가 할 수 있는 것을 배우는 것 또한 마땅하지 않겠는가."

선생께서는 향리에 사실 적에 조역(調役)이나 부세(賦稅)를 반드시 하호(下戶)보다 먼저 바치고 미룬 적이 없어, 아전들도 선생의 집이 높은 벼슬을 한 분의 집이라는 것을 몰랐다. 한번은 선생께서 시냇가에 나가 앉아 있는데, 색부(嗇夫 말단 관리)가 와서는 "올해 잣나무 숲 지키는 일은 나리댁에서 해야 합니다."라고 고하였다. 그러자 선생은 웃으며 아무 대답도 하지 않았다. 잣나무 숲이 시내 동쪽에 있다 해서 선생댁에서 지키도록 한 것이었다.

마을에서 학문에 뜻을 둔 자가 품관(品官)[169]의 반열을 수행하는 것을 수치스러워하자 선생께서 말씀하셨다.

"마을은 부형과 종족이 사는 곳이다. 수행하는 것을 부끄럽게 여기는 것은 무슨 마음에서인가?"

그러자 그가 말했다.

"가문(家門)의 지체가 낮고 별 볼 일 없는 자가 윗자리에 있으면,

---

168) 춘추시대 노(魯)나라 현자. 대도(大盜) 혹은 악인(惡人)으로 유명한 도척이 유하혜의 동생이었기 때문에, 형제 중에 현인과 악인이 있을 때 사람들은 이들에 비유하였다. 유하혜는 곧은 도를 지키면서 임금을 섬긴 것으로 알려져 있다. 『맹자』에 따르면, "유하혜는 성인으로서 온화한 기질을 가졌던 사람이다."라고 평하였다. 유하혜는 일찍이 사사라는 관직을 지내면서 형옥(刑獄)을 맡았는데, 세 번 쫓겨나자 사람들이 떠나기를 권했다. 그러자 그는 "곧은 도리로 남을 섬기면 어디를 간들 쫓겨나지 않을 것이며, 도를 굽혀 남을 섬김으로써 하필 부모님의 나라를 떠나겠느냐."라고 대답했다. 이를 두고 훗날의 맹자는 작은 벼슬을 수치로 알지 않았다며 그를 칭찬했다.

169) 조선 시대에, 향소의 좌수나 별감 같은 지방의 유력자를 이르던 말

남의 뒤꽁무니나 좇는 듯해 부끄러운 마음이 드는 것이 사실입니다."

그러자 선생께서 말씀하셨다.

"마을에서 귀하게 여기는 것은 나이이다. 낮은 자리에 있다 하더라도 예로 보나 의리로 보나 해서는 안 될 것이 뭐가 있겠는가."

별혐(別嫌)[170]

"처형(妻兄)이 과부가 되어 의탁할 곳도, 따로 살 만한 집도 없다면 한집에 사는 것은 어떻습니까?"

묻자, 선생께서 말씀하셨다.

"그것은 의리로 보아 편치 않은 점이 있는 듯하다. 요즘 사람들이 비록 아내의 자매를 아주 가까운 관계로 보아 내외하지 않기는 하나, 구양공(歐陽公)은 두 번이나 설씨(薛氏)의 집에 장가들었고,[171] 동래(東萊) 여조겸(呂祖謙)은 거듭해서 한무구(韓無咎)의 딸을 아내로 맞이하였다. 고례(古禮)가 이러하니, 지금 아주 가까운 관계로 대하여 한집에 사는 것이 어찌 혐의를 변별하는 도이겠는가. 의탁할 곳이 없다면 다만 집을 지어 주어 따로 살면서 살림을 해 나갈 터전을 잃지 않도록 해 주어야 한다."

이어 말씀하셨다.

"혐의를 받을 수 있는 상황에서는 조심하지 않아서는 안 된다. 옛날에 구양공이 의지할 곳 없는 친척 딸을 거두어 길러서 장성한 뒤에

---

170) 혐의를 받을 일을 멀리하는 것

171) 송나라의 구양수는 첫 부인 설씨가 죽은 후에 다시 처제에게 장가들었다.

시집을 보냈는데 또 과부가 되자 한집에서 살게 해 주었다. 그러자 공을 꺼리는 자가 공이 남녀 간에 분별하는 도리를 지키지 못했다고 말하였고, 식견 있는 자들도 모두 이를 의심하여 구양공이 소(疏)를 올려 무고임을 밝힌 뒤에야 혐의를 씻을 수 있었다. 이렇게 된 것 또한 혐의스러운 일을 잘 분별하지 못해서 생긴 잘못이다."

"부형(父兄)이 고을의 수령으로 나갈 적에 자제(子弟)가 따라가는 것은 의리로 볼 때 어떻습니까?"

묻자, 선생께서 말씀하셨다.

"국법으로 헤아려 본다면 처자(妻子)는 당연히 데리고 갈 수 있으나 출가한 자녀는 데리고 갈 수 없도록 하고 있으니, 자제는 따라가지 않는 것이 옳다. 다만 옛일을 가지고 헤아려 보면, 이신보(李信甫)가 연산(鉛山)에 부임했을 적에 연평(延平) 선생도 때때로 왕래하였고, 부인과 함께 가기도 하였다. 아버지가 자식을 따라가는 것도 괜찮으니, 하물며 자제야 말할 것이 있겠는가? 그러나 옛날과 지금은 기준이 다르고 중국은 군현(郡縣)을 맡은 자에게는 모두 월봉(月俸)을 주었기 때문에 웃어른을 봉양하고 나이 어린 사람을 부양하는 일을 친척한테까지 한다 해도 해로울 것이 없다. 그러나 지금 우리나라는 월봉의 제도가 없어서 관가의 물품을 쓰고 있으니, 자제들을 많이 거느리고 가서 관사(官舍)를 어지럽히는 것이 어찌 의리에 합당하겠는가. 자제들이 부모를 찾아뵙는 일로 왕래한다 하더라도 계속해서 머물면서 폐를 끼쳐서는 안 된다."

이렇게 퇴계의 언행에 관한 기록을 재정리한 임영은 본관이 나주(羅州)이고, 자는 덕함(德涵), 호는 창계(滄溪)이다. 박세채(朴世采)의 문인이다. 1665년(현종 6) 사마시에 합격하고 1671년(현종 12) 정시문과에 급제하고 사가독서(賜暇讀書)를 했다. 그 후 검상(檢詳)·대사헌 등을 거쳐 개성부유수가 되고 1695년 부제학에 이어 참판에 이르렀다. 문장이 뛰어났고 경사(經史)에 밝았다. 후에 송시열(宋時烈)·송준길(宋浚吉)에게도 사사한 바 있다. 그는 지역적으로 보나 사승관계에 있어서 보나 명백하게 기호학을 계승했으나 학문적 견해에 있어서는 기호학을 그대로 추종하지 않았다. 그의 「연보」에는 26세 무렵에 퇴계와 율곡의 문집을 읽고 이기(理氣)·사단칠정(四端七情)의 문제에 관해 깊이 깨달은 바 있었다고 적었다. 그러므로 이 기록은 퇴계의 언행에 관한 비교적 객관적이고 중립적인 시각을 지키고 있기에 우리로서는 퇴계의 면모를 가까이에서 알 수 있었다는 생각이 든다.

3부

사람으로
사는 법

할아버지 죄송합니다

서울 등 대도시에 사는 우리 남성들은 아무래도 집에서 좀 떨어진 곳에서 술을 마시고, 돌아오는 길에는 버스건 지하철을 타게 되는데, 거기에서는 차창으로 지나가는 불빛이랑 자동차들의 운행소음, 혹은 사람들의 옆모습을 보는 것이 보통일 것이다. 그런데 술을 마시고 이렇게 경치를 보며 돌아온 사람도 있다.

> 술 거나해 돌아올 제 말 가는 대로 놓아두니
> 갈고리 같은 초승달이 시내를 비추는구나
> 구불구불 물속의 달 여러 차례 건너는데
> 시내물과 달 어울려 굽이굽이 맑구나

밤길에 말을 타고 왔으니 요즘 사람은 아니고 옛날 분 같은데, 맑은 시내를 몇 번 건너며 초승달 빛을 따라 왔으니 아무래도 무대는 농촌이나 산골일 것인데 이런 한적한 곳에서 술을 드시고 말을 타고 귀가한 사람은 누구인가?

이 시의 제목은 '빙(憑)의 집에서 술 마시고 돌아오는 길에 시내 달을 읊다'. 인데 작가는 퇴계 이황이란다. 두 수를 지었는데 그 다음 수는 이렇다.

> 달을 밟고 돌아올 때 서리는 하늘 가득
> 옷에 스며 남은 향기 국화꽃 자리였네
> 이 가운데 한결 마음 깨우는 곳 있으니
> 여울소리 울려대는 태고의 현악이지[172]
> ....퇴계선생문집 제2권 / 시(詩)

한여름 아무리 더워도 의관을 갖추고 글을 읽는 엄격한 선비로 연상되는 퇴계에게 이렇게 풍부한 감성이 있었단 말인가? 밤길에 시내

---

172) 참고로 원문은 憑家飲歸。詠溪月。二首。
   帶醉歸來信馬行 一鉤新月照溪明 縈回屢渡溪中月 溪月相隨曲曲清
   踏月歸時霜滿天 衣巾餘馥菊花筵 箇中別有醒心處 水樂鏘鏘太古絃

를 여러 번 건널 때 초승달이 인도해주니 반갑고 고맙기도 하려니와 여러 번 건너는 시내가운데 특별히 물 흐르는 소리가 좋은 곳에서는 물소리가 거문고 음악으로 들린다는 것 아니던가? 그리고 그 어스름한 달빛마저도 국화 꽃에 내려앉아 있을 때 그 달빛을 밟고 오다 보니 옷에 온통 가을의 국화향이 진하게 배어 남아있더라는 것이다. 이렇게 시각과 청각과 취각이 멋지게 표현된 것이 달리 어떤 것이 있을까? 도연명의 시보다도 더 멋지게 느껴지지 않는가? 아마도 퇴계는 이 시를 술을 마신 그날 밤에 썼을까 그 다음날 썼을까는 모르지만 시를 쓰는 그 때까지도 가을의 국화향을 느끼고 있었을 것임에 틀림없다. 이렇게 술을 마시는 것은 높은 경지라 할 것이다.

그런데 우리 민족이라면 술 마다하는 남자들이 열에 한 두 명 있을까, 모두 술을 좋아하고 술을 마시고 놀기를 좋아하는 것 같다. 우리가 들은 대로 아득한 옛날 중국에서 의적(儀狄)이란 사람이 어느 날 물에 담근 기장에서 향긋하고 달콤한 냄새를 맡게 되었는데, 그 냄새에 이끌려 맛을 보니 그때까지 맛보지 못한 고상한 맛이어서 여기서 곡식으로 술을 담그는 법을 생각해 냈다는 고사가 있는 것을 보면, 원래 술이 맛이 있는 것일 터. 다만 당시 임금인 우(禹)가 그 술을 받아 마시다가 취해 잠이 들었다가 깨어나서 다시는 술을 만들지 말라고 했다는 고사를 보면 원래부터 술을 맛이 있는데 많이 먹으면 안 되는 것이고 적당히 먹더라도 바른 법도를 지키라는 것인데 문제는 그게 말대로 뜻대로 잘 안된다는 거다. 술을 좋아하는 대한민국의 남성이라면 누구나 다 잘 알고 있다,

퇴계도 술을 좋아하신 모양이다. 도연명(陶淵明)의 시에 운을 맞추어 쓴 시가 전한다(운을 미리 보는 듯에서 원문을 먼저 읽는다) ;

酒中有妙理	술 가운데 묘한 이치 있다고들 하지만
未必人人得	사람마다 반드시 다 얻지는 못한다네
取樂酣叫中	취하여 고함치며 즐거움을 구하는 건
無乃汝曹惑	그대들이 유혹에 넘어간 것 아닌가
當其乍醺醺	잠시 잠깐 거나하게 취기가 올라오면
浩氣兩間塞	하늘과 땅 사이에 호연지기 가득차서
釋惱而破吝	온갖 번뇌 풀어 주고 인색한 맘 녹이나니
大勝榮槐國	괴안국의 영화보다 훨씬 더 나으리라 [173]

.....和陶集飮酒 二十首 《도연명집(陶淵明集)》에 실린 <음주>에 화운하다

특히나 젊을 때에는 술이 좋아 취한 적이 있었다고 한다. 나중에 제자들에게 한 말이 퇴계의 언행록에 전해오고 있다;

선생은 일찍이 말하기를,

"내가 젊었을 때에 숙부 송재공(松齋公)을 따라 영가(永嘉 안동)에 가 있었다. 하루는 여러 사람들과 들에 사냥하러 나갔다가 술에 취하여 말에서 떨어졌다. 술이 깨자 통렬히 자신을 질책하였고, 그로부터 스스로 술을 경계하는 생각을 잠시도 잊지 않았다. 지금 와서 생각해도 두려운 마음이 마치 어제 일 같다."

하였다. -김성일-

그리고는 기생들도 나오는 술자리에서 기생들을 보며 술과 기생에 혹 해서 넘어가는 자신을 보고는 그렇게 자신을 잃어버린 것이 곧 자신이 망가지는 첩경임을 깨달았다고 한다;

---

173) 순우분(淳于棼)이라는 사람이 오래된 괴수(槐樹) 아래서 술에 취해 잠깐 잠이 든 사이에, 괴안국(槐安國)에 들어가 왕의 부마(駙馬)가 되고 30년 동안 남가 태수(南柯太守)를 맡아 부귀영화를 다 누리는 꿈을 꾸었는데 깨서 보니 자기가 노닐던 곳이 바로 뜰 앞 큰 괴목(槐木) 아래였고 그곳에 개미굴이 있어 개미들이 드나드는 것이 보였다 한다. 남가일몽(南柯一夢)이란 고사어가 이것이다.

선생은 말하기를 "...한번은 의정부의 사인(舍人)[174]이 되어 노래하는 기생이 눈앞에 가득했을 때, 문득 한 가닥 기쁜 마음이 생김을 깨달았다. 이 조짐은 살고 죽는 갈림길이니, 어찌 두려워하지 않을 것인가."
하였다. -김성일-

　퇴계가 젊을 때에 술을 좋아하고 가무음곡이 있는 자리에서 즐거워한 것은 여느 남성과 같다고 하겠지만 중요한 것은 그렇게 그것이 잘못된 것임을 느끼고는 그러한 술 습관을 버렸다는 것이다. 퇴계가 벼슬을 하던 때에는 벼슬길에 막 들어서는 신참에 대한 면신례(면신례), 곧 신참신고식의 폐단이 아주 극심하던 때였다.

　○ 새로 급제한 사람으로서 삼관(三館)[175]에 들어가는 자를 먼저 급제한 사람이 괴롭혔는데, 이것은 선후의 차례를 보이기 위함이요, 한편으로는 교만한 기를 꺾고자 함인데, 그 중에서도 예문관(藝文館)이 더욱 심하였다. 새로 들어와서 처음으로 배직(拜職)하여 연석을 베푸는 것을 허참(許參)이라 하고, 50일을 지나서 연석 베푸는 것을 면신(免新)이라 하며, 그 중간에 연석 베푸는 것을 중일연(中日宴)이라 하였다. 매양 연석에는 성찬(盛饌)을 새로 들어온 사람에게 시키는데 혹은 그 집에서 하고, 혹은 다른 곳에서 하되 반드시 어두워져야 왔다. 춘추관과 그 외의 여러 겸관(兼官)을 청하여 으레 연석을 베풀어 위로하고 밤중에 이르러서 모든 손이 흩어져 가면 다시 선생을 맞아 연석을 베푸는데, 유밀과(油蜜果)[176]를 써서 더욱 성찬을 극진하게 차린다. 상관장(上官長)[177]은 곡좌(曲

---

174)　조선시대 의정부 정4품의 관직. 정원은 2인이다. 하위의 검상(檢詳, 정5품)과 사록(司錄, 정8품)을 지휘하면서 실무를 총괄하였다. 중요 국사에 왕명을 받아 삼의정(三議政)의 의견을 수합하고 삼의정 또는 의정부당상의 뜻을 받들어 국왕에게 아뢰는 등 국왕과 의정부의 사이에서 중요한 임무를 담당하였다.

175)　조선 시대에, 문서를 다루는 일을 맡아보던 세 관아. 홍문관, 예문관, 교서관을 이른다.

176)　밀가루를 꿀ㆍ참기름으로 반죽하여 식물성 기름에 지져 꿀에 담가 두었다가 먹는 과자.

177)　삼관(三館) 풍속에는 남행원(南行員 조상의 덕으로 하던 벼슬아치)이 그 두목을 상관장(上官長)으로 삼아 공경해서 받들었다.

坐)¹⁷⁸⁾하고 봉교(奉敎) 이하는 모든 선생과 더불어 사이사이에 끼어 앉아 사람마다 기생 하나를 끼고 상관장은 두 기생을 끼고 앉으니, 이를 '좌우보처(左右補處)'라 한다. 아래로부터 위로 각각 차례로 잔에 술을 부어 돌리고 차례대로 일어나 춤추되 혼자 추면 벌주를 먹였다. 새벽이 되어 상관장이 주석에서 일어나면 모든 사람은 박수하며 흔들고 춤추며 〈한림별곡(翰林別曲)〉을 부르니, 맑은 노래와 매미 울음소리 같은 그 틈에 개구리 들끓는 소리를 섞어 시끄럽게 놀다가 날이 새면 헤어진다. .... 『용재총화』제4권

성현(成俔,1439~1504)이 『용재총화』에 기록한 이러한 세태는 연산군 때인 1500년 전후의 일이지만 퇴계가 벼슬을 시작한 것이 1534년이므로 불과 30년 후에 그것이 개선되지 않고 그대로 전해져왔을 것이기에, 퇴계로서는 이러한 신진 사대부 벼슬아치들의 제멋대로의 민폐, 관폐를 참아내기가 힘들었을 것이다. 특히나 이런 자리에서 불렀다는 〈한림별곡〉이란 노래를 보면 요즘 말로 하면 다들 '우리 잘났다' 이고 '이런 잘난 우리가 좀 노는 것 부럽지 않은가?' 이런 식이었다. 6장의 노래는 이렇다;

아양이 튕기는 거문고, 문탁이 부는 피리. 종무가 부는 중금.
명기 대어향과 최우의 애첩이요 명기인 옥기향 둘이 짝이 되어 뜯는 가얏고.
명수 김선이 타는 비파 · 종지가 켜는 해금 · 설원이 치는 장고.
아! 병촉 야유하는 광경, 그것이야말로 어떻습니까?
명기 일지홍이 비껴대고 부는 멋진 피리 소리를,
아! 듣고야 잠들고 싶습니다.

---

178) 윗사람 앞에 앉을 때에 공경하는 뜻으로 마주 앉지 아니하고 옆으로 조금 돌아앉음.

실제로 그보다 20여 년 전인 1520년 조선의 문신 이행(李荇 1478 ~1534)이 증고사(證考使)[179] 자격으로 호남 지역을 갔을 때 전주부윤이 마련해 준 술자리에서 흥이 최고조에 이르자 관료와 기생이 모두 일어나 <한림별곡>을 불렀다는 기록을 그의 문집인 『용재집』에 남기고 있다. <한림별곡>은 창작된 것이 13세기 초 고려 고종 때로 추정되고 있어 근 200년 동안이나 귀족인사들의 연회에서 사랑받았음을 알 수 있는데 흥이 최고조에 올랐을 때 다 같이 일어나 함께 이른바 '떼창'을 했다 하니 그 광경이 어떠했을까? 퇴계는 시와 노래를 인격 수양과 학문 연마의 수단으로 여기는 분이기에 이러한 한림별곡류가 대변하는 교만하고 방탕한 기풍, 남녀가 비루하게 희롱하며 어울리는 점을 마땅하지 않게 여겼을 것이다. 그것 때문에 새로운 노래 <도산 십이곡>을 만들었다고 밝히고 있다;

> 〈도산십이곡〉은 도산 노인이 지은 것이다. 노인이 이 곡을 지은 것은 무엇 때문인가. 우리 동방의 노래는 대부분 음란하여 족히 말할 것이 없다. 한림별곡(翰林別曲)과 같은 유(類)는 글하는 사람의 입에서 나왔으나, 교만하고 방탕하며 겸하여 점잖지 못하고 장난기가 있어 더욱 군자(君子)가 숭상해야 할 바가 아니다. 오직 근세에 이별(李鼈)의 6가(歌)가 세상에 성대하게 전하니 오히려 그것이 이보다 좋다고는 하나, 그래도 세상을 희롱하고 불공(不恭)한 뜻만 있고, 온유돈후(溫柔敦厚)한 내용이 적은 것을 애석하게 여긴다.
> 노인(老人)은 평소 음률(音律)을 알지는 못하나 그래도 세속의 음악은 듣기를 싫어하였다. 한가히 살면서 병을 돌보는 여가에 무릇 정성(情性)에 감동이 있는 것을 매양 시로 나타내었다. 그러나 지금의 시는 옛날의 시와 달라서 읊을 수는 있어도 노래하지는 못한다. 만약 노래하려면 반드시 시속말로 엮어야 되니, 대개 나라 풍속의 음절이 그렇게 하지 않을 수가 없는 것이다. 그래서 내가 일찍이 이 씨의 노래를 모방하여 도산 6곡이란 것을 지은 것이 둘이니, 그 하나는 뜻을

---

179) 왕자나 왕손 등의 태(胎)를 묻을 곳을 찾기 위하여 파견하는 임시 벼슬. 또는 그 벼슬아치.

말함이요, 그 하나는 학문을 말한 것이다. 이 노래를 아이들로 하여금 조석으로 익혀서 노래하게 하여 안석에 기대어 듣기도 하고, 또한 아이들이 스스로 노래하고 춤추고 뛰기도 하게 한다면 거의 비루한 마음을 씻어버리고, 감화되어 분발하고 마음이 화락해져서 노래하는 자와 듣는 자가 서로 유익함이 있을 것이라 본다.

..... 퇴계선생문집 제43권 / 발(跋) 도산십이곡 발(陶山十二曲跋)

도산십이곡 중에 몇 곡을 현대의 우리 말로 불러보면

전(前)6곡 중 3곡
예부터 내려오는 순박하고 좋은 풍속이 죽었다 하는 말이 진실로 거짓말이로구나.
사람의 성품이 어질다 하는 말이 진실로 옳은 말이로구나.
천하에 허다한 영재를 속여서 말씀할까.

후(後)6곡 중 2곡
벼락이 산을 깨쳐도 귀먹은 자는 못 듣나니
태양이 하늘 한가운데 떠 있어도 장님은 보지 못 하나니
우리 눈도 밝고 귀도 밝은 남자들이 귀먹고 장님같이 되지는 않으리라

후(後)6곡 중 5곡
청산은 어찌하여 만고(萬古)에 푸르며,
흐르는 물은 또 어찌하여 밤낮으로 그치지 아니하는가?
우리도 저 물처럼 그치지 말고 만고(萬古)에 푸르게 살아가리라.

이렇게 12개의 시조(時調)로서 맑은 자연 속에서 심성을 연마하고 공부를 게을리 하지 않아 삶을 잘 가꾸자는 노래를 한 것이다.

그렇게 젊을 때 한 때 술 마시고 노는 데에 잠시 즐거움을 느끼다가 곧 그 폐해를 알고 술을 삼갔기에 퇴계는 잦은 병 치례를 겪으면서도 술로 인한 큰 문제를 일으키지 않고 참 선비로서의 명성을 얻은 것임을 알겠다.

그런데 필자가 왜 새삼스럽게 퇴계의 술에 관한 일화를 꺼내는가 하면, 그 방계 후손인 필자가 그런 할아버지의 가르침을 잊어버리고 술로 인해 탈이 난 것을 후회할 수밖에 없는 상황이 된 때문이다. 얼마 전 술에 취해 정류장에서 집으로 가는 시내버스를 기다리다가 잠깐 조는 동안 의자에서 길 바닥으로 미끄러져 얼굴이 상했다는 것 아닌가? 퇴계 할아버지도 젊을 때 술 때문에 말에서 떨어지셨다고 하지만 그러고서는 곧 술을 적당히 절제하셨는데, 그 까마득한 후손이 나이 70이 다 되는 상황에서도 절제를 할 줄 모르고 술을 과하게 마시다가 이런 일을 겪었으니 그 얼마나 창피한 일인가?

이런 이야기를 하는 것은, 자신의 잘못을 인정하고 이제부터라도 술을 절제하겠다고 여러 분들 앞에서 공언을 하면 혹 나쁜 버릇이 고쳐지지 않을까 해서이다. 잘못한 것을 잘못했다고 고백해야 앞으로는 조심하지 않겠는가? 지금 아름다운 이름을 지켜도 모자랄 나이에 이게 무슨 작태인지... "퇴계 할아버지 죄송합니다!"

부부의 길

5월은 신록의 달이란 표현 그대로 모든 것이 파릇파릇, 새 생명들이 보여주는 잔치 속에 어린이 날, 어버이 날, 스승의 날 등 우리들이 한창 자라나는 삶의 과정 속에서 중요한 의미를 되새기는 날들이 이어지는 바람에 한 달을 정신 없이 보낸 것 같다. 그런데 달력에 빨간 표시가 없어서 아무 생각 없이 보내지만 중요한 날이 하나 있다. 바로 부부의 날이다. 부부의 날을 아시냐고 물으면 글쎄 얼마나 안다고 답할까 잘 모르겠지만 날짜로는 21일이다. 이 부부의 날은 한국에만 있는 날이다.

1995년에 창원에 사는 권재도 목사 부부가 처음 제안해서 2007년에 국가기념일이 됐으니 올해로 14회를 넘겼다. 왜 21일인가. 둘(2)이 하나(1) 돼 잘살자는 뜻이라고 한다. 부부의 날은 세계에 유례가 없고 우리나라만의 국가적인 기념일이 되었다는 데서 그만큼 우리 사회가 부부의 금실과 가정의 화목을 중요하게 생각한다는 뜻이다. 금실이라는 말은 '시경(詩經)'의 첫머리에 나오는 금슬(琴瑟)에서 유래된 말로서, 일곱 줄의 거문고라 할 금(琴)과 스물네 줄 거문고인 슬(瑟)이 같이 연주되면 더 이상 좋을 수 없다는 데서 나왔다. 금을 남성, 슬을 여성으로 비유하는 것도 감정과 생각이 남성보다 좀 더 풍부하고 섬세한 점을 감안하면 적절한 비유라고 생각된다.

비상/ 이경문 사진(부분)

부부의 중요성은 유교의 경전인 '중용(中庸)'에서 아주 중요하게 다루고 있다. 유교가 지향하는 떳떳한 인간, 곧 군자가 되기 위해서는 올바른 부부관계가 아주 중요하다고 12장에서 강조하고 있기 때문이다.

> "군자의 도(道)는 가장 많이 언급되지만 가장 드러나지 않는다. 부부의 문제는 누구나 알 수 있는 것 같지만 성인이라도 그 끝을 알 수 없고, 부부의 행실도 누구나 할 수 있는 것 같지만 성인도 그 지극함까지 가기는 어렵다."[180]
> 그러므로
> "군자의 도는 부부 사이에서 그 실마리가 만들어지고 지극히 하면 천지에 밝게 드러나게 된다"는 것이다.[181]

---

180)   君子之道 費而隱 夫婦之愚 可以與知焉 及其至也 雖聖人 亦有所不知焉 夫婦之不
        肖 可以能行焉 及其至也 雖聖人 亦有所不能焉 ....《中庸》第12章 君子之道費而隱

181)   君子之道 造端乎夫婦 及其至也 察乎天地

그런데 이러한 성인의 가르침에다 기념일 지정이라는 배려에도 불구하고 현실은 그렇지 않다. 이혼이 부부 문제의 구체적 표출이라면 우리나라의 이혼율이 놀랍기만 하다. 우리나라는 2020년 9월 한 달 동안 9,536건의 이혼이 발생하는 등 한 해 10만 건 이상의 이혼이 이뤄지고 있는 것이다. 이는 경제협력개발기구(OECD) 회원국 중에서도 그렇고, 아시아에서도 자랑스럽지 않은 1위이다. 이혼 사유로는 성격 문제가 첫째이고, 둘째가 경제적인 문제라고 하니 돈보다는 부부 두 사람이 마음을 합치지 못한 때문으로 분석할 수 있겠다. 그렇게 이혼을 하고 나면 새로운 가정을 맺기가 어렵고 또 새 가정을 찾아간 후에 과거 결혼에서 생긴 자녀들이 결혼의 방해가 된다며 이런 저런 학대 내지는 그 이상의 범죄로 이어지는 사례도 많고, 홀로 남겨진 보호자가 생활고로 동반 자살을 택하는 경우도 많아 심각한 사회문제가 된 지 오래다.

부부 이야기를 하자면 퇴계 이황을 빼놓을 수 없다. 우리가 추앙하는 유학자요 선비인 퇴계는 평생 두 번 결혼을 했지만 모두 행복한 편은 못 되었다. 21세 때 동갑인 김해(金海) 허씨(許氏)와 결혼을 했는데 27세 때 둘째 아들을 출산한 후 한 달 만에 세상을 떠나 퇴계는 갓난아기인 둘째 아들과 5살인 맏아들의 양육 문제 등으로 많은 고통을 겪었다. 허씨 부인과 사별한 지 3년이 경과한 30세에 안동 권씨와 재혼을 했으나 그 부인은 정신이 혼미해 갖은 실수를 저질렀다. 그러나 17년 후 부인이 세상을 뜰 때까지 결코 내색을 하지 않고 온갖 집안일을 잘 꾸려나갔다.

제자 이함형(李咸亨)이 부인과 사이가 안 좋아 얼굴도 마주치지 않는다는 소리를 듣고는 집으로 돌아가는 제자에게 편지를 건넸다.

"내가 일찍이 두 번 장가를 들었는데 하나같이 심한 불행을 당하였네. 그러나 이러한 처지에서도 마음을 감히 스스로 박하게 갖지 않고 잘 처리하는 데 힘을 쓴 지가 수십 년이 되었네. 그 사이에 극도로 마음이 번거롭고 생각이 산란하여 어지럽고 고민스러움을 견디기 어려웠으나, 어찌 감정만 좇아 큰 인륜을 무시하여 홀어머니께 근심을 끼칠 수가 있겠느냐." "부인의 성질이 나빠 교화하기 어려운 경우도 있고, 못생기고 슬기롭지 못한 경우도 있고, 남편이 광포하고 방종하여 행실이 없는 경우도 있는데 그러나 (…) 모두 남편에게 달려 있네. 남편이 반성하여 자신에게 책임을 돌리고 노력하여 잘 처신해 부부의 도리를 잃지 않는다면 대륜(大倫)이 무너지는 데 이르지는 않을 것이네."

집으로 돌아온 이함형은 선생의 편지를 부인과 함께 눈물로 읽었다. 그날부터 이 내외는 누구보다도 금실이 좋은 부부가 돼 화목한 가정을 이루었다고 한다.

우리는 예로부터 삼강오륜을 지켜야 한다고 배워 왔다. 삼강(三綱) 중에는 부위부강(夫爲婦綱)이 있는데 이를 흔히 '아내는 남편에게 복종해야 한다'는 뜻으로 풀고 있고, 오륜(五倫)에 있는 부부유별(夫婦有別)도 '아내는 남편의 하는 일에 간섭하지 말아야 한다'는 뜻으로 풀이해 마치 삼강오륜이 남녀평등에 어긋나는 구(舊)시대의 가르침인 양 무시하는 경향이 있다. 그러나 참뜻은 '남편은 아내의 강(綱)이 된다'는 것인데 강(綱)은 그물망을 이끄는 굵은 줄(벼리)을 의미하는 만큼 남편과 아내가 서로 마음이 잘 맞아 이끌고 당기며 긴밀하게 협업해야 좋은 고기를 잡을 수 있다는 것이 바른 해석일 것이다. 부부유별도 '부부는 별(別)이 있어야 한다'는 것으로, 가장 가까운 사이라 할 남편과 아내도 서로 예의를 잃으면 안 된다는 가르침으로 보아야 할 것이다.

5월이 지나가면서 파릇파릇하던 잎들이 점점 강해지는 햇살을 받아 진녹색, 검은 녹색으로 변하고 있고, 뜨거운 햇살에 풀과 나무들이 지쳐 가고 있다. 남녀의 결혼도 시간이 지나면서 신혼 초기의 달콤함이 어느새 현실 속에서 점점 쓴 고생으로 바뀌어간다고 느끼겠지만 고생은 또 다른, 더 좋은 기쁨을 위한 거름이라고 생각하면 이런 고생을 이기지 못할 이유가 없다. 아시아 최고의 이혼율, 이로 인한 자녀의 방황 및 가정의 붕괴라는 부끄러운 현실에서 부부 사이는 남편 하기 나름이라는 퇴계의 가르침이 다시 큰 울림으로 다가온다. 가정의 달 5월을 넘어서면 한 여름 더위가 시작되는 6월인데, 그것을 잘 참으면 다시 가을이 오고 겨울이 온다는 것을 잊지 말자. 생물들은 무더운 여름을 잘도 참으니 시원한 가을을 맛볼 수 있는 것이라면 우리의 부부들도 남편 아내 서로 이해와 배려와 사랑으로 서로의 문제를 잘 극복해서, 두 사람만이 아니라 자식들이 가져다주는 가정의 기쁨과 행복까지를 함께 다 즐길 수 있기를 기대해본다.

사람으로서 차마

조선조 중기 중종 명종 대에 살았던 퇴계는 평생 올바른 인간의 도리를 추구하며 학문과 수양, 교육을 게을리하지 않아 마침내 최고의 유학자로 추앙받고 있지만 개인적으로는 가족, 자손들의 건강 문제로 많은 어려움을 겪은 것으로 알려지고 있다. 퇴계는 자신이 공부하는 과정에서 큰 아들 준(寯)에게 제대로 아버지로서의 정을 주지 못한 때문인 듯 41살 때 얻은 맏손자 안도(安道1541~1584)에게는 할아버지로서의 관심과 사랑을 쏟으며 공부를 게을리하지 않도록 편지로 수시로 훈육하였다. 5살 때 천자문을 손수 써서 가르쳤고, 그 다음 효경을 읽게 하여 효도 등 지켜야 할 도리를 일깨웠으며, 14세가 되자 논어 등 경전을 익혀 세상의 이치를 깨우치도록 했다. 20대에 이른 손자를 위해 옛 성현의 훌륭한 글 39편을 가려 뽑고 손수 써 책을 만들고 잠명제훈(箴銘諸訓)이라 제목을 붙인 일도 유명한 일화이다. 손자와 떨어져 살 때는 편지로 교육했다. 손자가 15세 되던 시점부터 편지를 보내 잘못이 있으면 타이르고 훈계하여 스스로 깨닫도록 하였다. 그가 쓴 편지 3000여 통 가운데 맏손자에게 16년 간 보낸 편지가 150여 통이라니 놀랍다. 더구나 편지마다 지혜와 통찰이 가득 담겨 있다

퇴계상/유학박물관

손자 안도는 퇴계가 68세 때인 1568년 3월에 아들, 곧 퇴계의 증손자를 낳았는데, 퇴계는 그 소식을 듣고 이루 말활 수 없이 기쁘다며 직접 수창이란 이름을 지어 한 달 후에 편지를 보내주었다.

그런데 이때는 안도가 성균관에 유학을 하기 위해 한양의 처가에 있을 때인데, 안도의 아들이 태어나고 얼마 있지 않아 둘째가 들어서게 되자 엄마의 젖이 끊어져 당장 젖을 못 받아먹게 된 아들의 건강이 급속히 나빠졌다고 한다. 증손자가 자주 설사를 하는 등 건강이 나빠다는 소식을 들은 퇴계는 손자 앞으로 편지를 보내어 걱정을 많이 하면서 필요한 조치를 알려주곤 했다. 당시 증손자는 다른 음식은 안 되고 오로지 젖을 먹어야만 겨우 나아지곤 했기에 고민을 하던 안도는 안동의 할아버지 집에 마침 딸을 낳은 여종이 있어 그 여종을 서울로 불러 아들에게 먹이자고 안사람들끼리 의논한다. 소식을 알게 된 퇴계는 고민을 하지 않을 수 없었다. 당시 여종도 아이를 출산한지 몇

달이 지나지 않은 데다 젖도 역시 많이 나오지 않아 그 딸도 건강이 좋지 않은 상태였기 때문이다. 고심 끝에 서울의 손자에게 3월에 이어 4월에 편지를 보낸다;

여종을 보내지 않으려고 하는 것은 아니다. 생후 몇 개월밖에 되지 않은 자기 아이를 버려두고 올라가게 할 수는 없는 것이 아니냐. 그렇다고 데려가게 할 수도 없고, 더욱이 여종은 병으로 젖이 부족해서 자기 아이도 제대로 키우지 못할 형편이라고 하더구나. 이 때문에 너무 곤란해서 이러지도 저러지도 못하고 있는 것이다(1570년, 3월4일).

듣자하니 젖을 먹일 여종이 태어난 지 서너 달 된 자기 아이를 버려두고 서울로 올라가야 한다고 하더구나. 이는 그녀 아이를 죽이는 것과 다름이 없다. <근사록>에서는 이러한 일을 두고 말하기를, "남의 자식을 죽여서 자기 자식을 살리는 것은 매우 옳지 않다."라고 하였다. 지금 네가 하는 일이 이와 같으니, 어쩌면 좋으냐. 서울 집에도 반드시 젖을 먹일 여종이 있을 것이니, 대여섯 달 동안 함께 키우게 하다가 8~9월이 되기를 기다려 올려 보낸다면, 이 여종의 아이도 죽을 먹여서 키울 수 있을 것이다. 이렇게 한다면 두 아이를 모두 살릴 수 있을 것이니, 매우 좋은 일이 아니겠느냐...자기 아이를 버려두고 가게 하는 것은 사람으로서 차마 못할 노릇이니, 너무나 잘못된 일이다 (1570년, 4월5일).

퇴계는 이 대목에서 맹자가 말한 '차마 하지 못하는 마음(不忍人之心)'이란 표현을 차용했다. 그래서 여종이 아이가 죽을 먹고 자립을 할 수 있을 때까지라도 여종의 서울행을 연기하는 방안을 제시하면서 증손자의 병이 꼭 젖을 못 먹어서 생긴 병이 아닐 수 있으니 다른 방도를 찾아보자고 제안하기도 하였다. 그러나 온 집안의 걱정에도 불구하고 증손자 수창은 5월23일에 죽고 만다. 안도는 차마 퇴계에게 증손자가 죽었다는 말을 못하였고 퇴계는 그 소식을 사돈(안도의 장인)으로부터 듣게 되어 망연자실한다;

지금 네 장인의 편지를 받아보니, 창아가 병을 앓던 과정을 소상히 적어 놓았더구나. 마치 눈으로 직접 보는 듯해서 너무도 가슴 아프다. 의원과 약으로도 치료할 수 없었다면 실로 천명이라 해야 할 것이다. 어찌하겠느냐. 아무쪼록 너는 이렇게 생각하고 마음을 편안히 가지거라.(1570년, 6월14일)

이렇게 위로를 했지만 퇴계의 속마음은 끊어졌을 것이다. "어찌해야 하겠느냐?"라는 퇴계 편지의 표현에는 이러지도 저러지도 못하는 난처함, 한편으로는 끝내 여종을 보내주지 못한 데에 대한 미안함, 이런 상황에서 자신이 그렇게 할 수 밖에 없는 안타까움이 다 녹아있다. 자기 증손자를 살리려고 여종의 딸아이의 목숨을 거는 것은 사람으로서 차마 하지 못할 일이었다는 것이었다. 이 부분, '사람으로서 차마 하지 못하는 것'이야말로 맹자 이후 유학자들이 공유하는 가치였던 것이다.

맹자가 말했다.

"사람들은 누구나 차마 남의 고통을 외면하지 못하는 마음(不忍人之心)을 가지고 있다. ...만약 지금 어떤 사람이 문득 한 어린아이가 우물 속으로 빠지게 되는 것을 보게 된다면, 누구나 깜짝 놀라며 측은하게 여기는 마음을 가지게 된다. 그렇게 되는 것은 어린이의 부모와 교분을 맺기 위해서가 아니고, 마을 사람과 친구들로부터 어린 아이를 구했다는 칭찬을 듣기 위해서도 아니며, 어린 아이의 울부짖는 소리가 싫어서 그렇게 한 것도 아니다. ....《맹자》, 〈공손추 상〉

사람으로서 차마 하지 못하는 마음, 이런 생각은 꼭 유교에서만이 아니라도 인간 세상에서는 어찌 보면 당연한 생각일 것이다. 그러나 정작 당사자가 되어 당신의 증손자의 목숨을 잃을지도 모르는 결정을 하는 것은 정말로 쉽지 않은 일이다. 그런 인내와 고통을 감수한 데서 퇴계의 위대함이 나타난다고 하겠다. 여종의 자식이건 당신의 손자이건 같은 생명이라는 생각, 그것이 곧 공자 이후 유학에서 말하려는 진정한 가르침이며 지금으로 말하면 인간은 평등하다는 생각의 구체적 실천이다. 퇴계는 그 가르침을 피눈물 나는 고통을 참으며 몸소 결정하고 보여준 것이다.

네모난 연못

　서울의 궁궐을 가건 시골을 가건 우리나라 연못은 대부분이 네모나게 조성되어 있다. 연못을 네모나게 만든 다음 그 가운데에는 동그랗게 섬을 만든다. 이런 형식을 원도방지(圓島方池)라고 한다. 사각형 연못 가운데 둥근 섬이란 뜻이다. 원래 옛날 사람들은 하늘은 둥글고 땅은 네모나다고 생각했다. 한자말로 천원지방(天圓地方)이라고 한다. 그 개념이 응용된 거다. 그래서 정원 안에 둥근 섬을 만들고, 연못은 네모나게 판다.

　이런 네모난 연못이 우리나라에만 있는 것은 아니다. 다만 우리나라 사대부, 혹은 선비들은 네모난 연못을 좋아했다. 그 연원을 따라가 보면 뜻밖에도 성리학의 완성자로 우리가 흔히 주자(朱子)라고 부르는 송나라 주희(朱熹 1130~1200)가 나온다. 주자의 다음과 같은 시를 눈여겨 보자;

半畝方塘一鑑開　　조그만 네모 연못이 거울처럼 열리니
天光雲影共徘徊　　하늘빛과 구름 그림자 그 안에 떠 있네
問渠那得淸如許　　이 연못이 이리 맑은 까닭은 무엇인가?
謂有源頭活水來　　그것이 샘이 있어 맑은 물이 솟아나오기 때문이지
(朱熹, 『朱子大全』卷1, 「觀書有感」)

창덕궁 후원 주합루

　　시 제목은 '책을 보다가 생각난 것'이지만 여기서 책을 보았다는
것은, 책을 읽으며 우주의 원리를 생각했다는 뜻이다. 우리가 오해하
고 있는 것 중의 하나는 성리학을 단순히 유학의 하나로 생각하는 것
이다. 그런데 성리학은 사실은 철학이다. 철학이란 존재의 근원을 캐
들어가는 학문이 아니던가? 즉 당시 불교계에서 삶이란 무엇이고 인
간은 어디서 와서 어디로 가는가를 연구하고 그 존재의 실상을 '깨닫
는' 기풍이 짙어지자 유학에서도 그런 쪽으로 생각을 많이 하게 되어
등장한 것이 성리학(性理學), 곧 이치를 깊게 생각하는 학문이다. 주희
는 당시까지 송나라의 선배들이 생각해 온 그런 세상의 이치를 더욱
깊게 생각하고 이를 집대성, 내지는 완성한 사람이다. 여기서 네모난

232

연못에 비치는 하늘빛과 구름 그림자는, 자신의 마음에 비친 이 세상의 모든 존재를 의미하는 것이고, 그 호수에 맑은 샘물이 계속 나온다는 것은 마음을 맑게 해주는 자신의 이성적 성찰을 의미한다고 할 수 있다. 즉 네모난 연못은 세상의 온갖 존재와 현상을 비춰보고 그것을 받아들이는 자신의 마음을 의미한다고 할 수 있다. 그런 이치를 생각하다 문득 깨달으니 눈 앞의 조그만 호수물 속에 자연의 온갖 현상이 비치어 자연의 이치를 활연히 깨달은 후의 기쁨이 넘친다는 것이다.

조선시대 성리학이 주류를 이루면서 우리나라의 학자들의 이상은 주자와 같이 성리학으로 세상의 이치를 규명하고 통달하는 것이었다. 우주의 원리를 다 알면 사람은 무엇 하나 걸림돌이 없는 활연히 넓은 세계를 깨닫고 몸과 마음이 자유로워질 수 있다. 옛 선비들의 목표가 그것이었다. 그러기에 그들은 어려서부터 주자가 다시 쓴 대학과 중용 해설서를 읽으면서 주자가 생각한대로 우주와 자연을 파악하고 거기에서 그 우주를 관통하는 선비들의 온전하고도 철저한 정신세계에 도달하려고 애를 썼다. 그러다 보니 그들이 깨닫는 성리학의 본질도 주자가 생각했던 것과 차이가 있을 수 없다. 다만 세상의 현상과 원리 사이에 어느 것이 더 중요하고 본질적인가를 서로 규명하려고 함에 따른 차이가 있었던 것 같다.

주자를 누구보다도 존경하고 그 경지에 이르고 싶어했던 퇴계 이황(李滉,1501~1570)도 그러한 마음의 바램을 시로 나타내었다;

活水天雲鑑影光	거울 같은 활수에 하늘빛 구름 그림자 비추니
觀書深喩在方塘	책을 보다가 깊이 깨달음이 네모난 연못에 있었네
我今得在淸潭上	나도 지금 맑은 못 위에서 뜻을 얻으니
恰似當年感歎長	주자의 당년에 감탄하던 것과 흡사하네

.....이황, 천운대(天雲臺)

이 시의 제목이 '천운대'라는 것을 주목해 보자. 바로 주자의 시에 있는 천광운영(天光雲影)을 줄여서 쓴 것이다. 조선 선비들은 산골에 정자를 짓고 물이 흐르는 것을 보면서 철학을 심화시켰는데, 자기가 앉아있는 정자 옆에 높은 벼랑이 있으면 천운대라고 이름을 붙여놓는다. 요즈음 천 원짜리 지폐 뒷 그림으로 올라가 있는 겸재(謙齋) 정선(鄭敾,1676~1759)의 계산정거도(溪山靜居圖)가 바로 그런 것이다. 퇴계가 58세 때 주자서절요라고 하는 중요한 책을 편찬하는 작업을 할 때의 모습을 그린 이 그림에서 보면 양쪽에 천운대와 같은 두 개의 큰 바위가 보이고 그 가운데 있는 집에서 퇴계가 독서하고 있는 모습이다. 나중에 퇴계는 이곳에서부터 더 넓은 지역으로 옮기고 거기에 도산서당을 짓는데, 그 주변의 전망대 한 곳을 천광운영대, 줄여서 천운대라고 불렀다. 위 천운대라는 시는 바로 그 때 쓴 시일 것이다.

퇴계만이 아니다. 퇴계와 세상의 이치에 대해 편지로 끊임없이 토론을 했던 고봉(高峰) 기대승(奇大升,1527~1572)도 마찬가지이다. 기대승은 시 제목도 그대로 천광운영대이다.

滄波凝湛寫天光　　창파는 맑게 어려 하늘빛 비쳤으니
何似當年半畝塘　　당년에 반 이랑의 못과 어떠하뇨
固是靜深含萬象　　진실로 고요하고 깊어 만상을 함축하니
誰知溥博發源長　　넓고 넓어 발원이 유장함을 누가 알리오
..........기대승, 천광운영대(天光雲影臺)

이처럼 주희가 쓴 '네모난 연못'이란 시 속에 묘사된 정경은 그 뒤 조선 선비들의 사상적인 지향점이 되어 그들의 생활 곳곳에서 작용을 한다. 그들은 조그만 연못을 파고 정자를 만든 뒤 정자 이름도 이 시

에 나온 단어를 사용해서 짓는다. 이를 본 현대의 정원연구가들은 이러한 조선조 선비들의 경향을 '별서(別墅)'라는 개념으로 분류한다.

조선시대 옛 선비들이 세속의 명리를 버리고 학문과 사색의 공간으로 애용했던 별서이다. 별서는 대개 주인의 생활권역인 마을의 본가와 그리 멀지 않은 산수가 수려한 경승지에 위치하여 주변의 경관이 함께 어우러질 수 있도록 조성했다. 마을의 큰길을 벗어나 샛길로 들어서 숲을 돌아서면 문득 아늑하게 전개되는 별서! 계류를 끼고 있는 정자는 주변의 경관은 물론 그 소리까지도 오감에 의해 완상할 수 있도록 조성하였다.

계류는 자연 그대로를 최대한 이용하여 담장의 안팎 또는 건물 밑으로 물을 흐르게 하는 등 그 기법 또한 다양했다. 그리고 주인의 취향에 따라 이러한 계류를 이용하여 주위에 연못이 만들어졌다. 연못은 대부분 사각형으로서 그 가운데에 섬을 만들거나 연꽃이 심어진다. 여기에서의 섬은 선비들의 이상향, 연꽃은 군자의 덕목으로 상징되고 있다. 별서의 수목들은 주로 낙엽교목으로 사계의 계절감이 여실히 드러나도록 하였다.

이러한 별서의 운치를 더욱 돋구어주는 점경물로는 여러 가지 뜻의 글자를 새겨 넣은 자연석과 석가산 및 경석 등이 있다. 이렇듯 자연 속에 묻혀있는 별서는 일시적인 삶의 거처이기도 했으며 때로는 강학과 학문의 장소, 때로는 문학이나 시를 논하고 읊는 풍류공간이었다. ....'한국의 정원이야기' 중에서

경북 상주에 가면 천운재(天雲齋)라는 건물이 있다. 우리는 이미 이 '천운'이란 말이 천광운영의 준말임을 알았다. 이 건물은 이만부(李萬敷,1664~ 1732)라는 분이 서울에서 내려와 은거하면서 지은 서재 이름이었다. 이만부 선생이 주자의 이러한 경지를 얼마나 흠모했는지는 그 자신이 남긴 글에서 알 수 있다;

내가 일찍이(1700, 37세) 주선생(朱先生)의 시어(詩語)를 취하여 노곡당(魯谷堂)의 편액을 천운당(天雲堂)이라고 명명한 것은 앞에 작은 방당(方塘)이 있어 빛

과 그림자를 비출 수 있기 때문이다. 계곡이 무너질 때(1716, 53세) 연못에 모래와 돌이 매워져 버린 지 10여 년 동안 황폐(荒廢)하도록 버려두었다. 금년(壬辰, 1726, 63세) 여름 돌아와 구장(舊庄)에 거처하니 다만 천운소당(天雲小堂)만 있고 천운(天雲)의 실상은 없었다. 마침내 다시 황폐한 연못을 준설하고 물을 넣고 그것에 나가니 광영(光影)이 비로소 예전처럼 서로 머금고 하였다. 스스로 생각하기를 내 가슴 속에 만상(萬象)의 빽빽한 본체도 만약 물욕에 가려지게 되면 연못에 모래와 돌이 매워진 것과 무엇이 다르겠는가? 이에 연못을 준설하면서 내 마음의 허물을 체험하였으니 다스리지 않을 수 없다. 이에 주선생의 시를 취하여 매구에 한 두 글자를 바꾸고 벽에 걸어두고 자성을 자료로 삼는다.

浚鑿方塘一鑑開	준설하여 연못을 만드니 거울 하나 열리고
天光雲影更徘徊	하늘빛 구름 그림자가 다시 배회하네
問渠那復淸如許	묻노니 저 물은 어찌 다시 그렇게 맑은가?
猶有源頭活水來	오히려 원류에서 활수가 내려오기 때문이네

(李萬敷, 息山集卷之二)

강릉 선교장에 가면 활래정(活來亭)이란 정자가 있다. 바로 주자의 시 맨 마지막에 있는 '活水來'라는 말을 차용한 것이다. 맑은 물이 콸콸 솟아난다는 뜻이다. 조선조 정원의 네모난 연못과 그 곁의 정자, 거기에 붙인 이름들이 다 이 시에서 나온 것이고 이 시가 상징하는 도

(道), 곧 철학적인 깨달음의 경지를 의미하는 것임을 이 시를 통해서 알 수 있다.

충주에 가면 예전에 우륵이 가야금을 연주하던 탄금대가 있는데, 그 탄금대에 있는 육각의 정자의 이름이 천운정(天雲亭)이다. 조선 고종(高宗) 광무(光武) 7년(1903)에 충청북도 관찰사 김석규(金錫圭)가 육각정을 신축하고 정자 이름을 '天光雲影共徘徊'에서 따와 이름을 그렇게 지었다.

주자의 이 시가 얼마나 유명했던가 하면 방랑시인 김삿갓의 다음과 같은 일화에서도 알 수 있다.

> 김삿갓이 그 집을 나와 한참을 걸으니 시장기가 들어서 어느 집에 들어가 밥을 청하였다. 주인 아주머니는 집이 가난해 모반에 멀건 죽 한 그릇만 차려 가지고 나와서는 손님에게 변변치 못한 음식대접에 무척이나 무안해 한다. 김삿갓은 기가 막히지만 그 주인의 마음에 감사하며 시를 지었는데,
>
> 四角松盤粥一器 네모난 소나무 반에 죽 한 그릇이구려
> 天光雲影共徘徊 하늘빛과 구름 그림자 그 안에 떠 있네
> 主人莫道無顔色 주인은 무안하다는 말 하지 마세요
> 吾愛靑山倒水來 나는 청산이 물에 비치는 풍경을 좋아하노라

바로 주자의 시를 그대로 차용했음을 누구든 알 수 있다. 네모난 연못을 소나무 소반으로, 가운데의 둥근 섬이 죽 한 그릇으로 대칭되고 있다. 天光雲影共徘徊(하늘빛과 구름 그림자 그 안에 떠 있네)는 아예 그대로 사용되고 있다.

충북 괴산군에 가면 화양구곡(華陽九曲)이란 경승지가 있다. 1곡에서부터 경천벽(擎天壁) 운영담(雲影潭) 읍궁암(泣弓巖) 금사담(金沙潭) 첨성대(瞻星臺) 능운대(凌雲臺) 와룡암(臥龍巖) 학소대(鶴巢臺) 파

곳(巴串)의 9군데가 있는데, 2곡의 이름이 운영담이다. 이를 명명(命名)한 이는 우암 송시열의 제자인 권상하(權尙夏·1641~1721)인데, 우리는 이제 2곡의 이름이 왜 이렇게 붙여졌는지를 잘 안다. 맑은 물에 구름의 그림자가 비친다는 뜻아 아니겠는가? 곧 주자의 '천광운영(天光雲影)'이라는 시구에서 따온 것이 분명한 것이다.

성리학을 공부하지 않는 우리들이 이 시를 다 알아야 한다고 말하고 싶은 것은 아니다. 다만 우리들이 전통으로 알고 있는 것도 의외로 이런 시 하나, 글 하나가 계기가 되어 형성된 것이 많다는 것이다. 주자가 중국 무이산(武夷山)에서 무이구곡가(武夷九曲假)란 시를 짓자 그를 흠모해서 조선 각지에 구곡가가 생겨나고 그것을 병풍으로 그려 방안에 두던 것도 다 이에 기원한 것이란다.

평소에 지나치던 연못 하나를 보면서 그 속에 담겨있는 역사적인 사실들을 통해 옛 사람들의 정신세계를 들여다보는 것만으로도 충분히 재미있지 않은가? 네모난 거울에 비친 이 세상, 우주의 원리를 생각하면서 말이다.

옛 거울을 닦아

　사람이 살면서 진정으로 혼자 있는 시간은 별로 많지 않다. 집이란 곳에는 가족이 있어 늘 무슨 일이던 걸리게 되고, 혹 길을 떠난다고 해도 대개는 누구랑 같이 가고 목적지나 행선지도 정해져 있어서 그 시간표대로 움직이게 되므로 혼자 있는 시간은 별로 없다. 그렇기에 어떨 때 혼자서 떨어져 몇 시간을 보내야하는 경우가 생긴다면, 혼자 있는 데 대해 습관이 되어있지 않은 보통 사람들에게는, 여간 괴로운 일이 아닐 수 없다.

　무슨 말인가 하면 언젠가 부산에서 열리는 무슨 행사가 있어 거기에 참석하려고 부산을 내려갔다가 우연치 않게 4~5시간의 여유(?)가 생겼다. 행사 시작시간보다 4~5시간 먼저 도착한 것인데, 행사장에 미리 들어가면 주최 측에 짐이 될 것이어서 혼자서 시간을 때워보자고 결심하게 됐다. 그런데 그것이 보통 문제가 아니었다.

이런 나를 살려준 것이 책방이었다. 지하철에 내릴 때부터 보이던 책방이름이 적힌 간판이 시야에 들어온다. 단독건물인데다 층수도 꽤 있어 쉽지 않은 책방이다 싶었는데, 인문학술서적을 판다는 4층으로 올라가 보니 뜻밖에도 전국 주요대학에서 나온 책들이 모두 꽂혀 있다. 서울에서도 교보문고나 영등포서적 등 두 세 군데 밖에는 이렇게 전국 대학출판부의 책을 갖다놓지를 않는데, 이 국토의 한 귀퉁이라 할 부산의 서면에 왠 이런 좋은 서점이 있을까? 이런 생각을 하며 책장을 더듬어가 본다. 인문학에서부터 자연계에 이르기까지 혹 생활에 관한 정보까지 전국의 대학에서 나온 책들은, 일반 독자가 그렇게 많지도 않아서인지, 모처럼 알아주는 독자가 오니까 여간 반가워하는 눈치가 아니다. 모두 자기 얼굴을 잘 봐달라는 듯 제목이 윙크를 한다. 그 느낌과 표정은 어린 아이의 눈처럼 영롱하고 반짝인다. 그것을 보다 보니 한 30분은 금방 간다. 대충 허리도 아파오고 해서 뭐 보는 것은 그만두고 한 두 권이라도 사야지 하는 마음이 생길 즈음 『고경중마방(古鏡重磨方)』이란 책이 눈에 띈다. '고경중마방(古鏡重磨方)'이라니.... 옛 거울을 다시 닦는 방법이란 뜻일 텐데, 하고 들여다보니 퇴계 이황 선생이 편찬한 것이라고 한다. 전주대학교 문화총서 19번째 책으로 김성환 교수의 번역으로 1998년 3월에 출판됐다.

"아니 퇴계 선생이 이런 책도 편찬했나?"

이런 생각과 함께 책을 펴보니 이 책은 예로부터 선인들이 자신의 좌우명으로 삼고 행동과 사상의 거울로 삼은 명구들이 모아져 있다. 첫 머리에는 하(夏)나라의 포악한 걸(桀)왕을 몰아내고 은(殷)이란 새 나라를 세운 성탕(成湯)의 그 유명한

苟日新	참으로 어느 날 새로우면
日日新	날마다 새롭게 하고
又日新	또 날로 새롭게 하리라

라는 좌우명이 올라가 있다. 그 다음에는 하(夏)나라의 폭정을 무찌르고 새 왕조를 연 은(殷)나라도 주(紂)왕 시대에 다시 온갖 학정으로 민심이 이반하자 이를 무찌르고 주(周)나라를 연 무왕(武王)이 자신이 앉는 의자의 네 귀퉁이에 새겨놓았다는 <석사단명(席四端銘)>이란 것이 나오는데

安樂必敬	안락할 때 조심하면
無行可悔	후회할 일 없으니
一反一側	한번 일어나면 또 뒤집히는 것을
亦不可不志	생각지 않을 수야
殷鑑不遠	은나라 거울이 멀지 않다
視爾所代	네가 그 대신 아닌가?

라고 한다. 무서운 일이다. 이제 막 은나라를 쓰러트리고 새 왕조의 창시자가 된 왕이 바로 자신에게 망한 왕조의 교훈을 강조하며 안락에 빠지지 말고 조심하라고 경고를 내린다. 은나라가 우리에게 제공하는 흥망의 거울이 그리 먼 옛날 이야기가 아니라는 것이다.

이런 식으로 이 책에는 주로 중국사에서 취한 것이지만 70여 개의 주옥같은 좌우명들이 모여져 있다. 이 중에 가장 많은 것은 역시 퇴계의 정신적인 스승인 회암선생(晦庵先生), 곧 주자(朱子)의 좌우명이다. 모두 21개가 실려 있다. 퇴계가 주자를 얼마나 연구하고 그를 본받으

려 했는가를 여기서도 여실히 알 수 있다. 그 중에는 주자가 마흔 네
살이 되던 해에 남이 그려준 초상화를 보고 얼굴과 머리털이 벌써 초
췌해진 데 놀라 지은 <사조명(寫照銘)>이라는 게 있는데

端爾躬	몸가짐은 단정하게
肅爾容	용모는 엄숙하게
檢於外	바깥 일 조심하고
一其中	오로지 중심 잡아
方於始	시작한 그대로 힘써
遂其終	끝까지 밀고 가야지
操有要	그 요령을 잘 잡고
保無窮	무궁히 지켜가라

라는 것이다. 옛 사람의 기준으로 보면 조금 이르다 하겠으나 나이
사십에 벌써 자신의 일생을 돌아보고 처음 먹은 그 마음 그대로 뜻을
세워 흔들리지 않고 나가자는 스스로의 다짐이 새겨져 있다.

퇴계 선생의 연보를 뒤져보니까 선생이 이 모음집을 펴 낸 것이
59살 때인 1559년이다. 그 전 해에 왕의 부름을 받아 대사성과 공조
참판을 하다가 사직하고 고향인 안동에 물러가 있을 때에 쓴 것으로
보인다. 퇴계는 왜 이 교훈집을 편찬했을까? 회갑을 한 해 앞둔 시기
에 그동안의 인생에 대한 반추와 함께 점점 노골화되어 가는 당쟁의
소용돌이에 휘말리지 말고 학문의 길을 묵묵히 가야겠다는 다짐이었
을까?

'고경중마방(古鏡重磨方)'이란 책 이름도 주자의 시에서 따왔다고
한다. 주자가 임희지(林熙之)라는 사람을 전송하면서 쓴 시 가운데

古鏡重磨要古方　　옛 거울 다시 닦으려면 옛 방책이 필요한 것
眼明偏與日爭光　　눈이 환해져 햇빛과 밝음을 경쟁한다네

란 시 귀절에서 제목을 취하면서 답시를 썼다고 한다.

古鏡久埋沒　　옛 거울 오래 묻혀 있으면
重磨未易光　　거듭 닦아도 쉽게 빛나지 않으나
本明尙不昧　　본래 밝음은 어둡지 않은 것
往哲有遺方　　선철이 남긴 비방이 있다

人生無老少　　사람은 늙으나 젊으나
此事貴自彊　　이것은 결코 쉴 수 없는 것
衛公九十五　　위공도 아흔 다섯 나이에
懿戒存圭璋　　계를 세워 행하지 않던가.

이제 그 뜻이 조금 보인다. 나이가 아무리 들어도 선인들이 남긴 삶의 좌우명의 가치는 조금도 변하지 않는 법이니 이를 잘 익히고 그대로 따라야 한다는 가르침이자 스스로의 다짐이다. 바로 이런 연유로 조선왕조의 르네상스를 이끈 정조대왕도 태자를 가르칠 때에 무더운 여름이면 반드시 이 책을 강학했다고 한다. 조선 왕조 역대의 사적(事績)을 적은 역사책으로 고종 때에 완성한 『국조보감(國朝寶鑑)』에 따르면 정조대왕 때인 무오년(1798년), 우의정 이병모(李秉模)가 아뢰기를 "태자가 <고경중마방>을 강학한 이후 학문이 날로 발전하니 신은 참으로 기쁩니다"라고 말하니 정조는 "이 책은 퇴계 선생이 편집한 것이다. 열성조(列聖朝)에서 이 책을 높여오지 않은 바 없고 영조대왕 역시 이 책을 읽었고 경연(經筵)에서도 읽었고 성균관 유학자들은 달마다 세 차례씩 강론한 바 있다. 지금 날씨가 무덥기에 간단한 책을 찾고자 이 책을 강론한 것이다"라고 했다는 얘기가 전해온다.

그런데 이 책이 귀해진 모양이다. 이 책을 다시 펴낸 노상직(盧相稷)이란 사람은

> "자신의 집에 영변에서 간행한 것이 하나 있었는데, 멀리서 친구가 찾아올 때마다 항상 먼저 이 책을 내놓았고 받은 자는 이 책을 베껴간 지 벌써 수십 년이다. 그 어느 하루도 펼쳐보지 않은 적이 없어서 너덜너덜하여 볼 수가 없다. 이에 다시 간행하여 사방에서 이 책을 찾는 자에게 도움을 주고자 한다"

라고 다시 펴낸 경위를 밝히고 있다.

이제 마지막 무더위를 피해 집 안에 앉아 이 책을 펴보니 이 책을 펴낸 퇴계의 마음가짐과 정조대왕이 자식을 가르치며 가졌던 마음가짐이 느껴지며 삼가 마음이 바로 세워지는 느낌이다. 옛 사람들이 나이가 들면 들수록 나태하지 않고 더욱 마음과 몸을 바로 세우기 위해 이처럼 조심을 했구나 하는 생각과 함께 이들이 남긴 좌우명 하나하나가 그냥 지나쳐 보이지 않는다. 동방의 주자라는 둥 온갖 존경과 수식어가 따르는 퇴계 선생이고 그가 쓴 글이나 행적은 수없이 많지만 우리가 그의 가르침을 아는 것이 무엇이 있는가? 우리가 학교시간에 배운 주자학의 개론, 이기일원론이니 이기이원론이니 주기설이니 주리설이니 하는 것 외에 배운 것이 무엇인가? 그런 주자학의 최고봉인 성리학이 우리에게 얼마나 어렵게 전달되고 있는지를 우리는 다 알고 있다. 고등학교를 나온 누구도 그 뜻을 제대로 알고 있지 못한 현실에서 대유학자의 가르침이 무슨 의미가 있는가? 오히려 이 잠언집에서 볼 수 있는 가르침들, 인생의 긴 여정에서 나이가 먹어도 결코 자만하거나 게으름을 피우지 말고 검소하고 밝고 맑게 자신의 목표에 따라

살아가야 한다는 이 가르침 이상으로 우리에게 중요한 것이 무엇이 있겠는가?

　원래 선생의 학문은 평이하고 명백한 것이 특징이고 선생의 도덕은 정대하고 광명하다. 《국조명신록(國朝名臣錄)》의 묘사대로 꾸미지 않고 소박한 것이 선생의 문장이고, 가슴 속은 환히 트이어 '가을 달 얼음 항아리(秋月氷壺)'같았으며, 웅장하고 무겁기는 산악과 같고, 고요하고 깊기는 깊은 못 같다. 그러나 우리는 한문에 가려, 철학적인 면만을 앞세운 고등학교 윤리교과서에 가려 선생의 본 가르침을 접하지 못했다. 이 『고경중마방(古鏡重磨方)』이란 한 권의 책을 편찬한 그 마음을 만나는 것만도 쉬운 일이 아니었다.

　이 마지막 여름, 이미 가을이 노크하고 있는 이 시점에서 부산의 어느 서점에서 만난 한 권의 책이 참으로 좋은 가르침을 주고 있다. 어쩌면 그것은 나에게는 행운이었는지도 모른다. 어쩌다 생긴 몇 시간의 자유로운 외톨이 시간, 그 시간이 있었기에 부산 서면에 있는 '영광도서'란 책방에 들릴 수 있었고, 전국 대학의 출판물들을 한자리에 모아놓은 그 서점 때문에 퇴계 선생이 편찬한 이 책을 만날 수 있었으니.....

추신)

15년이 훌쩍 지나 우연히 명재(明齋) 윤증(尹拯 1629~1714)[182]이 고경중마방에 대해 쓴 시가 있음을 알게 되었다. 삼가 퇴도(退陶) 선생의 고경(古鏡) 시에 차운하다(敬次退陶先生古鏡韻)라는 제목으로

나에게 먼지 낀 거울 하나 있는데	我有一塵鏡
내면에 천연의 광채를 머금었네	內含天然光
은근하신 도산 노인께서	慇懃陶山叟
그 거울 닦는 방법 써 놓으셨네	爲述重磨方
늙었건 젊었건 상관이 없고	不繫年老少
힘이 세고 약한 것도 따질 것 없이	何論力弱强
진실로 힘써서 닦기만 하면	苟能勉修治
특달함이 규장과 같아진다네	特達如圭璋[183]

.... 『명재유고』 제1권 시

라고 하고 있다.

윤증이 퇴계가 남긴 고경중마방을 소중히 여겼음을 이 시를 통해서 알게 해준다. 그야말로 옛 거울을 십 여년 만에 다시 꺼내어 본 셈인데 여전히 녹슬지 않고 티끌이 없어 나의 얼굴과 마음을 비춰볼 수

---

182) 윤증은 송시열과 함께 조선 후기 '산림(山林)'의 전형적 삶을 보여주었다고 말할 만하다. 송시열은 드물게 관직에 나아갔지만, 윤증은 평생 벼슬하지 않았다. 그렇지만 윤증의 아버지 윤선거(尹宣擧, 1610~1669)에서 비롯된 송시열(宋時烈, 1607~1689)과의 이런저런 갈등으로 서인은 노론과 소론으로 갈라졌고, 그 이후 조선 후기의 정치사는 새로운 국면으로 접어들었다.

183) 규장은 고대 조빙(朝聘)에 사용하던 옥으로 만든 귀중한 예기(禮器)이다.《예기(禮記)》빙의(聘義)에 '규장특달(珪璋特達)'이라 하여, "규장을 가진 이는 다른 폐백(幣帛)을 갖추지 않더라도 곧바로 천자를 뵐 수 있다."라고 하였다. 여기에서는 사람의 덕(德)과 인품이 다른 사람들과는 비교할 수 없을 정도로 특출하게 된다는 뜻이다.

있음을 알겠다

서울 성북구 명륜동, 성균관대학교 앞에는 사단법인 퇴계학연구원이 있다. 이 건물에서 2015년 3월부터 국제퇴계학연구회가 회원 20여명이 참석한 가운데 매주 금요일에 고경중마방의 강독을 하였다. 이광호 국제퇴계학회 회장을 좌장으로 한 퇴계학 관련 박사들이 번역문을 준비해 발표를 하면 회원들이 토론하여 번역문을 바로 잡는 방식으로 강독회를 진행하여 마침내 독해를 마쳤고 그 결과를 2019년 10월말 단행본으로 출간하였다. 책 이름은 『퇴계 선생이 엮은 옛 사람들의 마음 닦기』(학자원). 이광호 회장 외 7분의 학자들이 집단으로 연구하신 것이라 내용이 훨씬 짜임새가 있고 정밀하며 해석도 알기 쉬워서 그야말로 공부가 되는 책이다.

감사한 일이다.

착한 바람

　무더운 여름 날씨가 정점을 치닫고 있다. 말복을 지났으니 이제 더위도 수그러들 것이지만 책상 앞에 앉아있으려면 여전히 덥다. 선풍기를 틀고 있지만 머리 쪽으로 열이 몰린다. 어쩔 수 없이 꺼내든 부채, 여름 내내 자주 활활 부치던 선면(扇面)에는 네 글자가 써 있다. '隱惡揚善(은악양선)'이다. 지난해 여름에 안동 도산면에 사시는 우리 집안의 종손이 갖고 다니시던 것을 내가 빼앗은 것인데, 도산서원 선비문화수련원 김병일 이사장이 이근필 퇴계종손과 함께 퇴계의 친필 중에서 이 글자들을 뽑아 부채로 만들었고 그 중의 하나를 기념으로 받은 것이라고 한다.

　"다른 사람의 악행은 덮어주고 다른 사람의 선행은 드러낸다"라는 뜻의 이 말은 유교의 경전인《중용(中庸)》6장에 나온다.

공자께서 말씀하셨다. "순(舜)임금은 크게 지혜로운 분이실 것이다. 순임금은 묻기를 좋아하고, 평범한 말을 살피기를 좋아하시되, 악(惡)을 숨겨주고 선(善)을 드러내시며, 두 끝을 잡고 헤아려 그 중(中)을 취한 뒤에 백성에게 쓰셨으니, 이 때문에 순임금이 되신 것이다."

중국 역사상 최고의 성인으로 평가받는 순(舜)임금이 임금이 될 수 있었던 것이 바로 이런 은악양선을 했기 때문이라고 공자가 진단한 것이다. 어찌 보면 이 세상을 이끄는 요체, 정치의 핵심이 바로 은악양선이라고 공자가 말한 것이다. 그런데 선비문화수련원에서 이 부채를 나눠주는 것은 이것을 실천하라는 뜻일 텐데 여기에는 수련원의 김병일 이사장의 개인적인 사연이 있었다고 한다.

퇴계필 은악양선

김병일 이사장이 경기도 용인 모현읍에 있는 포은 정몽주(1337~1392) 선생의 묘소를 답사할 때 묘 앞에 세워진 우암 송시열(1607~1689)이 쓴 신도비의 비문을 읽다가 퇴계 이황(1501~1570)에 대해 언급한 구절에 눈길이 오래 머물더란다.

옛날에 어떤 사람이 (포은 선생을 두고) 퇴계 이 선생에게 묻자 대답하기를, '허물이 있는 가운데서도 마땅히 허물이 없는 것을 찾아야 하지, 허물이 없는 데서 허물이 있는 것을 찾아서는 안 된다(當於有過中求無過, 不當於無過中求有過·)'라고 했으니 참으로 지당한 말씀이다.

포은 정몽주에 대한 공과를 정리하면서 퇴계의 평가를 인용한 것은 퇴계의 말을 우암 자신도 전적으로 지지한다는 뜻이리라.. 다시 말하면, 퇴계와 우암은 포은에 대해 그가 나라를 위해 보인 충성심과 성리학의 발전에 기여한 공로(無過·무과)를 높이 받들 뿐이지, 고려말 우왕과 창왕을 섬긴 그의 처신(有過·유과)을 문제 삼아서는 안 된다는 데 전적으로 견해를 함께하고 있고. 두 분의 이러한 견해는 요순(堯舜)시대 이래의 오래된 지혜를 잘 대변한다는 것이다. 즉 순임금이 보여준 '허물은 덮어주고 착한 것은 드러낸다'는 덕목이 그를 요임금을 이어받는 천자 자리로 끌어올린 것처럼 우리가 일상 속에서 실천한다면 무슨 일인들 못 이루겠는가... 하는 생각이 들어서 이런 글귀를 부채에 담아 나누고 있는 것이라고 밝힌 바 있다.

사실 이 귀절은 공자가 나라를 이끌어가는 정치지도자들에게 말한 것이라고 한다. 중국 당(唐)나라의 정치가 한유(韓愈)는 사대부들이 서로 헐뜯기를 일삼고 있는 현실을 비판하는 글인 '원훼'(原毁)에서 "순 임금과 같은 점은 좇고, 순 임금과 같지 않은 것은 멀리해야 정치가 안정되고 백성들의 다투는 마음이 없어진다"고 했다. 정치가들의 은악양선이 정치를 안정시켜 백성을 편하게 한다는 뜻이다.

조선 중기의 학자·문신인 조익(趙翼:1579~1655)은 당시 왕에게 귀게 거슬리는 말을 했다는 이유로 대사헌이 자리에서 쫓겨나자 왕에게

250

글을 올려

> 대저 언관(言官)이 말을 하는 것이 어찌 그가 좋아서 하는 일이겠으며, 또 어찌 자기에게 유리해서 그러는 것이겠습니까. 단지 그가 말을 하는 것을 자기의 직분으로 삼고 있는 만큼, 말을 해야 할 때 말을 하지 않는다면 말을 해야 하는 자기의 직분을 무시하는 것이 되기 때문입니다. 이렇게 되면 자기만 직분을 무시해서 사류(士類)에게 비난을 받게 될 뿐만이 아니라, 조정의 입장에서도 잘못되는 일이 실로 크기 때문에 어쩔 수 없어서 말을 하는 것일 따름입니다. 그렇기 때문에 임금으로서는 항상 언관을 우대하여 숨김없이 모두 말하도록 해야 하고, 언관이 말한 것 중에 혹시 타당하지 못한 점이 있다 하더라도 관대히 용서해 주어야 하며, 느닷없이 꺾고 부러뜨려서 언로(言路)에 방해되는 일이 있게 해서는 안 될 것이니, 이것이 바로 은악양선(隱惡揚善)하는 도라고 할 것입니다.

라면서 정치에 있어서 옳고 바름을 논하는 언관들을 대하는 데에도 은악양선이 필요하다고 말한다.

예로부터 언관, 혹은 언론은 정치가 잘못되는 것을 막기 위한 최후의 보루였다. 조선시대 언관들은 왕의 잘못을 지적하다가 목숨을 잃거나 귀양을 가곤 했지만 왕은 그들의 입을 막지는 못했다. 요즘 정치권이 가짜 뉴스를 막는다는 이유로 징벌적 손해배상제를 급하게 밀어붙이는 것이 언론의 재갈을 물리려는 것이란 비판이 높아가고 있다. 이런 상황에서라면 왕이 스스로 은악양선을 행해야 한다고 신하들이 촉구한 것이다. 옳은 말을 하는 언관들을 혼내거나 벌을 주면 안된다는 것이다.

오늘날 먹고사는 생활수준이 나아졌음에도 우리들 삶이 이전보다 점점 외롭고 팍팍해지고 포악해지는 것은 무슨 이유에서인가? 대통령 선거에 나서는 정치인들은 서로 남을 비방하고 헐뜯기에 바쁘다. 자기 진영끼리도 그런다. 다시 사회가 찢어지고 있다. 허구한 날 세상 탓, 남 험담만 할 것인가? 상대를 나무라고 지적만 할 것인가? 우리 사회를 안정시키고 살 맛 나는 사회로 이끄는 묘방이 은악양선(隱惡揚善) 네 글자에 있지 않을까? 있는 허물을 억지로 덮을 수는 없겠지만 없는 허물도 억지로 만드는 세상이 계속되어서는 곤란할 것이다. 부채에 새겨진 퇴계의 글씨에서 은악양선의 시원한 바람이 일어 우리사회를 덮고 있는 무더위와 짙은 안개, 미래를 위협하는 먹구름을 걷어가기를 희망해 본다.

무더위도 피해 가다

길게 느껴졌던 여름도 절반 이상이 달아났다. 예전 같으면 끝났을 장마는 남부에서 중부로 올라오면서 여전히 많인 비가 내리는 속에 무더위가 이어지고 있고 일단 장마를 피한 남부지방은 불볕 무더위라고 한다. 그렇지만 이런 무더위도 곧 입추에다 말복을 지나면 꺾일 것이다. 그래도 덥기는 덥고 그 더위를 피하는 일이 또 이 여름의 주요한 숙제이다. 그런데 이 더운 여름철 내내 방문을 꼭꼭 닫은 채 옷을 차려입고 책상을 앞에서 꼿꼿하게 앉아 공부를 하는 분이 477년 전 조선시대 중기에 있었다.

> "선생이 일찍이 서울에서 《주자대전》을 구해오셨는데, 문을 닫고 들어앉아 읽기 시작하시더니 여름이 지나도록 그치지 않으셨다. 주변에서 더위에 몸을 상할 수 있다고 걱정을 하면 선생은 말씀하시길 '이 책을 읽으면 문득 가슴 속에서 서늘한 기운이 일어나서 저절로 더위를 잊어버리는데, 무슨 병이 나겠는가' 하셨다"

선생의 제자인 학봉 김성일이 기록한 선생의 언행록에 나오는 장면이다. 이 선생이 누구신가? 바로 우리나라 주자학의 큰 봉우리인 퇴계 이황이다. 선생이 한여름 무더위도 느끼지 못한 채 열심히 읽은 책은《주자대전(朱子大全)》, 곧 주자가 일생을 두고 저작한 모든 학설과 여러 학자들의 질의(質疑)에 대해 회답한 편지들, 시(詩)와·기(記)·명(銘)·비문(碑文)·묘지(墓誌) 등 문예에 관한 글들을 함께 모은 것으로 본편만 100권에 이르는 방대한 저작이다. 이 저작물들이 완전히 편찬돼 나온 것은 송 도종(度宗) 때(1265)인데 우리나라에서는 180년 후인 1543년(중종 38)에 처음 나라의 교서관에서 을해자(乙亥字)로 간행하여 반포하였고 퇴계는 이 책을 구해서 본 것이다. 퇴계의 수제자인 월천(月川) 조목(趙穆 1524~1606)도 이 때의 상황을 언행록에 전한다;

서울에 있을 때에 일찍이《주자전서(朱子全書)[184]》를 얻어 읽고서 기뻐하였고, 이로부터 문을 닫고 고요히 지내며 종일토록 단정히 앉아 정신을 오로지하고 뜻을 모아서 부지런히 읽고 사색하며 참된 앎과 실질적인 터득[眞知實得]에 힘을 썼고, 믿음이 돈독하고 기쁨이 깊어서 직접 귀로 듣고 대면하여 가르침을 받는 것과 다름이 없었다. 이로 말미암아 견해가 날이 갈수록 더욱 정명(精明)해지고 조예가 날이 더할수록 순고(純固)해져서 여러 경전에 있는 정미한 말과 오묘한 뜻을 마치 깊은 연못에서 구슬을 찾아내는 것처럼 하고 바다에 들어가서 용을 보는 것처럼 하였다. 자신이 이미 아는 바를 말미암아 더욱 정밀하게 되었고, 자신이 미진한 바를 미루어 그 나머지까지 통달하였다. 난해하고 요점이 있는 곳은 모두 빗질하고 칼로 도려내듯 찾아내어 정리하였고, 깊이 연구하고 기미를 밝힘에[極深研幾] 탐구하여도 얻지 못한 것이 있으면 간혹 남들에게 물었고, 남들에게 물어 얻은 것이 있으면 반드시 마음속에서 찾았기 때문에 옛날에 이해하지 못했던 것도 이제는 모두 얼음 녹듯이 환하게 알게 되었다.[185]

---

184)   《주자대전》을 의미한다.

185)   《월천집》제5권 > 잡저雜著 / 퇴계선생언행총록〔退溪先生言行總錄〕

퇴계는 왜 이 책에 그렇게 빠졌을까?

　우리나라에 주자학이 들어온 것은 고려 말로서 안향을 비롯해서 여러 사람들이 주자의 저술을 수입해 공부하였을 것이지만 주자의 전 저술을 본 것은 아니고《성리대전》이나《사서집주》,《근사록》등의 책을 통해 부분적으로 접해왔다고 한다. 그런데 나라에서 주자의 모든 언설을 수록한 책을 펴냄으로서, 주자가 생각한 모든 방대한 학문세계를 뜻 있는 사람이라면 다 접할 수 있게 된 것이다. 그 당시까지 조선은 조광조 등 주자학의 이념으로 정치를 새롭게 이끌려던 신진 사류들이 사화로 대거 힘을 잃은 후 아직도 훈구파로 통칭되는 당시 지배 계층의 부패와 전횡, 도덕적 타락이 시대를 어둡게 하고 있었기에 퇴계는 이러한 시대를 극복할 도덕적인 새 가치와 방법을 찾고 있던 때였다. 그런 때에 이『주자대전』을 만난 것이다. 퇴계 연구가인 김호태씨는 퇴계가 40대 후반에 관직에서 은퇴를 결심하고 이루 사퇴를 반복하게 되는 것은 43살 때 일어난 을사사화(1543년)로 인한 정치적인 환멸감 때문이라는 분석이 있지만, 이《주자대전》과의 만남과도 깊은 관련이 있다고 보았다. 퇴계의 은퇴는 도피가 아니라 이 방대한《주자대전》을 연구한다는 계획이 있었기 때문이라는 것이다.

퇴계는 여름 내내 《주자대전》을 읽고 또 읽어 책이 너덜너덜해지고 자획이 거의 떨어져 나갈 정도였다고 제자들은 전한다. 그만큼 열심히 보았고 마침내는 주자의 생각과 말 속에서 그가 추구하던 이 세상의 해법을 찾은 것으로 보인다. 퇴계 자신의 말처럼 "이로부터 차츰 그 말이 매우 맛이 있고 그 이치가 참으로 무궁하다는 것을 깨닫게 되었으며, 그 중에 특히 편지가 더욱 감동을 느끼게 하는 바가 많았다"는 것이다. 그러니 그렇게 열심히 책을 보는데 더위에 신경이 써지지가 않았던 모양이다.

　그런데 이즈음 《주자대전》에 빠진 젊은이가 멀리 남쪽에 또 하나 있었다. 바로 퇴계보다 26살 어린 청년인 고봉 기대승(1527~1572)이었다. 고봉이 《주자대전》을 언제 입수해 보기 시작했는지에 대한 기록은 없지만 31살 때인 1557년에 부친상을 끝내고서 《주자문록》이라는 저술을 내놓는다. 《주자문록》은 《주자대전》에서 중요한 논설과 편지, 상소문, 기문(記文) 등을 골고루 뽑아 모은, 말하자면 《주자대전》의 요약본이었다. 여기에는 주자가 본 우주론과 심성론은 물론이고 주자가 본 현실정치를 개선하기 위한 경세론(經世論)까지도 아우르는 것이었다.

　한편 이보다 한 해 전인 1556년에 퇴계는 후학들이 방대한 《주자대전》을 요령있게 읽도록 하기 위해 자신이 감동을 받은 편지글들을 가려 뽑은 《주자서절요》를 편찬해 내었다. 그렇게 보면 퇴계나 고봉은 같은 시기에 《주자대전》에 빠진 것이 된다. 놀라운 것은 퇴계가 《주자서절요》를 편찬한 것이 공부한 지 13년 만이었는데, 고봉은 근 4~5년 만에 《주자대전》을 다 읽고 요약본인 《주자문록》을 펴낸 것이니, 고봉의 공부속도가 훨씬 빨랐다고 볼 수 있다. 두 사람은 이렇게 경상도 안동 땅과 전라도 나주에서 각각 《주자대전》을 독파한다. 그것은 단순히 이 책을 읽은 데에 머무는 것이 아니라 이 책을 통해서 그동안 공자 맹자 이후 인간의 심성과 우주의 원리 등 모든 연구를 종합적으로 비교 검토하여 사상적인 체계를 서로 갖게 되었음을 의미한다.

그렇게 서로의 사상과 철학을 나름대로 마스터한 뒤인 1558년, 두 사람은 서울에서 만날 기회를 가진다. 고봉은 그해 대과에 막 급제한 후이고, 퇴계는 벼슬에 나오라는 임금의 간곡한 당부에 따라 윤7월에 서울에 올라와 10월에 성균관 대사성에 임명된다. 그런데 이 때 퇴계와 고봉이 처음으로 만나 학문의 깊고 높은 경지를 서로 확인하게 된다. 퇴계는 만난 즉시 고봉의 비범성을 한 눈에 알아보았다. 퇴계는 벼슬에 나오라는 요청이 하도 강렬해서 어쩔 수 없이 올라갔고 벼슬을 받지 않으려고 여간 애를 먹은 것이 아니지만 고봉을 만난 것으로 모처럼의 힘든 서울행에 보람을 찾고 다행으로 생각했다고 나중에 술회를 한다.

그리고 헤어진 두 사람은 이듬해부터 편지를 통해 서로가 공부한 것에 대한 확인과 대조작업을 시작하니, 그것이 유명한 사단칠정논변이다. 당시로 보면 국립대 총장이 각 고시에 합격한 젊은이에게 편지를 보내어 서로의 공부를 주고받으며 학문의 깊이를 다지자고 한 것이다.

> "처음 만나면서부터 견문이 좁은 내가 박식한 그대에게서 도움 받은 것이 많았습니다. 하물며 서로 친하게 지낸다면 도움됨이 어찌 이루 말할 수 있겠습니까? 헤아리기 어려운 것은 한 사람은 남쪽에 있고 한 사람은 북쪽에 있어, 이것이 더러는 제비와 기러기가 오고가는 것처럼 어긋날 수 있다는 것입니다."

퇴계가 보낸 이런 글로 시작된 두 사람의 편지는 무려 13년 동안 이어지면서 두 사람은 일상의 안부나 소식을 전하면서도 사단과 칠정에 대한 학문을 논하고 자기 성찰을 통해 학문과 자신의 생각을 고양시켜 나갔다. 그것은 단순히 어떤 학설을 어떻게 전개하고 서로 비교하고 수정하고 했느냐는 학술적인 차원을 넘어서서 16세기 중반 당시의 두 지성이 만나 펼친 지성의 향연이었다. 두 사람은 공통적으로 세상에서 높은 벼슬을 얻어 출세하려고 학문을 한 것이 아니라 인간의 본성과 우주의 원리를 규명하고 싶어했다. 두 사람은 이 세상이 권신들에 휘둘리는 정치가 아니라 임금이 바른 생각과 행동으로 세상을 바르게 이끌고 모든 이들이 그러한 바탕에서 진정한 정치가 이뤄지는 것을 꿈꾸었으며 그것을 위해서 새로운 사상을 찾아내려고 한 것이다.

> "그들은 결코 공리공담을 논하는 한가로운 지성의 유희로 오랜 세월 논변에 매달린 것이 아니었다. 기묘사화의 충격이 어느 정도 가실 무렵에 터진 을사사화는 정치적인 방식만으로는 시대의 전환을 이루기에 한계가 있음을 절감케 한 사건이었다. 사람들은 좌절감을 딛고 절치부심 새로운 길을 모색하게 되는데 때마침 그들 앞에 나타난 것이 『주자대전』이었다. 그들은 『주자대전』 연구를 통해 주자학의 메시지에 크게 공감하였으며, 이를 사화의 시대를 극복하기 위한 사상적인 무기로 조직해 내고자 했다. 그러한 노력의 과정에서 나타난 것이 바로 '사단칠정논변'이었다고 생각한다." (김호태. 『헌법의 눈으로 퇴계를 본다』)

사단칠정을 둘러싼 두 사람의 토론은 그 뒤 율곡 이이가 기대승의 설을 지지하면서 논의가 확대되어 성리학 논쟁의 핵심 문제로 등장했으며 사단·칠정뿐 아니라 이기론(理氣論) 및 정치 사회관에 이르기까지 학설과 학파의 대립, 사고방식의 대립으로까지 이어진다. 그런데 그것은 그 뒤 후학들의 문제이고, 처음 비슷한 시기에 『주자대전』을 공부하면서 여기에 담긴 사상이야말로 다시 조선의 정치사회문제를 해결하는 큰 물줄기가 된 것을 우리는 알 수 있다.

그럴 때에 무더운 여름 내내 의관을 갖추고 열심히 읽고 생각하고 정리하느라 더위도 느끼지 못하고 공부하는 즐거움에 빠졌을 두 학자야말로 이 더운 여름을 어떻게 이기는가를 우리에게 가르쳐준 피서법의 반면교사라 아니할 수 없다. 무더위는 이렇게 자신의 목표를 세우고 더위를 잊고 노력하는 사람들에게는 오히려 좋은 공부의 기회가 될 수 있다는 점이다.

벼슬과 학문

조선왕조 제10대 임금인 연산군 7년에 태어나 중종과 인종, 명종을 거치며 뛰어난 학문과 성실한 생활로 관직에서 승승장구하던 퇴계 이황이 고향으로 물러가려는 뜻을 구체적으로 실행하기 시작한 것은 46살 때이다.

이 때에 이황은 그의 고향인 토계(兎溪)에 양진암(養眞庵)이라는 조그만 암자를 지어 자신의 학문연구의 처소로 삼는데, 이를 계기로 동네이름도 토계에서 퇴계로 바꾸고 스스로의 호(號)도 그것으로 한다. 토계(兎溪)라는 말은 토끼가 뛰어노는 골짜기라는 뜻이라면 퇴계(退溪)는 '물러가 있는 골짜기'라는 뜻이 되어 이 조그만 골짜기는 미물이 뛰어 노는 자연적인 공간에서 갑자기 사람, 그것도 높은 뜻을 지닌 선비가 주인공이 되는 인문적인 공간으로 변한다.

그리고는 지금부터 450년 전인 1569년 4월 퇴계는 서울에서부터 고향집으로 아주 내려간다. 거기서 터를 잡고, 중앙 정계의 소용돌이를 멀리하고, 자연 속에서 우주와 인간의 근본을 보다 철저히 찾아내고 이를 삶 속에서 어떻게 구현하는지를 몸으로 보여주었다. 뜻있는 분들이 이 귀향을 기리기 위해 재현단을 만들어 올해 4월에 서울에서부터 안동 도산 토계까지 걸으면서 선생의 마음과 뜻을 기리는 행사를 가졌다.

우리가 알고 있는 대로 퇴계는 벼슬하려는 생각보다도 오로지 학문에 전념하고 제자를 교육시키는 데 힘쓰고자 했다. 퇴계가 이렇게 벼슬에 마음을 두지 않은 것은 학문에 대한 열정과 몸의 허약함 때문이었지만 그보다도 더 중요한 이유는 당시의 정치적 상황이 너무 어지러웠기 때문이라고 우리는 알고 있다.

퇴계의 생애와 사상을 연구한 영산대학교 배병삼 교수는 퇴계의 거처가 토계(兎溪)에서 퇴계(退溪)로 바뀐 데서 큰 의미를 찾아낸다. 우선 그가 계(溪), 곧 골짜기로 (의식적으로) 들어간 것은, 스스로 두 가지의 큰 덕목을 몸소 실천하려는 것으로서, 첫째는 자신을 낮추는 겸양이며, 둘째는 상대방의 입장이 되어 그의 처지를 이해하고 이를 해결해주려는 노력, 곧 배려라는 것이다.

1974년 이유태가 그린 퇴계 이황 표준영정

이러한 그의 생각은 율곡이라는 호를 쓰는 또 다른 학문의 거봉인

이이(李珥)와 더불어 일종의 '계곡'이란 개념의 정체성으로 드러나는데, 조선왕조 초기의 정도전(1342~1398)의 호(號)가 봉우리를 뜻하는 삼봉(三峰)이었고, 퇴계와 편지를 주고받으며 사상논쟁을 펼쳤던 기대승(1527~1572)의 호가 고봉(高峰)이었던 것을 생각하면 이 골짜기의 개념이 상당한 의미가 있다는 것이다.

그것은 스스로를 봉우리로 생각하는 사람들이 뭔가를 적극적으로 획득하려는 경향을 보인 것과는 달리, 골짜기라는 개념을 내세우는 사람들은, 선비들이 정계에 나아가서 자신의 이상을 실현하다가 때가 되면 적절히 물러나서 재야에서 다시 수양을 하면서 정신적인 스승이 되어야한다는 일종의 순환개념을 깨닫고 이를 표방한 것이라는 설명이다. 곧 퇴계는 현실정치에서 벗어나 학문의 세계로 물러난 사람이 아니라 '물러나는 길(退路)'을 건설한 적극적인 정치행위자, 실천자라는 것이다.

퇴계가 살아온 조선시대는 고려 말, 조선 초에 도입된 성리학이 뿌리를 내리면서 사람의 본성과 우주의 근본원리를 깨달은 인간들(선비)이 세상에 건강한 삶의 표본을 제시하고 주변 사람들(백성)은 이에 감화되어 따르는 것이 미덕인 사회였다. 그것이 스스로를 닦고 집안을 다스려(修身齊家:수신제가) 그러한 기풍이 나라를 넘어 천하에까지 이르는(治國平天下:치국평천하)의 사상, 곧 '수기치인(修己治人)'의 시스템으로 확립된다.

그런데 이러한 건국초기의 시스템, 곧 군주는 군림하는 지도자가 아니라 천명(天命)을 받드는 책임자이며, 이러한 군주의 위상을 선비들이 지켜주는 시스템이, 왕권중심의 현실정치 속에서 희석되어 군주의 밑에 들어가서 권력을 향유하는 훈구파들과의 충돌이 잇따르게 되니 그것이 바로 사화(士禍)라는, 인위적인 선비계급의 숙청에 의한 정변으로 나타났다는 것이다.

그러므로 사화는 조선의 국가이념, 국가의 정체성에 대한 강력한 의문이었던 것이다. 퇴계는 사화가 발생한 이유로, 사람은 많은데 자리가 한정되어 있어 인사적체가 심한데도 이를 해결할 관리들의 퇴로가 차단되어 있다는 점에 생각이 미친다.

> "오늘날은 신하가 벼슬을 버리고 물러날 수 있는 길이 영영 막혀 버렸습니다. 그러므로 혹시 물러나기를 청하는 이가 있으면 허락되지 않을 뿐만 아니라, 반드시 뭇 사람들의 분노와 시기를 사게 되어 갖은 핍박을 받고, 다시는 물러나 피하지 못하고 그들과 한데 휩쓸리고 맙니다. 이렇기 때문에 선비가 한번 조정에 서게 되면, 모두 낚시에 걸린 고기 꼴이 되는 것입니다."(《퇴계와 고봉, 편지를 쓰다》)

그래서 퇴계는 40대 이후 물러가서 머물 암자를 세운 고향 동네의 이름도 퇴계로 바꾸고 이러한 '퇴로의 건설'에 50대 이후의 활동을 집중한다. 곧 퇴계는 정치로부터 떠나서 학문의 세계로 간 것이 아니라 '정치로부터 물러나는 길'을 만들었다는 것이다. 밀려나는 것이 아니라 스스로 물러나는 길을 만들 때에야 인사적체와 재정위기로 인한 사화의 재발을 막을 수 있고, 또 물러나서는 스스로 닦아 공부를 하는 시스템 속에서만 논어와 맹자가 약속한 선비들에 의한 도덕적으로 완결된 소통의 사회를 이룰 수 있다는 생각이다.

그런데 물러난다는 것은 정치에서 완전히 떠나는 것이 아니라 봉

우리에서 골짜기로 내려오는 것이며, 이러한 골짜기에서 정치는 정쟁적인 형태가 아니라 올바른 생각을 열어주면 그 생각을 주변과 사회에서 따라주는 것이다.

그러한 퇴계의 깊은 생각을 알게 해주는 글이 퇴계가 완전히 물러나기 10년 전인 1559년에 퇴계가 기대승에게 써서 보낸 편지이가. 기대승의 문집 중에 들어있는 이 편지는 퇴계의 마음의 뜻을 직접 전하는 귀한 글이다. 그런 점에서 그 글을 함께 읽었으면 해서 여기에 전문을 전재해본다;

양 선생 왕복서 제1권
기 정자 명언(明彦)에게 답하는 편지

이른 봄에 한 통의 편지를 멀리 남쪽 인편에 부친 뒤 얼마 되지 않아 동쪽으로 돌아와서 방 안에만 들어앉아 있었으므로 서울 소식도 가끔 듣지 못하는데 더욱이 천 리 밖에 있는 호남이야 더 말할 게 있겠습니까.

중간에 공이 서울로 왔다는 것을 물어 알고서 한 통의 편지로 나의 뜻을 전하고자 하였으나, 다시 생각해 보니 공은 바야흐로 신임(新任)이라는 이유로 시달릴 것이고, 나 역시 묵은 병에 피곤하여 인사를 닦을 겨를이 없었습니다. 매양 자중(子中 정유일(鄭惟一))이 오는 편에 공의 소식을 들으려 했으나 자중도 오지 않더니, 급기야 지난 달 열흘께야 자중의 하인이 와서 비로소 공이 지난 8월 보름께 보낸 두 통의 글과 그 뒤에 부친 3월 5일의 답서(答書) 및 저술(著述) 1편(篇)을 받았으므로 위안이 되어 근심이 풀리는 마음 이루 말할 수 없었습니다. 이어 세 통의 글을 반복해 보건대 공이 나에게 남김없이 다 얘기하였음을 알 수 있으니, 또 나로 하여금 감탄해 마지않게 하였습니다.

"대체로 출처거취(出處去就)는 스스로 마음에서 결정해야 마땅하니, 다른 사람에게 모의(謀議)할 일도 아니고 다른 사람이 함께 모의할 수 있는 것도 아니다."라는 호강후(胡康侯)[186]의 소견이 탁월하여 본받을 만합니다. 다만 평소 이치에 정미하지 못하고 뜻이 굳건하지 못하면 그 스스로 결정하는 것이 혹시 시의를 분간하지 못하거나 자신의 욕구에 밀려 그 마땅함을 잃을까만이 걱정될 뿐입니다. 보내 준 글의 뜻을 자세히 보건대 "아직 학문이 이루어지지도 않았는데 갑자기 나왔으니, 벼슬에 뜻을 빼앗길까 염려되어 돌아가서 대업을 궁구하고자 한다." 하였으니, 이는 고인들에게서도 얻기 어려운 것이고 오늘날 세상에서는 볼 수 없는 일입니다. 그러기에 나는 공을 위하여 옷깃을 여미고 깊은 경의를 표하면서도, 또 한편으로는 공을 위하여 근심하고 또 두려워하지 않을 수 없습니다.

내가 젊어서 일찍이 학문에 뜻을 두었으나, 사우(師友)의 지도가 없었으므로 얻은 것은 조금도 없이 몸에 병만 깊어졌습니다. 그 당시에 정히 산림에서 평생을 마칠 작정을 하여 조용한 곳에 초막(草幕)을 짓고서 글을 읽고 뜻을 길러 아직 이르지 못한 바를 더욱 추구하여 수십 년 동안 공부를 더 하였다면 병이 나을 수도 있고 학문이 이루어질 수도 있었을 것이니, 천하 만물이 나의 즐거움에 무슨 상관이겠습니까. 그런데 이렇게 하지 않고 과거를 보고 벼슬을 구하는 데에 종사하며 "내가 우선 시험하였다가 되지 않아서 물러가고 싶으면 물러가면 되지 다시 누가 나를 잡을 것인가."라고만 생각하였고, 애당초 지금 세상이 옛 세상과 크게 다르고 우리나라가 중국과 달라서 선비들은 거취(去就)의 의리를 망각했고 치사(致仕)의 예가 폐해졌으며 허명(虛名)의 누(累)는 날이 갈수록 더욱 심해지고 물러날 길은 갈수록 더욱 험난하여, 오늘에 이르러서는 진퇴양난이 되고 비방이 산적(山積)하여 불안한 염려가 극에 달하게 될 줄은 생각도 하지 못하였습니다.

---

186) 호강후(胡康侯) : 호안국(胡安國 : 1074~1138)을 말한다. 강후는 자이고 시호는 문정(文定)이다. 남송(南宋) 철종(哲宗) 때 태학박사(太學博士)로 출발하여 고종(高宗) 때 중서사인(中書舍人)이 되었다. 평생《춘추(春秋)》에 전력을 기울여《춘추전(春秋傳)》을 지었다.

기대승을 제향하는 광주 월봉서원

일찍이 스스로 생각건대 나는 산야를 좋아하는 성품이므로 비록 작록(爵祿)을 사모하지는 않았지만, 학문이 이치에 밝지 못하고 시의(時義)에 어두워서 처음에 한 번 그르친 것을 뒤에 비록 깨닫기는 하였으나 수습하기가 어려워서 이 지경에 이른 것입니다. 그럼에도 고인의 의리에 질정(質正)할 수 있는 것은, 나의 신병이 이와 같다는 것을 온 나라 사람들이 다 아는 바이며 천지와 귀신이 함께 굽어보는 바이고 평계가 아니라는 것입니다. 그런데 공의 경우에는 나보다 훨씬 처신하기 어려운 점이 있을 것입니다. 이미 공의 문의를 받았으니 나의 생각을 대략 진술하지 않을 수 없습니다.

공은 영걸(英傑)의 기상과 동량(棟梁)의 재질로서 출사(出仕)하기 전부터 명망이 원근에 파다하였고 출사하자 온 나라가 다 공에게 쏠렸습니다. 긴 노정(路程)의 출발이 비로소 시작되었는데 몸에 나 같은 병도 없으면서 벼슬을 버리고 물러나 숨고자 한다면 세상 사람들이 선뜻 공을 놓아 주겠습니까. 세상 사람이 버리지 않는데 내가 버리려고 한다면 버리려고 할수록 더욱 면하지 못할 것이니, 비록 병든 나와 같이 자주 사퇴를 청하고자 하나 어렵지 않겠으며, 사람들의 책망이 병든 나를 책망하는 것보다 심하지 않겠습니까. 바로 이 점이 내가 공을 위하여 걱정하고 두려워하는 바입니다.

그러므로 공을 위하여 계획한다면, 출세하기 전에 일찍이 뜻을 결정하였더라면 학문에도 전념할 수 있고 도(道)도 얻을 수 있었을 것이니, 이로 말미암아 한 세상에 도학(道學)의 깃발을 세워 우리나라의 끊어진 학통(學統)을 창도(倡道)하는 자가 되는 것도 불가하지 않았을 것입니다. 그러나 지금 그렇게 하지 않고서 과거에 응시하고 벼슬을 구하였으며, 또 머리를 숙이고 욕됨을 참으면서 면신례(免新禮)를 행하여 놓고서[187] 비로소 다른 사람에게 계책을 물어 물러나서 자신이 평소에 원했던 바를 마치려 하니, 사태 파악이 너무 늦은 것 아닙니까. 이른바 세속을 어기고 자기대로 나아가겠다는 소원을 본래 마음에 정했다는 것 역시 아무래도 꼭 이룰 수 있다고는 못할 것입니다.

공의 편지에 "처세가 어렵긴 하지만 그럼에도 나의 학문이 지극하지 못한 것이 걱정될 뿐이다. 나의 학문이 지극해지면 처세에 반드시 어려움이 없을 것이다."라고 하였는데, 이 말은 진실로 간절하고 지극한 말입니다.

그리고 나에게 보여 준 사단·칠정에 대한 설은 공의 조예가 깊다고 이를 만합니다.
그러나 어리석은 나의 소견으로 헤아려 보건대, 공의 학문이 정대(正大)하고 광박(廣博)한 경지에는 본 것이 있으나 오히려 세밀(細密)하고 정미(精微)한 깊은 뜻에는 통달하지 못하였으며, 공의 마음가짐과 행실이 소탈하고 광대한 뜻에서 얻은 것은 많으나 오히려 수렴하고 응집하는 공부는 부족합니다. 그러므로 언론으로 드러내는 것이 매우 조예가 깊긴 하지만 더러 일정하지 않고 들쭉날쭉하여

---

187) 면신례(免新禮) : 출사(出仕)하는 관원이 구관(舊官)을 초청하여 음식을 접대하는 예로, 허참례(許參禮)라고도 한다. 퇴계는 당시 벼슬하는 사람들 사이에서 행해지는 면신례가 폐단이 너무 심함을 지적한 바 있다.
선생은 일찍이 말하기를, "내가 처음으로 벼슬에 올라 서울에 있을 때, 늘 사람들에게 끌려 날마다 술 마시고 놀았었다. 아랫사람을 벌줄 때에, 주식(酒食)을 내게 하여 여럿이 먹고 노는 것은 괴원(槐院)의 옛 규칙이다. 그러다가 한가한 날에는 문득 심심한 마음이 들었다. 돌이켜 생각해 보고는 부끄러워하지 않은 적이 없었다." 『퇴계집』 「언행록1」 존성(存省)

서로 모순되는 병폐가 있음을 면하지 못하였으며, 자신을 위해 도모하는 것이 비록 보통 사람으로서는 미칠 수 있는 바가 아니나 오히려 의식적으로 안배(安排)하고 조정하는 데서 벗어나지 못하였으니, 큰일을 담당하고 큰 이름을 걸머지고서 바람이 휘몰아치는 격랑(激浪)의 세파(世波)에 처신하자면 어찌 어려움이 없겠습니까.

대체로 선비가 세상을 살아가는 데는 혹은 세상에 나아가기도 하고 물러나기도 하며, 혹은 때를 만나기도 하고 만나지 못하기도 하지만 그 귀결(歸結)은 몸을 깨끗이 하고 의를 행할 뿐이요, 화와 복은 논할 바가 아닙니다. 그러나 나는 일찍이 우리나라의 선비 중에 어느 정도 도의(道義)를 사모하는 뜻을 지닌 사람들 대부분이 세환(世患)에 걸린 것을 괴이하게 여겼습니다. 이것은 비록 땅이 좁고 인심이 박한 까닭이기는 하지만, 역시 그들 스스로 처신한 것이 미진한 바가 있어서 그런 것입니다. 그들이 미진했다는 것은 다름이 아니라 학문이 지극하지도 못하면서 스스로 처신하기를 너무 높게 하고, 시의(時宜)도 헤아리지 못하고서 세상을 경륜하는 데 용감했다는 것입니다. 이것이 바로 실패한 원인이니, 큰 이름을 걸머지고 큰일을 담당하는 사람의 절실한 경계입니다.

그러므로 공을 위한 오늘의 방도는 스스로 처신하는 데 너무 고상한 체거나 세상을 경륜하는 데 너무 용감하게 하지도 말며 모든 일에 자신의 주장을 너무 지나치게 내세우지 않는 것입니다. 그리고 이미 출세(出世)하여 몸을 나라에 바치기로 기약하였으니, 어찌 오로지 물러날 뜻만을 고수할 수 있으며, 도의로써 준칙을 삼기로 뜻을 정했다면 또 어찌 나옴만 있고 물러감이 없을 수 있겠습니까. 오로지 공자(孔子)의 학우사우(學優仕優)의 훈계[188]로 처신의 절도를 삼아 의리의 타당한 바를 정밀히 살펴서, 출세하여 벼슬할 때는 오로지 국사를 걱정하는 것 외에 항상 한 걸음 물러서고 한 계단 낮추어 학문에 전념하여 "나의 학문이 아직 지극하지도 못한데 어떻게 선뜻 경국제세(經國濟世)의 책임을 맡을 수 있겠는가."라고 할 것이며, 시대와 맞지 않을 때에는 외부의 일에 조금도 상관하지 말고 반

---

188) 학우사우(學優仕優) : "벼슬을 하고서 여가가 있으면 학문하고, 학문을 하고서 여가가 있으면 벼슬하라.〔仕而優則學 學而優則仕〕"는 말이다.《論語 子張》

드시 한직(閑職)을 청하거나 물러나길 도모하고서 학문에 전념하여 "나의 학문이 지극하지 못하니 마음을 안정하여 몸을 닦고 학문을 진전시키는 것, 지금은 바로 이 일을 할 때이다."라고 하십시오.

오래도록 이와 같이 하겠다고 작정하여 한 번 나아가고 한 번 물러나는 데 모두 학문으로 주안을 삼고 의리의 무궁함을 깊이 알아서 항상 겸손하게 스스로 부족하다는 생각을 지님과 동시에 허물 듣기를 좋아하고 선(善) 취하기를 즐겨 참이 쌓이고 힘이 오래가면 도가 이루어지고 덕이 확립되어 공이 저절로 높아지고 업이 저절로 넓어질 것이니, 이때에야 비로소 위에서 말한 세상을 경륜하고 도를 행하는 책무를 말할 수 있을 것입니다.

공의 편지를 보건대 뜻이 물러나는 데 있거늘 나는 출(出)과 처(處) 양면(兩面)을 가지고 말하였으니, 세속의 상정(常情)이라 여기어 정생(鄭生)[189]이 공을 위하여 꾀한 것과 동일하다고 배척이나 당하지 않을는지요? 정생의 견해[190]는 진실로 지극하지 못한 바가 있거니

---

189) 정생은 정지운(鄭之雲, 1509~1561)을 가리킨다. 조선 중기 중종(中宗)~명종(明宗) 때의 학자. 자는 정이(靜而)이고, 호는 추만(秋巒)이다. 본관은 경주(慶州)이며, 주거지는 경기도 고양(高陽)과 서울이다.

190) 중종 4년(1509)에 서울 근교 고양 이포리(已浦里)에서 태어난 정지운(鄭之雲)은 어릴 때부터 고양 망동(芒洞)에 퇴거(退居)하고 있던 김정국(金正國)의 문하에서 수학하였으며, 아울러 김안국(金安國) 문하에 들어가 성리학을 연구하였다. 서울로 이사한 후 새로 설치된 동몽학(童蒙學)에 학행(學行)으로 천거되었다. 당시 동몽학에 소속되면 봉록(俸祿)을 얻고 사로(仕路)에 진출할 수 있었는데, 그는 감당할 수 없다며 사양하고 도리어 더욱 자기의 재능과 이름을 감추고 자취를 숨겼다. 대신 그는 성리학에 매진하여 『천명도설(天命圖說)』을 지어 조화(造化)의 이(理)를 구명하였다. 한편 이황(李滉)은 어느 날 조카가 보여준 「천명도(天命圖)」를 보다가 도식과 해설이 틀린 곳이 있어, 그 지은이를 수소문 하던 끝에 같은 동네에 살던 정지운이라는 것을 알았다. 그리하여 여러 차례 편지를 왕복한 후에 정지운을 만났는데, 이후 정지운은 이황으로부터 『심경(心經)』과 『역학계몽(易學啓蒙)』 등을 배웠다. 아울러 1553년(명종 8)에는 이황의 의견을 따라 『천명도설(天命圖說)』을 다시 정정하였다. 정지운의 『천명도설』은 사칠논변의 발단이 되었다. 사칠논변의 발단은 1553년 이황이 53세 되던 해에 정지운의 「천명도」에 "사단은 이에서 발하고 칠정은 기에서 발한다.[四端發於理 七情發於氣]"고 되어 있는 것을 "사단은 이가 발한 것이고 칠정은 기가 발한 것이다.[四端理之發 七情氣之發]"라고 수정한 것이 사우(士友)들 사이에 전파되면서 논란을 불러일으키며 시작되었다. 그리고 1559년(명종 14) 기대승(奇大升)은 이황에게 편지를 보내 만물은 항상 이와 기가 함께 있으므로 사단과 칠정으로

와 그가 무어라고 말하였는지는 모르겠습니다. 그러나 나의 소견으로도 공에게 높이 날아 멀리 떠나서 다시는 돌아오지 말고 옛사람이 은거구지(隱居求志)[191]하던 뜻을 따르도록 권하는 것이 상정에서 벗어나 매우 쾌락함이 된다는 것을 어찌 모르기야 하겠습니까. 그러나 일찍이 주 선생(朱先生 주희(朱熹))이 문인(門人)과 더불어 정자(程子)가 봉급을 청하지 않은 일[192]을 논한 것을 들었는데, 그 뜻은 대개 "오늘날 사람으로서 과거(科擧)를 거쳐 벼슬에 들어간 자는 상조(常調)로[193] 처신하지 않으면 안 된다."는 것인 듯 하였습니다. 그런데 지금 공은 이미 처음부터 은거의 뜻을 굳게 지키지 못하였고 또 뒤에 병이 들어 못쓰게 된 처지도 아니며, 과거를 통해 벼슬에 들어왔으니, 공을 위하여 정성을 다해 계획하는 자들이 어찌 모두 출세의 일로써 권하지 않겠으며, 정생의 의견도 혹시 이러한 데서 나온 것이 아니었겠습니까.

(기氣와 이理에 대한 자세한 언급 부분은 생략)

자중(子中)[194]이 호송(護送)의 명을 받고 예기치 않게 서울로 가서 미처 편지를 전하지 못하였으므로 추후에 이 편지를 써서 인편으로 자중에게 보내어 공에게 전해 주도록 부탁하였습니다. 그러나 공이 이미 호남(湖南)으로 내려갔는지 혹은 아직도 서울에 있는지 알 수

나눌 수 없는 것이 아니냐며 의문을 제기하였다. 그러자 이황은 기대승에게 편지를 보내어 "사단의 발함은 순수한 이이기 때문에 불선이 없고 칠정의 발함은 기를 겸하였기 때문에 선악이 있다.[四端之發純理 故無不善 七情之發兼氣 故有善惡]"라고 수정하였다.[『고봉집(高峯集)』] ....실록위키사전 '정지운'

191) 은거구지(隱居求志) :은거하면서 앞으로 세상에 나아가서 도(道)를 통행(通行)할 뜻을 구한다는 의미이다.《論語 季氏》

192) 이천(伊川)이 강연(講筵)에 있을 적에 봉급을 청하지 않자 제공(諸公)이 호부(戶部)에 정첩(呈牒)하여 봉전(俸餞)을 청한 일을 말한다.《二程全書 卷20》

193) 상조(常調) : 평상(平常)의 관리로 선발되었다는 말로, 곧 평범한 관리라는 뜻.

194) 자중(子中) : 정유일(鄭惟一 : 1533~1576)의 자가 자중이다. 본관은 동래(東萊), 호는 문봉(文峰)이며, 이황(李滉)의 문하에서 수학하였다. 식년 문과(式年文科)에 급제하고 여러 관직을 거쳐 대사간, 이조 판서 등을 지냈다. 관직에서 물러난 뒤《한중록(閑中錄)》,《관동록(關東錄)》,《송조명현록(宋朝名賢錄)》등을 저술하였으나 임진왜란 때 소실되었다. 안동의 백록리사(栢麓里祠)에 봉안되었고, 저서에《문봉집》이 있다.

없으니, 이 편지가 제대로 전달될지 모르겠습니다. 종이를 펴 놓고 글을 쓰노라니 마음이 불안하여 자세히 쓸 수가 없습니다. 추운 계절을 맞이하였으니 시대를 위하여 보중(保重)하기를 간절히 바랍니다. 삼가 절하고 아룁니다.

가정(嘉靖) 기미년(1559) 음력 10월 24일 병인(病人) 황 배(拜).

퇴계는 이같은 정치형태가 실현될 때에 인재의 적재적소 배치가 자연스럽게 이뤄진다고 본다. 물러난 이는 행촌에 머물거나 또는 수련하여 다시금 세상에 나아가는 나선형적인 순환구조, 이것이 바로 퇴계가 본 정치학의 비전이며, 고차원의 정치라고 배병삼 교수는 설명한다. 퇴계를 단순한 유학자나 사상가, 교육자의 상을 넘어서서 정치인으로서 그의 생각을 꿰뚫어 본 배병삼 교수의 강의는 신선하다고 하겠다.

퇴계의 그림자는 컸다. 임진왜란 이후에 재야에 산림이 형성된 것도 그 영향이라고 볼 수 있고, 그가 가르치고 실천한 '물러가는 길', '물러나는 법'은 조선의 정치구도를 새롭게 만들었다. 배병삼 교수는 이렇게 결론을 낸다.

"그가 남긴 정치적인 언설은 적지만 그의 정치적 행동은 조선의 정치구도를 재편했다는 점에서 개혁적이기를 넘어 혁명적이며, 이념의 해설자이기를 넘어 체제의 건설자로 평가할 수 있다."

최근 우리나라의 정치구도를 보면서 이 같은 물러남의 법, 물러나는 철학, 물러나는 길이 없으므로 해서 정치인들이 죽자 살자 싸움을 하는 것은 아닌지, 지식인들이 이러한 물러남의 철학을 모르고 있기에 물러나는 때를 놓치고 일신과 가족을 망치고 우리의 정치풍토와 국민들의 자존심에까지 먹칠을 하는 것은 아닌지 돌아보게 된다. 450년 전 퇴계가 열어간 물러남의 정치, 이 길을 다시 알려드리고 싶다.

정치의 요체

서기 1567년 11월 17일, 약관 16살에 즉위한 지 얼마 지나지 않은 조선조 14대 왕 선조는 경연에 가서 당대의 고명한 선생님들로부터 요즈음 말로 하면 강의를 듣는다. 조선왕조실록은 그 광경을 자세히 기록한다. 그날의 선생님은 예순 일곱 살의 퇴계 이황과 마흔 한 살의 고봉 기대승. 두 선생은 이 어린 제자에게 사서오경 중의 하나인 『대학(大學)』에서 한 구절을 읽게 한다;

> 堯舜이 帥天下以仁하신대 而民이 從之하고 桀紂帥天下以暴한대 而民이 從之하니 其所令이 反其所好면 而民이不從하나니....
> 요임금과 순임금이 천하를 다스리매 인(仁)으로써 하셨는데 백성들이 그를 따랐고, 걸왕과 주왕은 천하를 다스리매 폭압으로써 하였는데 백성들은 그를 따랐다. 그 명령하는 바가 그가 좋아하는 바에 반대된다면 백성들은 따르지 않게 된다

이런 문장을 읽게 한 후에 퇴계가 강의를 한다;

"인(仁)이라는 것은 임금에게 가장 중요한 것입니다. 인의예지(仁義禮智)가 인간 본성의 네 가지 큰 덕(四德)이지만, 그중에서 인이 으뜸이 됩니다. 옛사람이 말하기를 '인이란 것은 마음의 덕이요, 사랑의 이치이다.' 하였으니, 인은 바로 성(性)이고, 그것이 발하여 측은한 마음이 생기는데 이것이 바로 정(情)입니다. 천지는 만물을 생성하는 것으로 근본을 삼아 변화와 운행이 잠시도 간단이 없어서 만물이 각기 성명(性命)을 바르게 가지니 이것이 이른바 인(仁)인 것입니다."

퇴계는 이어서 임금에게 인이 왜 중요한지를 계속 설명해 나간다.

"이 세상은 처음 개벽한 이래 거칠고 소박할 뿐이었는데 복희(伏羲)에 이르러 팔괘(八卦)를 그리고 신농(神農)이 온갖 풀을 맛보아 의약을 제조하였으며 황제(黃帝) 때에 비로소 제도를 만들고 요순(堯舜) 때에 인문(人文)이 크게 갖추어졌습니다. 요임금이 순임금에게 위(位)를 물려주면서 '중정(中正)한 것을 진실로 잡아야 한다.'고 하였고, 순임금이 우(禹)임금에게 위를 물려주면서 '인심(人心)은 위태롭기만 하고 도심(道心)은 은미하기만 하니 오직 정밀하고 전일하여야 진실로 그 중정을 잡을 수 있다.'라 하여 그 당시에는 제왕이 서로 전하던 법을 중(中)자로써 말하였습니다.[195]
기자(箕子)가 무왕(武王)을 위하여 홍범(洪範)을 진술했는데 '임금은 그 극(極)을 세우는 것이다. [皇建其有極]'라 하여 그 때에는 극(極)자로 말했습니다.[196] 공

---

195)　제왕이 본심(本心)의 바름을 끝까지 지키기 위한 방도로 순임금이 우(禹)임금에게 전수(傳授)한 유명한 말이다. "인심은 위태롭기만 하고 도심은 은미하기만 하니 오직 정밀하고 전일하여야 진실로 그 중(中)을 잡으리라.[人心惟危 道心惟微 惟精惟一 允執厥中]" 《서경(書經)》 대우모(大禹謨)에 나온다. 앞에서 몽천을 설명할 때에도 인용된 말이다.

196)　지극히 중정(中正)한 도(道). 정치의 대법(大法)을 의미한다.
　　極이란 글자는 극진하다(極盡--), 지극하다(至極--)라는 뜻 외에도 제위(帝位), 곧 임금의 자리라는 뜻, 그리고 건축에서는 용마루(龍--)나 대들보(大--)를 뜻하며 중정(中正)과 근본(根本)이란 뜻도 여기서 파생되어 나왔다.

자에 와서 비로소 인(仁)자를 말했는데 공자 문하의 제자들 역시 '인'을 많이 질문했으며, 맹자(孟子)에 이르러 인지예지(仁義禮智)를 아울러 말하여 미진한 것이 없게 되었습니다. 인은 임금에게 있어서 과연 중대하니 한번 호령하고 한번 생각하는 때에도 모두 인으로 마음을 삼아야 합니다."

요는, 임금에게 가장 중요한 덕목은 인(仁)이라는 것이다. 사람들의 마음은 잘 흔들리고 위태로운데, 올바른 도(道)는 깊이 숨어 있고 잘 드러나지 않으므로 임금이라는 자리가 쉽지 않다는 것이다. 그 자리를 잘 수행하려면 언제나 인(仁)을 버려서는 안된다는 것이다. 그것은 무엇일까? 퇴계는 맹자의 말로 그 대답을 해준다;

"맹자는 말하기를 '요순은 인륜의 지극한 경지이다. 순임금이 요임금을 섬기던 방법으로 임금을 섬기지 않으면 이것은 임금에게 불경(不敬)하는 것이며, 임금된 자는 요임금이 백성 다스리던 방법으로 백성을 다스리지 않으면 이는 백성을 해치는 것이다.' 하였으니, 후세의 임금들은 마땅히 요순으로 법을 받고 걸주로 경계를 삼아야 합니다."

☞ 사람의 본성과 사회질서

공자는 주대의 종법(宗法)사회를 이상적인 사회로 생각했다. 그 사회는 기본적으로 혈연에 의해 구성된 사회였다. 그 구성원들 사이의 관계는 가족간의 사랑이라는 말로 질서 지울 수 있었다. 왕을 중심으로 왕에게서 촌수가 멀어질수록 왕의 사랑도 옅어지며 왕으로부터 그들이 받는 권력과 물질도 옅어진다. 그런 식으로 서열이 매겨지는 사회였다. 맹자가 살았던 시대는 공자가 살았던 시대와는 비교되지 않을 정도로 늘어난 인구에, 사회관계 역시 복잡한 시대였다. 그러므로 공자처럼 효와 제, 즉 가족윤리만을 가지고 사회의 질서를 담보하기 어려워졌다. 그러나 맹자 역시 주대의 종법사회 질서라는 이상을 공자와 공유했다.

맹자는 복잡해진 사회관계에 대응해서 효(孝)와 제(悌) 대신에 인(仁)과 의(義)라는 보편적 가치를 내세웠다. 그러나 그 내용은 효·제와 다르지 않았다. 즉 맹자 역시 사회 구성원들 사이의 관계를 가족 관계의 확대로 생각한 것이다. 인과 의는 내 가족 안에서 느끼는 사랑과 질서의 정서를 천하 사람들에게 확장시켜나가는 덕이다. 사회 구성원들 모두가 인과 의의 덕을 가지고 있다면, 이 세상은 맹자가 생각하는 대로의 평화로운 세상이 될 것이었다. 세상의 모든 사람들은 한가족처럼 사랑으로 연결될 것이며, 가족 안에서 강제가 아니라 자연적인 위계와 자발적인 복종에 기초해서 질서가 이루어지듯이, 그 사회 역시 강제적인 법령보다는 배려와 교육, 그리고 도덕성에 기초해서 질서가 이루어질 것이었다....맹자가 말하는 인간의 선한 본성은, 맹자가 그리는 이상적인 사회의 질서를 담고 있는 씨앗 같은 것이라는 사실이다. 자신의 본래 본성을 찾으라고 주장하는 것과 이러이러한 사회를 만들자고 주장하는 일이, 맹자에게는 동일한 일이었다는 것이다. 즉 맹자의 본성은 맹자가 이상으로 생각하는 사회의 질서가 그 안에 고스란히 입력되어 있는 그런 것이었다. 인·의·예·지는 인간이 내면에 품는 덕이면서, 동시에 인간 사이의 원만한 관계를 유도하는 사회질서이기도 한 것이다.

[네이버 지식백과] 본성과 사회질서 (맹자 『맹자』(해제), 2004. 이혜경)

아득한 옛날 동양에서 정치가 시작되었을 때에 벌써 정치의 요체가 나온 것이라고 공자도, 맹자도 퇴계도 말해준다. 그 요체는 조금 더 부연하자면 인(仁)과 서(恕)라는 것이다. 유학자들은 이 두 글자의 뜻에 대해서 깊이 연구하고 생각해서 많은 학설을 만들어내었지만 기본적으로 인(仁)은 상대를 배려해서 온 주위를 화합하게 하는 것이고, 서(恕)라는 것은 상대를 인정해주는 것이라고 나는 생각한다. 그러므로 상대를 인정하는 서(恕)가 있어야 세상이 고루 화합하고 편안한 인(仁)이 있게 되는 것이다. 즉 먼저 상대를 인정하고 나서야 세상을 다스릴 수 있다는 뜻이다. 서(恕)를 다른 말로 하면 "자기를 다스리는 마음으로 다른 사람을 다스리고 자신을 사랑하는 마음으로 다른 사람을 사랑하는 것"이라고 할 수 있다. 단순히 용서한다는 뜻을 넘어서는 적극적인 말이며, 이것이야말로 정치의 출발점이라고 할 수 있다.

이렇게 퇴계가 요순을 들어 정치를 논하자 어린 선조에게 궁금증이 생긴다. 맨날 요순 요순하는데 그러면 요와 순 중에 누가 더 낫고 누가 그 다음인가 하는 소박한 의문이다. 여기에 대해서는 기대승이 대답한다;

> "요순시대는 1년으로 말한다면 4월과 같은 때로서, 요임금의 덕은 공손하고 총명하고 우아하고 신중하시어 온유하셨습니다. 순임금은 여러 가지 고난을 두루 경험하여 농사 짓고 질그릇 굽고 물고기까지 잡았습니다. 깊은 산중에 있으면서 목석(木石)과 같이 살고 사슴이나 멧돼지와 같이 놀았지마는 한 마디 착한 말을 듣거나 한 가지 착한 행동을 보게 되면 양자강이나 황하의 물을 터놓은 듯 막힘이 없이 통달하였습니다. 정자(程子)는 '요와 순은 서로 우열이 없다.'라고 했는데 이 말이 과연 그렇습니다."

그러면서 기대승은 정치의 기본은 한가지이되, 그것의 적용은 시대에 따라 다르고, 그 변화의 요체를 잘 볼 필요가 있다고 왕에게 말한다. 즉 요순 이후 문왕, 공자로 이어지면서 사람들이 많아지고 세상이 더 복잡해지면서 그 가르침의 성과는 달랐다는 것이다;

> "문왕 역시 생지(生知 태어나면서부터 알다)의 성인이신데 『시경(詩經)』에 이르기를 '슬기도 없고 지혜도 없는 속에 천리(天理)를 순응한다.' 하였고, 또 '상천(上天)의 일은 소리도 없고 냄새도 없다. 문왕을 본받으면 온 세상이 믿고 따르게 되리라.'고 했습니다. 문왕의 뒤에는 공자가 주(周)나라 말기에 태어나 모든 임금의 본보기가 되었는데 그 제자의 말에 '내가 선생님을 본 바에 의하면 요임금이나 순임금보다도 훨씬 더 훌륭하시다.'라고 했습니다. 대개 요순시대에는 백성이 잘 다스려져 화평을 누렸는데 그 은택이 한 시대에만 있었으나, 공자는 만세토록 법을 드리워 그 공이 요순보다 더하였으니 이른바 성(聖)이라는 지위로 말하면 다름이 없겠지만 공으로 보면 다른 점이 있습니다."

이같은 두 선생님의 말을 종합하면 정치를 잘하기 위해서는 먼저 상대방의 입장을 이해하고 받아들인 후 상대방을 사랑해야한다는 것이다. 그 상대방은 정치가일수도 있고 백성일 수도 있다. 다만 이러한 원리는 예전에는 실행하기에 단순했으나 갈수록 복잡해지므로 보다 보편적이고 시대불변적인 가치를 위해 잘 고민하고 경우경우에 따라 맞는 법도를 세워나가야 한다는 것이다.

이런 가르침에 따라 선조는 집권 초기에 여러 학자들을 중용하고 그들의 말에 따라 백성을 사랑하는 정책을 폈다. 그러나 그러다가 학자들의 의견이 서로 달라지는 상황에서 그들이 자신들의 이익을 위해 줄을 서고 당파를 형성해서 노골적으로 싸우는데, 그것이 단순히 정책결정을 위한 의견제시와 토론의 차원을 넘어서서 서로 상대방을 몰아내는 정권투쟁으로까지 변질되는 과정을 막지 못함으로서 우리나라 역사에서 당쟁을 유발하고 두 차례 외침을 초래한 가장 실패한 군주가 되고 만다.

예전에 임금의 길이 참으로 쉽지 않았다면 마찬가지로 오늘날의 대통령의 길도 쉽지 않다. 해방 이후 70여 년을 넘기며 스무 번째 대통령을 새로 맞아 새 출발을 하고 싶은 우리나라가 이런 저런 이유로 새 정부 출범부터 순조롭지 않은 상황이 계속되고 있다. 이런 상황에서 정치의 요체가 무엇인지, 대통령의 자세가 어때야 하는지를 말하는 것이 무슨 도움이 될까 반문하게 되지만, 그래도 그 기본은 남의 존재를 인정하고 그 바탕 위에 상대를 배려하는 정책을 추진해야 하며, 그러기 위해서는 대화와 설득이 여전히 중요하다고 말해주고 싶다.

그런데 그것보다도 더 중요한 것은, 먼저 자신부터 돌아보고 자신의 허물이 생기지 않도록 주위를 잘 돌아보고 챙기는 일이다. 서(恕)라는 것은 바로 거기서부터 출발한다. 인간이 존재하는 한 서(恕)를 통한 인(仁)의 구현이란 가르침은 요순으로부터 공자, 맹자를 넘어서서 현대에까지 이어지는 아주 간명하고도 변하지 않는 도(道)이자 명제인 것이다.

선류를 보호하소서

　　서기 1567년, 조선조 14대 왕으로 즉위한 선조는 즉위 초 사림파
와 훈구파의 갈등 속에서 억울하게 희생당한 사림(士林)들을 신원(伸
寃)하여 주었고, 반대로 사림들에게 해를 입힌 훈구세력들에게는 벌
을 내려 사림들의 사기를 북돋아 주었다.

　　그리고 1년 반이 지난 1569년 정월, 선조는 당시 가장 덕망이 높
은 퇴계 이황을 이조판서에 임명했다. 그러나 퇴계는 늙고 병들었다
는 이유로 세 번이나 사양을 했다. 선조는 일단 그 사양을 받아들였다
가 도저히 그냥 보낼 수 없다며 의정부 우찬성에 다시 임명했으나 퇴
계는 거듭 고향으로 돌아가겠다는 뜻을 밝힌다. 그 뜻이 너무 강한지
라 선조는 같은 해 3월 1일 퇴계 이황을 만나 물어본다. ≪왕조실록≫
은 당시 장면을 이렇게 기록한다.

상이 이르기를,

"경은 지금 돌아갈 것인데 무슨 하고 싶은 말이 있는가?"

하니, 이황이 대답하기를,

"옛 사람들은 '치세(治世, 잘 다스려지는 시대)가 걱정이 되고 명주(明主, 똑똑한 군주)가 오히려 위태롭다'고 하였습니다. 이는 명주는 남보다 뛰어난 자질이 있고 치세에는 걱정할 만한 일이 없으므로, 독단적인 슬기로 대중을 제어하면서 여러 신하들을 경시하는 마음을 갖게 되고, 따라서 교만하고 사치스런 마음이 생기기 때문입니다. 지금의 세대가 비록 치평(治平)의 시대인 듯 하나 남쪽과 북쪽에 전쟁의 단초가 있고 민생은 지쳐 있어 걱정할 만한 일이 없다고는 할 수 없는 것입니다. 성상의 자질이 고명하신데 비해 여러 신하들의 재지(才智)가 성상의 뜻에 만족스럽지 못하기 때문에, 일을 논의하고 처리하는 과정에서 독단의 슬기로 세상을 이끌어가려는 조짐이 없지 않으므로, 식자들은 그 점에 대해 미리 염려하고 있습니다.

신(臣)이 전날에 《주역》의 건괘(乾卦)[197]에 '날으는 용이 하늘에 있다(飛龍在天)'는 것과, 또 '높이 오른 용이 후회가 있다(亢龍有悔)'[198]는 말에 대해 아뢰었습니다. 이것은 바로 임금이 지나치게 스스로 뛰어난 체하여 신하들과 마음을 같이하고 덕을 함께 하지 않으면 어진 이들이 아래에서 도우지 못하게 되는 것이니, 이른바 높이 오른 용이 후회가 있다는 것입니다. 그러므로 반드시 학문의 공정이 무너지지 않아야 사의(私意)를 이겨 낼 수 있어 그러한 병통이 사라질 것입니다."

하였다. 상이 다시 하고 싶은 말을 묻자 대답하기를,

"예로부터 임금의 초반 정치는 청명하게 하여야 정직한 인물이 등용되므로 임금이 과실이 있으면 간쟁(諫諍, 간관들이 국왕의 과오나 비행을 비판하는 것)하였는데, 임금이 이에 대하여 싫증을 내게 마련입니다. 이때 간사한 무리가 그 기회를 노려 온갖 아양을 부리게 되는데, 그러면 임금은 마음속으로 만약 이런 사람을 임용하면 내가 하고 싶은 대로 다 할 수 있겠다고 여겨 그때부터 소인배와 합하게 되어, 정직한 사람은 손 댈 곳이 없게 됩니다. 따라

---

197) 《주역》 64괘 가운데 첫번째 괘. 하늘의 성격과 본질적 기능을 설명하고 있다.

198) 용은 곧 임금을 뜻한다. 이 하늘에 있다는 것은 왕이 권력의 최고위에 올라가 한창 권력을 행사한다는 뜻이다. 항룡유회는 하늘 끝까지 올라간 용이 내려갈 길밖에 없음을 후회한다는 뜻으로, 부귀영달이 극도에 달한 사람은 쇠퇴할 염려가 있으므로 행동을 삼가야 함을 비유하여 이르는 말이다.

서 사태가 이에 이르면 소인배가 득세하여 못하는 짓이 없게 되는 것입니다. 지금 신정(新政)의 초기라서 모든 간쟁에 대해 뜻을 굽혀 따르고 있으므로 큰 잘못이 없습니다. 그러나 오랜 세월이 흘러 성상의 마음이 혹시라도 달라진다면 꼭 오늘 같으리라고 어떻게 보장할 수 있겠습니까? 만약 그리 된다면 그때는 간사한 사람들이 필시 승세를 타게 되어 초정(初政)과는 크게 상반될 것입니다. 당 현종(唐 玄宗)의 개원(開元)시기[199]에는 어진 신하가 조정에 가득하여 태평을 이루었으나 현종이 욕심이 많은 것을 기화로 이임보(李林甫, ? ~ 752)[200]와 양국충(楊國忠, ?~756)[201]이 오직 봉영(逢迎, 윗사람의 뜻에 맞추는 일)을 일삼았으므로, 군자는 모두 떠났고 소인배만 남게 되어 끝내 천보(天寶)의 난[202]을 일으켰습니다. 똑같은 한 사람의 임금이면서 마치 두 사람의 일인 양 달랐던 것은, 처음에는 군자와 마음이 맞았다가 끝에 가서는 소인과 친했기 때문입니다.

바라건대 상께서는 이 점을 큰 경계로 삼아 선류(善類, 성품이 어진 사람들)를 보호하여 소인배들로 하여금 모함을 못하도록 하소서. 이것이 바로 종사(宗社)와 신민(臣民)의 복이며 신이 경계의 말씀으로 드리고 싶은 것이 이보다 더 큰 것이 없습니다.”

이 말을 들은 선조는 “내 이를 마땅히 경계로 삼으리라.”하며 퇴계의 가르침을 잊지 않으려 애를 썼다.   ....(《선조수정실록》[203] 2년(1569) 3월1일)

---

199) 당 태종이 정치를 잘 한 것을 '정관의 치'라고 하는데 비해, 현종도 연호를 개원(開元)이라고 쓰는 기간(713년~741년) 동안 정치를 잘 했기에 후세 사람들이 이를 '개원의 치'라고 한다.

200) 당 현종(玄宗) 때의 재상으로 아첨을 일삼고 유능한 관리들을 배척하여 '구밀복검(口蜜腹劍) 즉 입으로는 꿀처럼 달콤한 말, 뱃속에는 칼을 품고 있다'이라는 말을 낳았으며, 당(唐)을 쇠퇴의 길로 이끈 인물로 여겨지고 있다.

201) 당나라 중기의 재상. 양귀비의 친척으로 등용되어 현종에게 중용되었다. 뇌물로 인사를 문란시키고 백성으로부터 재물을 수탈하는 등 실정을 계속하여 안사의 난이 일어나자 사천성 으로 도주하다가 살해되었다.

202) 당의 현종 재위시에 일어난 안사의 난(安史之亂), 곧 755년 12월 16일부터 763년 2월 17일에 걸쳐 당나라의 절도사인 안록산과 그 부하인 사사명과 그 자녀들에 의해 일어난 대규모 반란을 말한다.

203) 조선의 14대왕인 선조가 죽고 그 다음 왕인 광해군 시대에 편찬된 《선조실록》은 당시 집권한 북인세력인 기자헌(奇自獻)과 이이첨(李爾瞻) 등이 중심이 되어 편찬한 것이어서 공정한 입장을 지키지 못했고 임진왜란 당시에 사료가 많이 없어진데 따라 빠진 점이 많았다. 인조반정(仁祖反正)으로 북인이 물러가고 서인이 정권을 잡게 되자

현대 한국에 있어서 정부가 출범할 때에 국민들의 많은 기대를 받으며 출범하는 관계로 과거 어느 정부보다도 의욕이 넘쳐 있다. 특히 대통령은 그동안 마음속에만 있던 과감한 개혁조치를 곧바로 시행하려 한다. 그런데 국정을 해 나가면서 초기에는 정책에 대한 비판의 목소리를 참아내었지만 얼마 있지 않아 자신의 정책에 대한 비판의 목소리를 듣기 어려워한다는 소리가 흘러나온다. 그것은 퇴계가 "성상의 자질이 고명하시어 여러 신하들의 재지(才智)가 성상의 뜻에 만족스럽지 못하기 때문에, 일을 논의하고 처리하는 과정에서 독단의 슬기로 세상을 이끌어가려는 조짐이 없지 않다"고 걱정한 그대로였다. 우리나라의 대통령처럼 앞에서 이끌어가는 스타일의 지도자일수록 그런 우려가 높았고 역대 대통령을 거치면서 그것이 어느 정도 현실로 드러났다.

　　그러므로 대통령이든 누구든 지도자는 자기 귀를 언제나 열어놓아야 한다. 방송이나 신문이 정책에 대해 비판을 가하는 것을 '발목을 잡는다'는 식으로 받아들이기 시작하면 자신의 귀에 달콤한 말만 가려서 듣고 국민의 뜻을 알 수 없게 되어 국민들의 마음이 떠난다는 것은 수 없는 역사가 증명한 바이다. 사람들은 "정치는 경영과는 다르다. 나와 다른 사람들의 목소리를 존중하지 않으면 정치는 독선이 된다. 그 독선은 위험하다"고 말해왔다. 우리나라는 역대로 정권이 끝나기도 전에 이미 정권이 잦은 비난에 힘을 잃고 심지어는 대통령이 출신 당적을 버리는 일이 잦는 것이 바로 이런 문제점에서 연유했다고 하지 않을 수 없다.

곧 수정하자는 의견이 나오게 되었다. 그러나 실제로 수정을 결의한 것은 인조 즉위 후 19년이 지난 1641년이고 수정이 끝난 것은 효종 때인 1657년이니까 15년 이상의 시간이 걸렸다. 다만 이 수정실록에는 정권을 잡은 서인들의 시각이 너무 많이 반영된 흠이 있다.

우리가 역사를 배우는 것은, 바로 그 성공과 실패의 원인을 스스로 미리 알고 잘 대처하라는 뜻일 게다. 예전에 왕은 아침저녁으로 그러한 역사공부를 경연이라는 형식을 통해서 했지만 이제는 그런 자리가 없고 대신 감사원, 국정원 등의 감찰보고나 언론을 통해서 듣게 되는데, 비판을 싫어하고 멀리하는 것이야말로 국민들로부터 눈과 귀를 닫는 일이 될 것이다. 국민의 비판은 언제나 겸허히 듣고 그 중에서 옳은 소리, 잘못된 소리를 구별하며, 자신의 부하 가운데서도 소인배를 물리치고 선류를 받아들이도록 해야 할 것이다.

　　참으로 일국의 지도자라는 자리는 어렵고도 힘들다. 그것은 구중궁궐처럼 인의 장막에 둘러싸인 외로운 섬이다. 일반 사람들과의 소통이 그만큼 어렵다. 처음 시작하는 사람은 누구나 각오를 단단히 하지만 끝내 귀가 막히고 눈이 닫히는 경우가 비일비재했다. 그리고 매번 정권이 바뀔 때마다 우리들은 5년이 결코 길지 않다는 점을 실감하곤 한다.

　　그리고 다시 5년이 끝나고 새로 정권을 맡는 사람들이 선택되었다. 그들도 마찬가지로 유념해야 할 것이 그들의 전 사람들의 역사에서 많이 발견할 수 있다. 그것을 제대로 복 실천하면 성공하는 것이요, 그렇지 않으면 다시 실패를 한다. 그 실패는 곧 우리 국민들의 고통을 의미한다.

성균관에 가더라도

    퇴계 이황의 제자로 학봉 김성일과 서애 유성룡이 서로 누가 앞이
냐 뒤냐, 누가 오른쪽이냐 왼쪽이냐를 놓고 후손들이 경쟁을 하는 사
이인 것은 세상에 유명한데, 그 중 학봉 김성일은 똑똑한 형제가 많았
으니 바로 윗 형으로 운암(雲岩) 김명일(金明一)도 그 중의 하나다. 학
봉의 4살 위인 운암은 젊을 때에 도산(陶山)에서 퇴계에게 수업을 하
였는데, 퇴계가 잠명(箴銘)을 지어주며 열심히 공부할 것을 권했다.
    운암이 31살 때에 동생인 학봉 김성일과 그 밑의 동생인 남악(南
嶽) 김복일(金復一) 등 삼형제가 한 해에 생원시에 함께 합격해서 세
상을 놀라게 했다는데, 33살에 보다 큰 공부를 위해 서울 성균관으로
유학을 떠나면서 스스로의 다짐을 담은 감회시를 퇴계 선생에게 올렸
다.

30여 년 좋은 세월 허비하다가
지난 연말에 뵙고 감개 깊었습니다
책 펴면 글자조차 분간 못하는데
정밀히 연구하면 어찌 성현의 마음 알 수는 있을지요
卅年徒負好光陰 歲晚從遊感慨深
開卷未分魚魯字 研精何識聖賢心

막 솟은 샘물 흘러가려 하자 진흙이 물을 흐리고
옛 거울 닦으려니 티끌이 다시 묻네요
묻자오니 어떻게 공부해야 이룰 수 있는지요
오늘부터 힘써 미루어 찾아나가 보렵니다
蒙泉欲達泥還混 舊鏡將磨塵復侵
爲問何修終事業 試從今日强推尋

　　이렇게 스스로의 새로운 마음 다짐을 스승에게 밝히고 길을 떠난
다. 옛 사람들이 이런 저런 시를 남긴 것은 수도 없이 많을 것이다. 그
런데 이 시를 읽어가다가 문득 재미있는 표현이 눈에 띄었다.

　　도부(徒負) 라는 말은 원래 그렇게 '헛되이 해버리다'라는 뜻으로
쓰는 말이니 그렇다고 치고, 그 다음에 어로(魚魯)를 분간못한다는 표
현이 있구나, 보통 어로라고 하면 고기 잡는 일(漁撈)을 뜻하는데, 여
기서는 魚와 魯가 글자가 비슷해서 일(日)이란 변이 하나 더 붙은 것이
차이이니까, 아마도 이 차이도 모른다는 뜻에서 쓴 것 같다, 우리 말
'낫 놓고 기억자(字)도 모른다'와 같은 개념인 것 같다. 그리고 그 다음
연에 옛 거울이 나오는데, 이것이야말로 스승인 퇴계가 편찬해 펴낸
『고경중마방(古鏡重磨方)』을 인용한 말이구나. 옛 거울을 잘 닦아서
마음을 바로 보란 말인데, 그 거울에 자꾸 먼지가 다시 붙는다는 말이
렷다. 당시에 퇴계의 이 책이 벌써 잘 알려졌다는 뜻이다. 멋진 표현이

구나.

　제자로부터 이런 뜻을 담은 시를 받은 퇴계, 2수를 지어 답을 준다;

　　　　그대는 산 남쪽에, 나는 북쪽에 사는데
　　　　한 해 겨울 부지런히 와주어 부끄러우이
　　　　가고 나서 시에서 보이는 그대의 속마음
　　　　문사에 두지 않은 높은 뜻 정말 아름답구나
　　　　君在山南我山北 一冬空愧往來勤
　　　　別來肝膽因詩見 雅志深嘉不在文

　　　　높은 뜻이 진실로 문사에 있지 않다면
　　　　도는 몸 밖에 있는 게 아니니 어찌 듣기 어려울까
　　　　오늘날 가르치는 책은 모두 명예와 이익뿐
　　　　성균관에 가서 잘못 물들지 말게나
　　　　雅志誠能不在文 道非身外豈難聞
　　　　祗今敎券皆聲利 莫向芹宮誤染薰
　　　　　　　　김시박, 「천전소지1972」.『만포 김시박전집』315쪽

　운암이나 동생 학봉 등이 살던 곳은 천전리(川前里)라는 곳이다. 안동시에서 동쪽을 가다가 임하댐이 있는데 그 근처이다. 따라서 퇴계가 살고 있던 도산과는 지금 자동차로도 30분 이상 걸리는 먼 길이다. 그 길을 운암이 공부하러 열심히 한 겨울에도 하루도 빼놓지 않고 다녔다는 뜻이다, 그러면서 제자가 공부를 하는 이유가 단순히 출세를 하기 위함이 아니라 진정한 인간수양의 길을 가기 위함이라는 데에 뿌듯함을 느끼고 그것을 더욱 격려하는 글을 내려준 것이다. 퇴계와 운암의 나이 차이는 33살이나 되는데, 그 옛날 퇴계도 운암이 태어

나기 바로 전 해인 1533년에 반궁(泮宮), 곧 성균관에 유학을 했다. 그런데 이 때에 퇴계는 이 학교 학생들의 행태에 크게 실망을 한다. 권문세가의 자제들이 들어와 나랏돈을 함부로 쓰고 규율을 지키지 않고 수업태도도 엉망이었다고 한다. 그리고 글을 읽는다고 해도 출세의 방편으로만 되고 있다는 것인데, 자칫 성균관에 가서 그러한 세태에 물들고 공부란 것을 인간완성이 아니라 서로 편을 가르고 줄을 세워 출세의 기회를 마련하기 위한 것이 되어서는 안 된다는 뜻을 밝힌 것이다.

실제로 퇴계에게는 성균관에 대한 아주 좋지 않은 기억이 있다. 58세 때인 1558년10월, 성균관 대사성에 임명되었을 때 일이다. 명종 임금이 은밀히 불러 선생이 정원에 나오니 이르기를, "학교는 풍속을 교화하는 근원인데 퇴폐하여 미약함이 너무 심하고 선비의 기풍은 마땅히 바르게 길러야 하는데도, 경박하고 방탕하여 아름답지 못하다. 이것은 비록 나의 불민한 탓이기는 하나, 제대로 고무(鼓舞)하고 교화하지 못한 소치이기도 하니 또한 책임자(곧 성균관의 대사성)와도 연관이 있지 않겠는가. 그대는 문장에 능하고 청렴하며 근실하여 교육하는 소임에 합당하기 때문에 내가 그대에게 위임하는 것이니, 나의 지극한 뜻을 본받아서 정성을 다하여 부지런히 교화시켜 학교를 진흥시키고 선비의 기풍을 바로잡으라." 하고, 담비 가죽으로 된 귀마개를 하사하였다. 선생이 이르기를, "신의 병이 심하여 전에도 두 번이나 이 임무를 맡았어도 모두 감당하지 못하였사옵니다. 이제 또 맡기시니 또 전과 같이 감당해 내지 못할까 근심이 되옵니다." 하였는데 또 술을 하사하라고 명하였다. 할 수 없이 대사성 제수를 받아들이고 인재 양성을 자신의 임무로 삼아 사학(四學) 학생들에게 통문(通文)하여 학문에 힘쓰도록 권하였다.

가만히 오늘날의 학교를 보건대, 사장(師長:교장)이든 생도든 간에 혹 서로 그 도리를 잃음을 면치 못하고 있다. 비단 학규(學規)만 강명(講明)되지 않을 뿐 아니라 학령(學令)까지 크게 무너져서 스승은 엄하지 못하고, 생도는 공경하지 못하여 도리어 서로 폐해를 입히고 있다. 국학(國學)에 있어서도 이런 일이 없다고 할 수 없으나 사학(四學)은 더욱 심하다. 얼핏 들으니 사학의 유생(儒生)들이 사장 보기를 길가는 사람 보듯 하고, 학궁(學宮) 보기를 여관방 보듯 하며, 평상시에 예복을 갖춘 자가 열에 두세 사람도 없고, 흰옷과 검은 갓 차림으로 줄줄이 왕래하며, 사장이 들어오면 수업을 받고 가르침을 청하는 것은 고사하고 읍(揖)하는 예를 행하는 것까지 꺼리며 부끄럽게 여긴다 한다. 서재(書齋)에 번듯이 누워서 흘겨보고 나오지도 않고, 그 이유를 물으면 공공연하게 "나는 예복이 없다."고 대답하며, 사장 가운데 이 폐습(弊習)을 바로잡으려는 이가 있어서 며칠을 연달아 읍례(揖禮)를 받으면 크게 해괴하고 이상하게 여겨서 떼를 지어 기롱하고 욕하며, 혹은 옷을 떨쳐 입고 이불을 싸 가지고 떠나며 말하기를, "이는 우리를 건드려 떠나게 하고서 양식을 착복하려는 것이다." 하고, 혹은 여러 사람에게 외쳐대기를, "우리들은 침요(侵撓)를 견딜 수 없으니 의당 서재를 비우고 흩어져 가야 한다." 하여 이것으로 사장을 위협한다 하니, 도리를 알고 예로써 몸을 검속한다는 사람들이 차마 이런 행동을 할 줄 생각이나 했겠는가.[204]

학생들이 요즘 말로 농땡이를 치는 것만이 아니라, 이를 시정하려는 선생들에게 없는 죄를 덮어씌운다는 위협을 가해 자기들 하고 싶은 대로 행동한다는 것이다. 책문(策問)을 내어 학문하는 도리에 대해 물었지만 당시 학생들의 풍습이 얼마나 기가 찰 일이었는지가 기록에 나온다.

책문(策問)을 내어 학문하는 도리에 대해 물었다. 그런데 당시에 선비의 풍습이 이미 망가져 이를 두고 도리어 물정 모르는 일이라 여겨 한 사람도 책문에 응한 자가 없었다. 관학 유생(館學儒生)들이 음식의 질을 가지고 선비 양성을 잘하느니 못하느니 하면서 조금이라도 마음에 들지 않으면 비방하는 의론이 들끓었

---

204)   퇴계선생문집 제41권 / 잡저(雜著)사학(四學)의 사생(師生)에게 유시(諭示)하는 글

다. 관원들이 혹 뜻에 맞춰 줌으로써 잘한다는 소리를 들으려고 음식을 더없이 풍성하게 잘 차려 제공하여 창고의 재물을 탕진하여 전복(典僕)도 유지하지 못할 지경이 되자 선생께서는 이를 매우 비루하게 여겼다. 대사성이 되고 나서 오로지 예의로써 선비를 기르고, 잘 먹이는 데에는 힘을 쓰지 않자 성균관 내 사람들이 모두 괴이쩍게 여기고 성을 냈다. 그러자 선생께서는 사습(士習)을 고칠 수 없다는 것을 알고 얼마 지나지 않아 병을 핑계로 출사하지 않았다.

...... 창계집 퇴계 언행록

   퇴계가 운암에게 한 당부는 이러한 사정을 깔고 있었다. 과연 퇴계의 당부를 받은 운암은 형제들과 함께 성균관에서 공부를 열심히 했지만, 그는 일찍부터 출세에 뜻을 두지 않았다. 그래서 여차하면 낙향해서 진정한 공부를 할 요량으로 장육당(藏六堂)이란 서재도 지어 놓았다. 그런데 그런 뜻과는 달리 공부를 하다가 병을 얻어 형제들과 함께 돌아오는 길에 경기도 용인 땅에서 세상을 떠났다고 한다. 안타까운 일이다. 천성이 영민하여 일찌기 소수서원에서 공부할 때에 농암(聾巖) 이현보(李賢輔)의 손자사위인 금계(錦溪) 황준량(黃俊良)과 도의지교(道義之交)를 맺을 정도였다는데, 오래 살았으면 어떤 인재로 성장했을까 아쉬운 대목이다.

   아무튼 30년 뒤의 후배에게도 퇴계의 가르침은 한결 같았다. 공부, 곧 학문은 벼슬이나 자신의 이익을 위한 것이 아니라 진정한 인간완성을 위한 것이 되어야 한다는 것이다. 글 속에 공부가 있는 것이 아니라 아주 가까이에 있다는 말, 그것은 글만 열심히 읽어 그것으로 출세를 해서 세속적인 욕망에 휩쓸리거나 휘둘리지 않고, 세상을 위해 옳은 방향에서 학문과 지식을 쓰는 것, 그것으로 진정한 인간이 되는 것이라고 가르쳐준다. 예나 지금이나 변함없는 참된 가르침이 아닐 수 없다. 지금과 같이 애써 배운 학문과 지식이 자기 한 몸과 가족,

자기 패거리를 위한 엉뚱한 데 쓰이고 거짓과 변명과 위선이 판을 치는 이 세상에서는, 퇴계의 조용하면서도 확고한 당부의 의미가 더 새로워진다.

죽령 고개에서 생각한다

1567년 조선 왕국의 13대 왕 명종이 후사도 없이 돌아가자 17세의 나이에 갑자기 왕위에 오른 선조의 간곡한 부탁으로 늙은 몸을 이끌고 1568년 여름에 상경한 퇴계 이황은 정성을 다해 경연에 임하고 성왕(聖王)의 이치를 담은 <성학십도>를 지어 선조에게 올린 뒤 고향에 돌아가기를 간곡하게 청원한다. 그 이듬해인 1569년 음력 3월4일에 겨우 고향에 다녀오는 윤허를 받은 퇴계는 혹 왕의 마음이 바낄 쌔라 그 다음날 한강을 건너 고향으로의 발길을 서둘렀다. 열흘 만인 3월13일에 퇴계는 충북 단양에 도착했다. 단양은 퇴계가 48세 때에 군수로 약 10개월 재직하였던 곳이다. 퇴계는 이곳에서 하루밤을 머물며 20여년 전 백성들을 위해 힘을 쏟았던 때를 생각하며 남다른 감회를 느꼈을 것이지만 따로 기록을 남긴 것은 없고, 그 다음날 14일에 죽령을 넘어 풍기로 간다.

죽령은 해발 696미터로 아주 높지는 않지만 문경의 조령(새재)와 함께 소백산맥을 넘어 서울과 영남을 연결하는 가장 중요한 고갯길이었다. 퇴계는 지금 죽령옛길로 불리는 길을 따라 맑은 물이 흐르고 곳곳에 폭포가 있는 아름다운 이 길을 올라가 죽령 정상에 이르러서는 더욱 깊은 감회를 느꼈음에 틀림없다. 그것은 20년전에 이곳에서 가장 친한 형님 온계(溫溪) 이해(李瀣)와 마지막 이별을 한 곳이기 때문이었다.

퇴계(1501~1570)에게는 위로 5명의 형이 있었지만 다섯살 위인 네째 형 온계(1496~1550)를 가장 의지했다. 두 형제는 다른 형제와 달리 도학과 성현지도를 닦는데 뜻을 두었고 대과 급제 후 나라 일을 하면서도 핏줄로서의 우애를 넘어서서 세상을 일궈나가는 데 있어서도 서로 격려하고 힘이 되어주었다. 그러기에 두 형제는 자주 보지 못해 안타까워하면서 언제든 고향에서 함께 농사를 지으며 우애를 나누고 싶어했다.

퇴계가 단양군수로 있던 1548년 형님 온계가 충청감사로 오는 바람에 한 도(道)에 형제가 나란히 아래 위로 근무할 수 없다며 퇴계는 그 옆의 풍기군수로 자리를 옮긴다. 그리고 그 다음해인 1549년 두 형제가 마침 고향 성묘를 위해 만나고는 죽령위에서 이별을 하는 것이다. 퇴계는 당시를 이렇게 기록해놓았다.

형님(李滉)이 충청감사로 계실 때 잠시 말미를 받아 고향에 오셨다. 나는 당시에 외람되이 풍기군수로 있어서 맞이하고 전송하기를 모두 죽령에서 하였다.... 작별하게 되자 형님이 나에게 말씀하시기를 "자네는 벼슬을 그만두지 말게. 내년에 내 꼭 다시 올 것이니 저 대 위에서 잔을 드세나."하셨다. 그 다음날 내가 기념으로 두 절구를 써 붙였다.

험한 터를 다듬어서 대(臺)를 꾸민 것은
감사 형님 오가실 때 마중 배웅 위해서죠
영롱한 물소리 우리 형제 깊은 정 같네
우뚝 솟은 산들은 이별의 한 쌍인 듯
爲破天荒作一臺 鴒原棠茇送迎來
泠泠恰似惟情溢 矗矗還如別恨堆

안영협 골짜기에서 서로 헤어지던 날
소혼교 다리에서 넋이 나가는 듯 했지요.
험하디 험한 영남 고갯길 잘 오르셨듯이
내년 다시 오실 기약 저버리지 마소서.
雁影峽中分影日 消魂橋上斷魂時
好登嶺路千盤險 莫負明年再到期

이에 형도 동생의 마음 받아 시를 짓는다,

귀신이 한 일인 듯 층층대 우뚝하니
하룻밤 사이 날 기다려 쌓은 것이라네
하늘 끝까지 눈에 들어오는 이 곳
비탈진 산길엔 흰구름이 올라오네
神輸鬼役築層臺 一夜能成待我來
眼力定應天奧覷 暫時驅跛白雲堆

어느덧 벌써 서산에 해가 지는구나
술자리 파했지만 서성거리는 마음
구름 낀 산아 내 말 잘 들어주소
명년에 다시 오리니 꼭 기다리라고
西日奄奄若不遲 躊躇橋上酒闌時
雲山聽我丁寧說 好待明年來有期

형제가 작별한 곳이 촉령대(矗泠臺)이다. 촉령대는 죽령(竹嶺) 요
원(腰院)의 아래에 있는데, 충청도와 경상도의 분계지점이다. 퇴계가
온계를 맞이하고 전송하는 일을 여기서 했다. 촉령대라는 이름은 퇴
계가 명명하였다. 작별에 임해서 온계는 동생에게 "너는 풍기군을 떠
나지 말아라. 내년에 내가 마땅히 다시 와서 촉령대 위에 잔을 올리리
라." 라고 말했다.

그러나 퇴계와 온계는 촉령대에서 헤어진 것이 마지막이 되었다.
그 다음해 55세 되던 해 8월에 온계는 자신에게 앙심을 품은 당시 권
력층의 모략에 의해 모진 고문을 당한 끝에 세상을 떠나야 했다. 그런
아픔의 역사가 있는 곳이었기에 퇴계는 20년 전 형님을 이별하던 기
억을 떠올리며 가장 영명했던 형님이 자신의 뜻을 이루지 못하고 일
찍 유명을 달리한 것을 애통해했을 것이다.

　450년전 퇴계의 마지막 귀향길을 답사하면서 퇴계가 고향으로 돌아간 뜻을 되새겨보기 위해 4월4일 서울을 떠난 김병일 도산서원 선비문화수련원 이사장과 원로 한문학자 이장우 박사, 강구율 동양대 교수, 온계의 직계후손인 온계파 이목 종손 등 답사단은 이날 단양에서부터 죽령 고개까지 40리 길을 네 시간 넘게 걸어서 죽령고개에 오른다. 고개정상에서 두 형제가 지은 시를 창수(唱酬)하며 두 형제의 만남과 헤어짐의 의미를 회고해보았다. 답사단의 일원으로 구절양장의 단양옛길을 함께 걸어 죽령에 오른 필자도 간간이 뿌리는 빗방울 속에 썰렁한 바람을 맞으며 감회에 빠졌다. 필자의 직계 선조이신 온계와 그 동생 퇴계 등 두 할아버지 형제의 운명이 서로 교차한 곳이기에 많은 생각을 하게 된 것이었다.

　두 분이 공부하고 실천한 가르침인 유학은 경(敬)과 의(義)라는 두 개의 기둥이 떠 받치고 있다. 주자는 말했다.

"나는 일찍이 주역(周易)을 읽고 두 마디 말을 얻었으니 '경(敬)으로써 안으로 마음을 바르게 하고 의(義)로써 밖으로 몸을 바르게 한다'는 것이다. 이를 학문하는 요점으로 삼은 것은 이것을 대체할 수 있는 게 없다는 생각에서였다."

퇴계 이황의 철학은 경(敬) 철학이라고 한다. 경(敬)은 공경함(恭), 엄숙함(肅), 또는 삼가다(勤愼) 등의 뜻으로 풀이된다. 하늘로부터 본래 부여 받은 순수한 마음을 경 공부를 통해 회복하여 내면 속에서 자신에게 비춰진 천명인 성품을 확인하고 세계 속에서 궁극적 존재와 일치하려고 한다. 경(敬)은 마음을 한 곳에 집중하여 그러한 상태를 오래 유지하는 것을 말한다. 그것으로서 스스로를 수양하고 제자들의 맑은 덕성을 함양해서 사람들이 사는 사회를 맑게 이끌 인재를 기르는 것이다. 퇴계는 이 경(敬)을 평생 동안 지키고 추구해 나갔다.

왼쪽 퇴계 종택/ 오른쪽 온계 종택

다만 형인 온계는 이 사회가 올바른 도를 추구하는 왕도사회가 되기 위해서는 수양에 머무르는 것을 넘어서서 의를 보고 의를 행하며 의를 함양하는 것이 필요하다는 생각을 했다. 그러기에 그는 왕이간 신하건 잘못 생각하는 것에 대해서는 과감히 시정을 요구했고 백성들을 위한 목민관의 역할에 최선을 다했다. 그러나 두 형제가 살던 시대는 권신들에 의한 정치의 혼란이 극심했고 세상의 바른 도는 무시되고 있었다. 이런 세태때문에 동생 퇴계는 형에게 여러 차례 벼슬을 떠나기를 권했고 스스로도 고향에 내려가서 서당을 열고 경(敬)을 지켜나가면서 바른 생각을 제자들에게 전했다. 그런 반면 형은 자신의 이상인 의(義)를 구현하기 위해 최선을 다했으나 결국 험난한 세상의 파도에 휩쓸려 자신의 뜻을 다 세우지 못했다.

퇴계는 올바른 정치를 하겠다고 다짐하는 선비들이 조정에 진출하고 있으면서도 계속되는 권력 싸움과 정치의 혼란으로 수많은 지식인들이 목숨을 잃거나 유배를 가고, 정치가 땅에 떨어지는 것을 안타까워하고 그 근본적인 해법을 학문에 대한 근본 개념, 우주의 본성을 제대로 파악해서 먼저 인간이 되어 정치에 나서야 한다는 생각에서 찾으려했다. 당시 끊임없이 연속되는 정치적 참화의 근본 원인이 나아가는 길만 있고 물러나는 길이 없는 데 있다고 보고 이 구조를 해소하고 퇴로를 뚫는 데 자신의 역할을 찾아 이를 실천으로 옮겼다. 그것은 현실에서 맞설 용기가 없어 물러서는 것이 아니라 현실에 도가 돌아오기를 촉구하는 수양과 학문의 길을 가는 것이고 그렇게 함으로서 사회 전체를 밝고 바르게 이끌 수 있다는 것이다. 퇴계로서는 이제 스스로도 모든 정계에서의 생활을 정리하고 최종적으로 내려가는 만큼 20년 전 형님이 다른 길을 갔었으면 어찌 되었을까, 그러지 못하고 일찍 몸을 잃은 데 대한 아쉬움이 교차했을 것이다.

퇴계는 그렇게 해서 길고 높은 이름을 남길 수 있었지만 형은 가슴 속의 뜻을 다 세우지 못하고 한 많은 생을 끝내야 했다. 그렇지만 우리 사회에 온계와 같이 옳음을 위해서는 목숨을 거는 용기가 없다면 우리 사회의 불의는 더욱 기승을 부릴 것이고 우리들의 삶은 피폐해질 것이다. 죽령의 차가운 비바람 속에서 필자는 경의 철학으로서 진정한 도학자, 유학자의 길을 제시한 퇴계를 생각하면서 동시에 길은 다르지만 의(義)의 추구를 통해 다른 선비의 길을 보여준 퇴계의 형 온계를 다시 생각하며 그 길의 중요성을 되새겨본다. 자기 자신의 내면을 성찰해 스스로의 학문을 완성한 후에 세상에 기여하는 것이 중요한 가르침이지만 세상의 불의와 싸우고 의를 세우는 자세도 모두 우리의 삶을 이끌고 받쳐주는 중요한 덕목이자 추구해야 할 가치이자 길임을 새삼 확인하는 시간이었다.

권말부록

누가 성공한 정치가인가

배병삼 영산대학교 교수

퇴계 이황(李滉)과 율곡 이이(李珥)는 우리에게 낯익은 이름이다. 1000원 권과 5000원 권 지폐의 초상으로 매양 접하기 때문이다. 허나 막상 두 사람의 정치적 이력에 관해서는 잘 모른다. 둘 다 성리학자요, 그 가운데 이황은 주리론, 이이는 주기론을 주장한 사상가라는 정도에서 그친다.

본시 퇴계와 율곡은 정치가라는 사실을 환기하는 책이 상재되었다. 제목이 도발적이어서 눈길을 끈다. "퇴계 vs. 율곡"이다. 이어지는 부제, "누가 진정한 정치가인가"라는 문장이 그 대결 구도를 강조한다. 저자는 수년전 <퇴계와 고봉, 편지를 쓰다>(소나무 펴냄)를 출간했던 역사학자 김영두.

조선은 유교, 그 중에서도 특별히 성리학을 기반으로 한 국가였다. 성리학은 철학이나 역사이기 전에, 실제 삶을 구성하고 규정하는 정치적 가치요 이념이었다. 그러므로 이런 정부에 출사한 퇴계와 율곡은 기본적으로 현실 정치가였다. <퇴계 vs. 율곡>(역사의아침 펴냄)은 그동안 철학적 측면에 치우쳤던 성리학 연구의 경향에 정치적 특성을 부각함으로써 균형을 잡으려는 시도로 보인다.

이런 방식의 접근은 그 시도 자체만으로도 신선하다. 또 추상적이고 고답적인 개념들 이를테면 이와 기, 사단칠정 같은 표현들을 억제하고, 평이하고 손쉽게 해설함으로써 퇴계와 율곡의 정치적 비전과 역사적 고민을 현대 독자들에게 잘 소개하고 있는 점도 미덕이다.

1

저자는 정치가로서 퇴계와 율곡의 대결 구도를 명확히 하려면 소재부터 공정해야 한다고 생각한 듯하다. 즉 '누가 진정한 정치가인가'를 판정할 대상으로서, 퇴계의 '무진육조소(戊辰六條疏)'와 율곡의 '만언봉사(萬言封事)'라는 두 상소문을 택했다. 저자는 "이 상소문들을 통해 그들이 시대적 과제를 타개하기 위해 어떤 해결책을 제시했으며, 두 사람의 해결책이 어떤 면에서 같고 또 어떤 면에서는 다른지 비교해보려고 했다"고 술회한다.

'무진육조소'란 무진년(1568)에 정치 현안에 대해 여섯 조목으로 간추려 새로 등극한 젊은 군주(선조)에게 올린 글이다. 퇴계의 나이 이미 69세였으니 무르익은 정치적 사유가 여기 응축되어 있다고 저자는 판단한 듯하다. 한편, 율곡의 '만언봉사'는 한자로 1만 자에 이르는 방대한 내용을 임금만 보도록 밀봉한 상태로 올린 비밀 상소문이라는 뜻이다. 때는 선조 7년(1574)으로서, 율곡의 상소문들 가운데 그의 속 뜻이 잘 드러나 있고 또 퇴계의 상소문과 시기적으로 가까워서 두 사상가의 정치적 식견을 비교하는데 적당한 텍스트로 보았던 것 같다.

책은 크게 세 부분으로 이뤄졌다. 제1부는 퇴계와 율곡에 대한 소개 부분이다. 제2부는 퇴계의 '무진육조소' 전문을 문단을 나눠서 번역하고 또 그 맥락의 의미를 해설한다. 제3부는 율곡의 '만언봉사'에 대해서도 2부와 똑 같은 방식으로 접근하여 해설한다. 제목에 표현된 강렬한 대결 구도와는 달리, 내용 구성은 두 사상가의 관계에 대한 소개와 각각의 텍스트 해설로 이뤄져 있다. 제목과 내용 간의 괴리가 커 보인다.

특히 책의 끝부분에라도 부제에서 밝힌 바, '누가 진정한 정치가인가'에 대한 저자의 판정이 제시되었어야 하는 것이 아닌가 하는 생각이 든다. 물론 내용을 해설하는 가운데 퇴계보다는 율곡을 '진정한 정치가'로 보는 저자의 인식이 간혹 서술되어있기는 하다.

예컨대, "퇴계는 법률과 제도의 개혁은 중요하지 않으며, 임금이 올바른 도를 몸에 익혀 그 덕을 실천한다면 그런 것들은 저절로 바로 잡힐 것이라고 판단했다. (…) 율곡 또한 '제도와 법령을 바꿀 수 있으나 왕도와 인정(仁政), 삼강오륜은 바꿀 수 없는 것'이라고 했지만, 율곡의 주장에서 강조점이 찍히는 부분은 제도와 법령의 변통, 시대에 따른 변화였다."(158쪽)라는 서술 속에 율곡 쪽에 기운 듯한 느낌을 받는다.

또 두 상소문을 비교하는 가운데 퇴계의 것을 두고서, "노년에 고향에 돌아가 학문을 높이고 제자를 키우는 데 푹 빠져 산 퇴계와 매일 임금을 만나 국정을 논하고 정치를 이끌어간 율곡의 눈높이가 같을 수 있겠는가?"(219쪽)라고 평한 데서도 율곡을 '진정한 정치가'로 판정하는 저자의 시각을 느낄 수 있다. 그러나 두 사람의 정치적 비전을 정면으로 대조하며 비교하는 대목은 보이지 않는다.

앞당겨서 독후감을 요약한다면, 이 책은 퇴계와 율곡의 상소문에 대한 소개와 해설이지, 두 사상가의 정치학에 대한 본격적인 저술이 아니다. 또 두 정치가의 비전을 비교함으로써 유교 정치학의 뒷면을 드러내는 책은 아니다. 도발적인 제목에서 기대함직한, 팽팽하고 입체적인 대결은 실제 서술 속에서는 거의 존재하지 않는다.

2

한국 사상사를 전공하는 사람이라면 누구나 한번은 가져봄직한 매력적인 질문, '퇴계 대 율곡, 누가 진정한 정치가인가'라는 화두를 야심차게 걸어놓고서는, 끝내 입체적인 대결 구도를 펼치지 못하고 평면적인 서술로 그치고 만 까닭은 무엇 때문일까? 무엇보다 동일한 소재(상소문)로써 두 정치가를 비교하려는 기획 자체에 문제가 있었던 듯싶다.

저자도 지적했듯, 율곡이 평생에 걸쳐 임금에게 올린 상소문은 59건에 달하지만, 퇴계의 것은 겨우 5건에 지나지 않았다. 또 그 대부분이 임명을 거부하거나 물러나겠다는 '사직소'다. 이것은 곧 율곡의 정치적 사유가 잘 드러나는 소재는 상소문이지만, 퇴계의 정치적 비전은 다른 데에서 찾아야 한다는 의미가 아닐까?

즉, 상소문을 통해 우리는 율곡의 정치학을 잘 살펴볼 수 있지만, 퇴계에게 상소문은 그의 정치학을 드러내는 데 좋은 텍스트가 아닐 수 있다는 것이다. 반면에 퇴계는 율곡과 비교할 수 없을 정도로 많은 편지글을 남겨놓고 있다. (저자의 앞선 저술인 <퇴계와 고봉, 편지를 쓰다>에서 그런 특성이 잘 드러나 있다.)

나는 퇴계가 고봉 기대승에게 보낸 편지글 속에서 그의 정치학이 잘 드러나 있다고 본다. 그 가운데서 퇴계가 율곡을 언급한 부분을 한번 찾아보자. 명종의 장례식을 앞두고 우연히 서울에 올라와 있던 퇴계는 장례식에 참여하기는커녕 황급히 낙향해 버린다. 이런 퇴계의 처신에 대해 '산새(山禽)'라느니 '이단(異端)'이라느니 조정의 비난이 물 끓듯했다. 퇴계는 이런 비난에 대해, 자기가 도교풍의 은둔자가 아니라 낙향하는 행동 자체가 성리학에서 권하는 '정치적 행위'라고 강력히 반발한다. 그 속내를 고봉 기대승에게 술회하는 가운데 율곡의 이름이 거명된다.

"내가 이번에 고향에 돌아와 버린 것에 대해 온 세상이 비웃고 욕을 합니다. 어떤 이는 저를 산새(山禽)에 비유하기도 하고 어떤 이는 이단(異端)이라 배척하기도 하면서 다시는 그들 사이에서 저에 대해 이야기 하지 않을 뜻을 보였습니다. (나의 낙향의 의미를 이해할 만한) 박화숙, 이중구, 정자중, 이숙헌(곧 율곡) 같은 사람들조차 더욱 소리 높여 비난하고 내가 떠난 사실을 더욱 의심하니, 다른 사람들에게서야 무엇을 바라겠습니까?" (<퇴계와 고봉, 편지를 쓰다>)

첫째, 퇴계가 보기에 율곡은 자신의 정치적 행동의 의미를 이해하지 못하고 있다는 것이다. 둘째, 자신의 물러남(退)이 정계에서 은퇴하여 학문의 세계로 도피하는 것이 아니라, 도리어 물러남이라는 행동 자체가 정치적이라는 항변이다.

한편, 율곡 역시 이 사건을 계기로 퇴계에게 편지를 쓴 바 있다. 요지는 시급히 서울로 올라와 조정에서 정사에 임하라는 촉구다. 율곡의 생각으로는 정치의 현장은 서울(조정)이며, 유학자라면 마땅히 이 정치적 현장을 방기해서는 안 된다. 요컨대 퇴계와 같은 중진이 해결할 정치적 난제들이 산적해 있으므로 유학자라면 이 정치적 임무를 결코 회피해서는 안 된다는 것.

반면 퇴계는 정치적 현장을 조정(서울)에만 국한하는 것에 반대한다. 그는 자기가 처한 삶의 현장이 곧 정치의 공간이라고 본다. 즉, 농민에게는 농촌의 삶이 정치요, 학생에게는 학교가 정치적 마당이다. 요컨대 안동(지방)에서의 사회적 활동도 정치다! 이런 생각을 바탕으로 퇴계는 당시 조선에서 가장 큰 정치 문제는 '물러나는 길을 뚫는 것'(퇴로의 개척)으로 보았다. 이점이 그의 정치적 행동의 한 핵심이다. 그가 물러남을 뜻하는 퇴(退)자로서 이름을 삼은 까닭도 이것이다.

퇴계가 먼젓번 정변(기묘사화)에서 조광조 등 혁신파 정치인들이 몰살당한 근본적 이유는 "물러나고자 하여도 퇴로가 봉쇄된 조선의 정치 구조 때문"이라고 결론내린 편지글을 주목해야만 하는 것도 이 때문이다.

"오늘날은 신하가 벼슬을 버리고 물러날 수 있는 길이 영영 막혀 버렸습니다. 그러므로 혹시 물러나기를 청하는 이가 있으면 허락되지 않을 뿐만 아니라 반드시 뭇 사람들의 분노와 시기를 사게 되어 갖은 핍박을 받고, 다시는 물러나 피하지 못하고 그들과 한데 휩쓸리고 맙니다. 이렇게 때문에 선비가 한번 조정에 서게 되면, 모두 낚시에 걸린 고기 꼴이 되는 것입니다." <퇴계와 고봉, 편지를 쓰다>

출사의 길 즉 진로(進路)는 존재하면서도 물러나는 길, 퇴로(退路)가 막혀있는 것이 조선의 정쟁을 발화시킨 근본 문제점이라는 인식이다. 이것이 기묘사화의 구조적 원인이었다. 이어서 퇴계는 기묘사화의 정치적 의미에 대해 이렇게 평가한다.

"조광조가 임금께 올린 글들을 모아 요약한 것을 보내니, 한가한 때에 시험 삼아 자세히 살펴보시기 바랍니다. 나는 이 글을 본 뒤, 마치 취한 것도 같고 깬 것도 같은 상태로 근 한 달을 보냈습니다만 아직도 낫지 못한 형편입니다. 가만히 헤아려보니 이 사람은 어려움을 몰랐던 것이 아니었습니다. 어려운 줄 알면서도 잘못 믿는 구석이 있었습니다. 하지만 또 잘못 믿었기 때문만도 아니었습니다. '오랫동안 물러나려 했지만 길이 없어서 결국 그렇게 된 것입니다.'(良由求退無路而致之可知)" <퇴계와 고봉, 편지를 쓰다>

여기 마지막 구절에 지적된 '물러나려했지만 길이 없었다'(求退無路)라는 인식이야말로 차후 퇴계 이황의 정치적 행동을 이해하기 위한 열쇠다. 요컨대 퇴계는 당시 끊임없이 연속되는 정치적 참화 즉 사화(士禍)의 근본 원인이 나아가는 길만 있고 물러나는 길이 없는 데 있다고 인식했다.

따라서 자신의 정치적 과제를 이 구조를 해소하고 퇴로를 뚫는 데 있다고 자임하였고 또 이것을 실천으로 옮겼다는 사실이다. 퇴계, 율곡의 관계에서 주목할 점은 율곡이 자신의 '정치적 행동'의 의미를 제대로 알지 못한다고 퇴계가 개탄한 사실이다.

3

이렇게 볼 때, 퇴계는 단순히 정치적 현장에서 물러나 학문을 닦은 학자로 보아서는 안 된다. 적어도 퇴계 스스로는 자신이 정치사상가요, 정치적 판단을 실천으로 옮긴 행동가로 인식하고 있었다. 다만 '정치란 무엇인가'라는 데 대해 율곡과 생각을 달리 했던 것뿐이다.

이렇게 놓고 보면 '상소문'을 통해서는 퇴계의 정치적 고민과 결단, 그리고 실천의 맥락을 제대로 파악할 수 없다. 퇴계에게 상소문이란 고작 '정책적 대안'(개혁안)의 제시에 불과하다. 퇴계는 상소문을 통한 의견의 개진은 효과적인 정치적 실천이 되지 못할 뿐만 아니라, 근본적 처방이 되지 못한다고 느꼈던 것이다. 도리어 그에게 문제는 정치적 구조를 재편할 실제적 행동이었던 것.

그러므로 상소문을 통해 '퇴계와 율곡 가운데 누가 진정한 정치가인가'를 찾으려는 <퇴계 대 율곡>의 야심찬 기획이 평범하고 기계적인 서술로 끝나버린 이유도 다른데 있지 않다. 퇴계에게 상소문은 그의 정치적 사유를 펼치는 좋은 재료가 아니었다는 단순한 사실 때문이다. 막상 상소문을 가지고 두 사상가를 비교하게 되면, 필연적으로 소상하게 글을 쓴 율곡 쪽으로 편향하게 되어 있다.

(여태 한국 인문학계에서는 이런 방식으로 두 사람의 정치관을 비교해왔기 때문에, 율곡은 실학적이고 실무적이며 실천적인데 반해, 퇴계는 퇴영적이고, 관념적이며, 고작 서원을 통해 후진을 기르려고 한 교육자 정도에 머물고 말았던 것이다.)

문장의 길이에서도 '무진육조소'는 '만언봉사'의 3분의 1에도 미치지 못한다. 따라서 상소문을 해설하는 형식으로 구성된 <퇴계 대 율곡>의 내용 구성 역시 분량 면에서나, 해설의 소상함에 있어서나 퇴계의 것은 율곡의 것에 비해 소략하게 마련이다. ('무진육조소'를 다루는 분량은 59쪽, '만언봉사'는 126쪽이다.)

어디 한번 눈길을 오늘날로 가져와서 두 정치가를 살펴보자. 오늘날 관점에서 볼 때 누가 더 '정치적 성공'을 거둔 사람일까? 저자도 해설 속에서 여러 번 지적했듯, 율곡의 상소문 속에 든 제안들은 거의 현실화되지 못했다. '만언봉사' 속에 그의 정치사상은 유감없이 담겨 있지만, 또 그의 개혁에 대한 절실함이 후세의 독자들의 심금을 울리지만, 그러나 그의 조언은 당시 거의 채용되지 못했다. 그리고 그는 병조판서를 맡아 분주하다가 병을 얻어 젊은 나이에 죽고 말았다. 즉 율곡은 조정(서울)에서 문제를 해결하는 것이 정치라는 생각을 끝까지 견지했지만, 그가 이룬 성과는 보잘 것이 없었다.

반면 퇴계는 퇴로의 개척을 통해 당대 가장 큰 정치적 문제였던 연속된 사화에 종지부를 찍는 결정적 계기를 마련했다(이 점에 대해서는 따로 논할 수밖에 없다). 흥미롭게도 그의 정치적 성공은 1000원 권 지폐에 상징적으로 드러나 있다. 아니, 앞면 말고 뒷면이 특별히 그러하다. 1000원 권 뒷면에는 명종의 명령으로 그려진 도산서원의 풍경이 모사되어있다. 이것은 궁정에 걸려서 군주가 '퇴계를 사모한다'는 뜻을 천명한 정치적 그림이다. 즉 이 풍경화는 퇴계가 당대 정치의 핵심(군주)에게 정치적 영향력을 행사하는 데 성공한 극적인 사례를 보여준다.

물러나려는 데도 오히려 정치적 영향력이 더 커지는 사태, 이 '역설적 힘'이야말로 유교가 꿈꾼 덕치(德治)의 동력이다(졸고, "덕이란 무엇인가", <녹색평론> 2010년 11-12월(제115호) 참고) 이런 관점에서 보자면 퇴계는 정치적으로 성공한 사람, 더욱 깊숙이는 '유교의 정치적 이상'을 성취한 사람이다. 퇴계가 개척한 '퇴로'는 정치적 현장으로부터 은퇴하는 길이 아니라, 정치영역을 확장하는 건설의 길이었으며, 이 길을 뚫음으로서 그의 정치적 비전을 당대 조선에 실현했던 것이다.

끝으로 평자 나름대로 퇴계와 율곡을 비교하면서 글을 맺고자 한다. 율곡은 상소문을 정치적 도구로 활용한 데서 상징되듯, '개혁적 정치가'로 칭할 수 있다고 본다. 여기 개혁이란 기존의 체제를 인정한 상태에서 다만 그 체제 내부의 개량을 도모하는 일련의 정치적 행동을 뜻한다.

퇴계는 성리학 연구로부터 획득된 정치적 판단을 몸소 실천으로 옮겨 성공한 '혁신적 정치가'로 평가하고 싶다. 여기서 혁신이란 기존의 정치체제 자체를 바꾸려는 사유와 실천을 의미한다. 오늘날 식으로 끌어와 비교한다면, 나는 율곡보다 퇴계가 더욱 래디컬하고, 진보적이었으며 결과적으로도 더 성공적인 정치가였다고 평가하고 싶다.

기사입력 2011.04.15. 프레시안

왜 퇴계인가

국제퇴계학회 회장 이기동

　퇴계처럼 겸양하신 분은 다른 데서 찾기 어렵다. 퇴계의 겸양은 널리 알려진 사실이고, 많은 사람들은 그렇게 알고 있다. 그러나 퇴계의 자부심이 얼마나 대단한 지에 대해서 말하는 사람은 많지 않은 듯하다. 높은 산이 없는 곳에 깊은 계곡이 있을 수 없듯이, 높은 경지가 없으면 겸양이 불가능하다.

　공자는 높은 경지에 도달한 성인이었기 때문에 겸양을 할 수 있었다. 공자의 제자인 자공이 공자의 인품을 평하여, 따뜻하고 · 어질고 · 공손하고 · 검소하고 · 겸양하는 것으로 표현했다. 퇴계의 겸양도 높은 경지에 도달한 데서 우러나오는 겸양이다.

　퇴계의 꿈은 공자처럼 되는 것이었다. 퇴계는 언제나 공자와 일대일로 마주한다. 퇴계가 공자를 보고 싶어 하는 것처럼, 공자도 퇴계를 보고 싶어 한다. 보고 싶어 하는 사람끼리는 만나서 하나가 되어야 한다. 퇴계의 목표는 공자가 가던 길을 가서 공자처럼 되는 것이었다. 퇴계가 공자처럼 되면 둘은 하나가 된다.

공자는 학문을 통해서 자기를 완성했다. 자기를 완성한 공자는 사람들을 완성하여 이 세상을 군자들이 사는 낙원으로 만드는 꿈을 꾸었으나, 그 꿈을 이루지 못해 속을 태웠다. 그러나 공자의 꿈은 후대에 맹자와 주자 같은 대학자가 나옴으로써 이루어졌다.

퇴계의 목표 또한 공자의 목표와 같다. 먼저 학문을 통해 자기를 완성하고 다음으로 다른 사람을 완성하여 이 세상을 군자들이 사는 낙원으로 만드는 것이었다. 퇴계가 세상을 다스리는 데 소극적이었던 것처럼 보이는 것은 그만큼 자신을 완성하는 데 적극적이었기 때문이다. 자기가 완성되지 않으면서 세상을 바꿀 수 있는 사람은 없다. 자기가 완성되지 않은 사람일수록 세상을 바꾸는 일에 적극적이지만, 그럴수록 세상은 더욱 혼란해진다. 퇴계가 수신에 주력한 이유가 여기에 있다.

『대학』이라는 책에서는 수신·제가·치국·평천하라 하지 않고, 신수·가제·국치·천하평이라고 했다. 수신을 한 이후에 제가·치국·평천하 하는 것이 아니다. 몸이 닦여지면 저절로 가정이 화목해 지고, 나라가 다스려지며, 세상이 평화로워진다.

퇴계는 공자처럼 되는 것을 목표로 삼고, 학문에 정진하여 공자처럼 되었다. 공자가 학문을 정리한 것처럼 퇴계도 학문을 정리했다. 공자가 정치원리를 제시한 것처럼 퇴계도 『성학십도』를 지어 임금에게 바쳤다. 공자의 뜻이 당시에 이루어지지 않고, 후대에 이루어진 것처럼, 퇴계의 꿈도 당시에 이루어지지 않았지만, 후대에 알아주는 사람이 나와 이룰 것이다. 퇴계가 자명(自銘)에서 "어찌 알리오. 후세에 지금의 내 마음을 알지 못할 것이라고."라고 한 말은, 후세에 퇴계의 뜻을 알아 서 세상에 펼칠 사람이 나타날 것이라는 자신감과 기대감에서 한 말이다.

퇴계를 연구하는 학자들 중에는 퇴계의 저술을 연구하고 번역하고 해석하는 사람들이 많다. 그 또한 매우 귀중한 것이다. 그러나 그것만으로는 안 된다. 퇴계의 저술이나 언행은 당시에 나타난 흔적이다. 과거 초원의 잔디가 아름다웠다면 그 잔디를 사진으로 찍어놓고 감상하고 찬탄하는 것만으로도 의미가 없는 것은 아니지만, 사실 그 잔디는 이미 죽어 없어졌다. 중요한 것은 그 잔디의 뿌리를 오늘날에 전하는 것이다. 그 뿌리를 오늘날에 전하면 잔디가 오늘날에 다시 살아나 푸른 초원을 만든다. 그래야 오늘날 사람들이 뛰놀 수 있다.

공자는 요순의 저술이나 언행을 연구만 한 사람이 아니라 요순처럼 된 사람이다. 요순의 언 행이나 저술은 과거 요순시대에 필요한 것이므로 아무리 연구를 많이 하더라도 그것은 살아있는 것이 아니다. 공자의 목표는 요순의 저술이나 언행을 통해서 요순처럼 되는 것이었다. 공자가 요순처럼 되면 공자는 부활한 요순이다. 요순이 공자의 시대에 부활하면 과거에 필요한 것을 저술하거나 말하는 것이 아니라 공자 시대에 필요한 것을 저술하고 말할 것이다. 그렇게 하는 것이 요순연구의 생명이다.

퇴계의 목표 역시 공자를 연구만 하는 것이 아니라 공자처럼 되는 것이었다. 공자가 정치에 참여한 것처럼 퇴계는 『성학십도』를 그려 선조에게 바쳤다. 퇴계가 공자처럼 되기 전에 몸담았던 정치는 정치가 아니다. 그것을 깨달은 퇴계는 정치에서 물러나 수신에 전념했다. 수신이 완성되면 정치에 참여하는 길은 저절로 열린다. 퇴계가 선조에게 『성학십도』를 바친 것은 정치에 적극적으로 참여한 방식이었다. 퇴계는 정치에 참여하여 정치의 길을 열었다. 공자가 뜻을 이루지 못한 것처럼 퇴계도 뜻을 이루지 못했지만, 후대에 퇴계를 아는 자가 나와 퇴계의 뜻을 펼치는 날이 올 것이다. 퇴계학 연구의 생명은 여기에 있다.

퇴계학을 연구하는 목표는 퇴계처럼 되는 데 있어야 한다. 퇴계처럼 된 사람은 부활한 퇴계이다. 오늘날에 부활한 퇴계는 오늘날 한국의 정치에 해답을 내고, 교육의 길을 열 것이며, 나아가서는 이웃 나라들을 교화하고 세계를 이끌어갈 바람직한 방안을 찾아 낼 것이다. 퇴계학을 연구하여 퇴계처럼 되는 것이 퇴계의 정신이고, 퇴계학의 생명이다.

퇴계학연구원통신 第 14 號 2019年